TA
MAIN
SUR
MA
BOUCHE

NiL

Déborah Saïag & Mika Tard

TA MAIN SUR MA BOUCHE

ROMAN

Les chapitres Édouard ont été écrits par Mika Tard.
Les chapitres Ali par Déborah Saïag.

2021, NiL éditions, Paris.
Création graphique de couverture : © Manon Bucciarelli
ISBN : 978-2-37891-089-1
Dépôt légal : janvier 2021
Nil éditions – 92, avenue de France 75013 Paris

1
EDOUARD

Des hurlements. Les cris d'Ali me sortent de mon sommeil. C'est trop le bordel pour continuer de pioncer. J'ouvre les yeux, je jette un coup d'œil sur l'écran de mon téléphone portable. Putain, il est 7 h 46. Un samedi, ça fait chier de se faire réveiller si tôt par les cris de ma meuf. Ali est dans la salle de bains. Je comprends bien qu'elle s'est enfermée pour respecter mon sommeil, mais là, elle n'a aucune conscience de son niveau sonore. Je devine qu'elle s'engueule avec son boss, c'était sûr que ça allait finir par péter cette histoire. Je suis éclaté. Peut-être que je devrais profiter d'être réveillé pour bosser sur ma pub. Rien que d'y penser, mes douleurs à l'estomac m'attaquent. J'étends péniblement mon bras vers la table de nuit et chope mon MacBook Air qui me semble peser une tonne. Avant de commencer de taffer, j'ai pris une sale habitude : le réflexe Facebook. Ça me permet de voir les grandes lignes de l'actualité mais aussi et surtout de connaître les grandes lignes de la vie de mes potes. Marie a posté un GIF de Wonder Woman qui attrape un mec par les pieds et le propulse dans les airs. Pour foutre un truc comme ça, c'est qu'elle a dû se prendre la tête avec Yanouv. Je like pour lui faire plaisir. Mathieu a encore foutu une photo de sa gamine en train de manger des corn flakes. Passionnant. C'est vraiment par amitié pour lui que je like. De toute façon quand c'est pour les potes, en général je like. Je parcours mon mur. Mon cerveau, à la vitesse de l'éclair, analyse en quelques fractions de seconde des vingtaines de pages, et survole une dizaine d'articles tous plus inconséquents les uns que les autres. Facebook, c'est quand même un beau nid de merde. Mais ça me détend. Mes yeux s'arrêtent sur un article de Sea Shepherd. Paul Watson raconte comment ils ont libéré des dizaines de baleines prises au piège dans des filets de pêche au Japon. C'est captivant. Dément. Paul Watson. J'adore ce mec. Un véritable héros des temps modernes. C'est un vrai mec, avec une vraie vie. Il a d'ailleurs exactement le genre de vie que j'aurais rêvé d'avoir, mais que j'ai pas. Depuis la mort de ma sœur, j'ai peur de pas mal de trucs. En fait, j'ai peur de tout. Tout ce qui peut bouleverser ma petite vie équilibrée me fait flipper. L'article est excellent. Je clique sur Partager et je mets en statut : « Merci à ces gens pour leur courage de se battre pour faire respecter la loi. »

Direct j'ai des likes et certaines connaissances commencent même à commenter mon post. Je suis trop fier. Depuis pas mal de temps, je partage uniquement des trucs sur le climat, l'écologie, le respect de l'environnement. C'est le seul moyen que j'ai trouvé pour me racheter une conscience. À force de tout faire pour vendre de la merde à tout prix : voitures, rasoirs, portables, parfums… j'ai l'impression que ça me rachète un peu de partager ces articles. Une pub pour Volkswagen = un article contre les particules fines. Une pub pour Orange = un article contre les ondes. Et ça me fait du bien. Ça me donne l'impression de recréer un équilibre. Messenger me signale un message de Marie : « Doud t'es réveillé ? » Putain, c'est insupportable, tu peux plus ouvrir une application sans être fliqué. Elle voit que je suis en ligne, du coup je me sens obligé de lui répondre : « Oui. Pas le temps de parler. Je pars bosser. » Je passe une main sur mon visage bouffi par le trop peu de sommeil, et je m'arrache difficilement du plumard. J'ai dormi même pas cinq heures. Dans mon corps, j'ai l'impression d'avoir mille ans. D'être à trente-sept ans déjà complètement pourri de l'intérieur. Faut vraiment que je me calme avec le stress du boulot. Je vais me faire un ulcère. Je déplie mes chaussettes que j'ai laissées en boule au pied de mon lit, j'enfile mes vieilles Birkenstock. Mon portable vibre dans ma poche. C'est un texto de Marie. « Doud, c'est urgent. »

J'ai compris. Elle a dû, pour la énième fois, se faire plaquer par Yanouv parce qu'elle est chiante. Marre, je suis pas son psy. Je réponds un :

« Te rappelle plus tard. » Je me traîne jusqu'à la salle de bains. Ali est assise sur le rebord de la baignoire. Elle hurle dans son téléphone. Son boss en prend plein la gueule. Les veines de son cou sont gonflées à bloc. À chacun de ses cris, je me dis qu'il y en a une qui va exploser. Soudain, Ali se tourne vers moi. Je lui fais un clin d'œil et un petit signe de la main pour lui dire de baisser d'un ton. Ali me fait un doigt d'honneur et disparaît dans la pièce d'à côté. Ça me fait rire. C'est un truc que j'aime bien chez elle. Elle ouvre sa gueule quand elle a envie de l'ouvrir, elle ose, elle laisse rien passer. J'aime son immédiateté à la réaction. Voilà, c'est ça. Moi j'adore. J'adore, parce que j'admire. J'aurais rêvé d'être comme ça. Et je ne suis pas comme elle, tout simplement.

Je me regarde dans le miroir au-dessus de l'évier. Chaque matin, j'ai le sentiment d'avoir une nouvelle ride qui apparaît. Je trouve que depuis que j'ai trente piges, la vieillesse s'accélère un peu plus chaque jour. J'ouvre un tiroir et j'en sors un pot de crème Nivea pour bébé dans lequel j'ai transvasé une crème antirides. Je cache évidemment à Ali que j'ai acheté une crème antiâge. Ça fait vieille dame. Surtout que, sur le pot, il était écrit un truc du genre : *crème de jour qui répare les peaux matures.* J'ai pas envie de lui rappeler tous les jours que j'ai quinze ans de plus qu'elle. Soudain, Ali revient en trombe dans la salle de bains. Son kit mains libres planté dans les oreilles, elle explique à son patron ce que c'est que le respect. Je peux pas m'empêcher de ricaner. Le type a cinquante ans de plus qu'elle mais elle lui fait un cours de morale sur la loyauté. Elle me tend un bout de papier sur lequel elle a écrit : « il est où mon short avec le trou ??? STP ».

Je traverse machinalement l'appartement et je vais récupérer son short tout au fond du grand panier à linge sale, coincé entre la table et le frigo de la cuisine. Ali le prend sans se soucier qu'il n'ait pas été lavé depuis des semaines et l'enfile. Elle n'accorde pas encore une grande importance à l'hygiène. Je dis rien. Je me souviens ce que c'est d'avoir vingt ans. Sauf que moi à vingt ans, c'était ma mère qui lavait mes fringues.

Mon téléphone me signale un texto. Puis deux, puis trois. J'ai une explosion de messages qui s'affichent sur mon écran. C'est encore Marie. Mais quel boulet ! « Doud rappelle ! » ; « maintenant » ; « urgent ». Soudain, j'entends un gros *boum*. Ali vient de shooter violemment dans la porte de la cuisine. Elle est déchaînée ce matin. Elle menace son patron de lui envoyer son mec si jamais il ne la paye pas. En l'occurrence, son mec, c'est moi. Qu'est-ce qu'elle vient me mettre dans cette histoire ? Je sais pas me battre moi ! Son boss a clairement la réputation d'être un sale type, mais elle, elle s'en cogne. Elle me met au front. Rien à foutre. C'est sur ces petits détails que je me dis qu'elle est immature parfois. J'arrache d'un revers de la main une feuille de papier de l'imprimante et lui écris : « calme, j'ai peur moi ». D'un coup d'œil rapide, Ali parcourt mon mot. Elle me l'arrache des mains, me mate avec un petit rictus que je connais par cœur, coince le téléphone entre son oreille et son épaule, fait une boule avec la feuille de papier et la balance dans la poubelle avec l'habileté d'une basketteuse. Je me vexe. C'est vrai, j'aime pas ça. Je sais que j'ai raison. Ali vient d'avoir vingt-deux ans. Son patron a trois mois de retard dans le paiement et Ali lui parle comme s'il venait de commettre un crime digne d'une sanction pénale. Moi, je trouve qu'à son âge on se doit d'avoir un peu plus de respect pour son employeur. Quand bien même ce type profite clairement de son pouvoir, c'est comme ça, faut en passer par là.

Ali raccroche et change de visage. Elle s'avance vers moi, prend ma tête dans ses mains et embrasse mes lèvres à pleine bouche.

— Il m'a dit comme d'habitude, qu'il me payerait la prochaine fois. Je peux te dire que s'il me paye pas la semaine prochaine, je danse pas ! Je monte sur scène tout habillée et je ne bouge plus. Mieux, je me mets un gilet jaune avec une petite pancarte « en grève » autour du cou.

Parce que j'ai quelques heures de vol de plus qu'elle, j'ai envie de lui donner des conseils. Je lui recommande vraiment d'entretenir au maximum de bonnes relations avec cet homme qui fait un peu la pluie et le beau temps dans le monde de la nuit.

La plupart du temps, mon avis compte vraiment. Sauf que là, pas du tout. Elle me regarde avec une espèce de mépris adolescent. Elle me trouve déprimant. Sans valeur. Faible. Hypocrite. Peureux. Je me prends une douche d'insultes. Même pas je riposte. Pour elle, ce mec est une sombre merde. À cause de lui, elle a pas une tune. Il se comporte mal, et elle ne voit pas pourquoi elle devrait se taire. Pouvoir ou non, il doit être traité comme n'importe quel connard.

— D'abord, si tu réfléchis, ça sort d'où l'exploitation ? C'est nous les responsables. À force de laisser les porcs abuser, ils deviennent les maîtres. Tu crois pas ?

— Faut faire attention à qui on parle, c'est tout. Être un peu politique. Je veux juste que t'aies pas d'ennuis avec lui, that's it baby.

— Je sais pas, toi… pour tes pubs, t'es payé. Et moi t'es en train de me dire d'accepter de ne pas être payée.

— C'est juste un code de hiérarchie, moi à ton âge, j'étais stagiaire et…

— Toi, à mon âge, t'étais entretenu par tes parents. On n'a pas tous ce privilège.

Quand Ali est en colère, il ne faut plus parler et la laisser redescendre. C'est ce que je fais. Je ne parle plus et je me remets au lit. Elle m'a épuisé. En plus, je me dis qu'elle n'a pas tort. Faut parfois se battre pour se faire respecter. Moi, c'est juste que j'aime pas les conflits. La couette remontée jusqu'au nez, j'espionne ses allées et venues. Quelle beauté. Elle a la grâce. Je pense vraiment qu'Ali fait partie des beautés qui font l'unanimité. En fait, elle a une gueule, Ali. Un visage dont chaque élément pourrait sembler imparfait, mais étrangement, dans cette imperfection, tout s'accorde. C'est ça la beauté. Ce qui ne ressemble à rien d'autre. Je l'observe, elle se met délicatement du rouge sur les lèvres face au grand miroir surplombant la cheminée de la chambre. Elle est contrariée, je le sens. Ali est rarement attentive à son image. Rarement elle passe autant de temps devant une glace. Ça lui ressemble pas. Avec son short moulé jusqu'au-dessus du nombril, son tee-shirt collé à sa poitrine, son petit foulard à son cou… elle est trop sapée. Trop maquillée. Je sens qu'elle a un vrai besoin de se plaire. Peut-être que c'est pour me plaire. Ou alors, tout ça, c'est pour Chloé. Je sais qu'Ali a une admiration infinie pour Chloé. Et je la comprends.

— T'es belle.

— Vraiment ? Je me sens laide. J'ai des cernes énormes.

— C'est ça de ne pas dormir la nuit… Comment c'était ?

— Comme d'habitude. Mais j't'avoue que j'ai hâte d'être engagée sur un vrai truc.

— C'était un enterrement de vie de garçon ?

Ali rapproche son visage du miroir et fait une grimace.

— J'aime pas ma tête du tout…

Ali disparaît dans la salle de bains. Je prends mon ordinateur et j'ouvre mes mails. Rien à foutre, je bosse au lit. Faut absolument que je trouve les décors pour la pub. Je fais défiler des photos de divers lieux de repérages que mon assistant vient de m'envoyer. Mais quelle tannée ce mec. J'en ai marre, c'est pas du tout ce que je veux. Je cherche un pont désaffecté et ce con m'envoie des photos du pont des Arts et du Pont-Neuf. Non mais sérieux. C'est pas compliqué pourtant. Ça y est, j'ai la boule au ventre. En fait, je m'aperçois que plus j'avance en âge et moins j'ai de résistance. J'arrive plus à garder mon calme. À la moindre contrariété, je rentre en état d'angoisse. J'ai de moins en moins l'impression d'être dans la vie, mais toujours dans ma tête, préoccupé par des conneries de boulot. Ma messagerie m'indique un nouveau mail. C'est encore Marie : « Appelle-moi, now. » Non mais le cauchemar cette nana. Elle sait plus comment faire pour me joindre. Si je réponds pas, je la connais, elle va pas me lâcher et me harceler. Je prends mon portable et je l'appelle :

— Ouais dis-moi… tu vas me traquer toute la matinée, là ?

— Doud, t'as vu ?

— Vu quoi ?

— Ah OK. T'as pas vu. Je me doutais. Bon, t'as le temps d'un café ?

— Marie, je suis en prépa, je tourne dans une semaine. J'ai pas le temps là, tu me saoules.

— Doud, c'est vraiment important.

— Bon, ben dis-moi. Je suis censé avoir vu quoi ?

— Non, non, pas au téléphone. Vaut mieux qu'on se voie.

— T'es insupportable avec ton suspense pourri. Dis-moi !

— Non mais laisse tomber, je te dis. Faut avoir du temps devant nous. C'est trop grave pour t'en parler là, comme ça, par téléphone.

Marie elle a le don pour teaser et attiser ta curiosité. J'ai pas le temps, mais j'ai envie de savoir, là, maintenant, tout de suite. Fait chier.

— OK, vendu. Je te retrouve dans trente minutes au café.

Je raccroche. Je suis tellement débordé que je regrette déjà d'avoir accepté. Comment je vais faire pour gérer cette journée. Il me reste que quelques heures avant mon rendez-vous clients, et rien n'est prêt. Soudain Ali plonge sur moi. Elle m'emprisonne de ses bras et promène ses lèvres sur mon visage. Elle sent bon. Je glisse une main dans son short puis dans sa petite culotte pour venir chercher son sexe. Ça me ferait tellement du bien de faire l'amour. En une fraction de seconde, je bande. Ali me repousse gentiment.

— J'ai pas le temps. Je vais vraiment louper mon train.

Je sens tout mon sang monter dans ma tête et dans mon sexe.

— J'ai envie…

— Alors, retrouve-moi ce soir.

Je déboutonne rapidement son short et tente de lui retirer.

— J'ai envie d'être en toi.

Ali repousse ma main.

— Je te fais tout ce que tu veux, si tu viens ce soir.

— Mais je peux pas, j'aurai jamais fini à temps. Demain…

Ali, avec son air mi-capricieux mi-taquin, pose une main chaude sur ma queue.

— Non, ce soir… Demain, c'est trop tard, t'auras rien.

— Mon ange, j'adorerais mais j'ai un rendez-vous aujourd'hui pour la pub.

— Travail. Travail. Travail. La perte du sens.

Soudain, Ali pousse un cri quand elle voit sur l'horloge du Mac : 8 h 30. Elle se redresse d'un coup sec et disparaît en courant dans le salon, son froc encore aux genoux.

— Si je loupe mon train, c'est de ta faute.

— Non, si tu le prends, c'est grâce à moi.

Je chope un billet de cinquante euros dans la poche de mon pantalon. Ali a déjà mis son sac sur les épaules, elle me regarde, gênée. Je sais qu'elle déteste que je lui file de la tune. Devoir quoi que ce soit, à qui que ce soit, elle aime pas.

— T'inquiète pas, Volkswagen, c'est de l'argent sale.

Le visage d'Ali se détend, elle prend les cinquante euros et les range soigneusement dans sa poche. Je saute du lit à poil, et prends les devants pour lui ouvrir la porte. Je sais que ce genre de truc la fait marrer. Je suis là, face à elle, au garde-à-vous, tout nu dans le couloir de l'immeuble. Ali explose de rire. Ce rire généreux qui invite à rire. Je regarde Ali s'éloigner rapidement dans le couloir, puis disparaître dans les escaliers.

— Mon amour ?

La tête d'Ali réapparaît.

— Je vais tout faire pour arriver ce soir. Embrasse Niels et Chloé pour moi.

Ali me regarde tendrement. Je vois qu'elle détaille mon corps avec amour. J'aime ce regard si doux qu'elle pose sur l'homme que je suis. Elle part. Je ferme la porte d'un coup de pied. Faut que je me speede. Je traverse mon deux-pièces en courant. Pas le temps de prendre de douche. Pas même le temps de me faire couler un café. J'enfile mon pantalon de costume XXL de chez Uniqlo, ma paire de Vans déglinguée, mon bon vieux tee-shirt flingué d'un concert de Nathaniel Rateliff, ma veste en jean un peu trop large pour moi, je fous mon bonnet bleu marine sur ma tête et je chope au vol mon paquet de clopes sur mon pieu. Je me jette un coup d'œil rapide dans le grand miroir du salon. J'ai vraiment le look du bobo parisien type. Je suis l'exact pomme *C*-pomme *V* de tous ces branleurs de pubards. Mes parents ont fait du bon boulot. Légion d'honneur. Je mets mon ordinateur dans mon sac à dos, et parcours du regard le salon pour m'assurer d'avoir rien oublié. Je claque la porte de chez moi, et dévale l'escalier. Je me demande ce que Marie a de si urgent à me dire.

2
ALI

Wild is your shadow
Uncontrollable are your dreams
Release your black bow
Life is not like it seems

Poteau, ligne de haute tension, usine, poteau, usine, ligne de haute tension. Le paysage m'hypnotise. Tout défile tellement vite que j'ai à peine le temps de retenir ce que je vois. Poteau, ligne de haute tension, usine, poteau… J'adore le rythme d'apparition que le train leur donne. Comme si le paysage urbain dansait sans le savoir…

Nothing, nothing happened
I just touched her skin
My hand beside her hand
Our tattoos looked like one being…

Pourquoi il me regarde comme ça ce type ? Je déteste qu'on me mate de cette manière. Je leur en foutrais du eye contact à tous ces vieux porcs. Il croit que je le vois pas venir avec ses yeux qui puent ? Ne pas regarder dans sa direction, regarder ailleurs, regarder le paysage, regarder mon téléphone. Non mais sérieux… Faut pas être jolie dans les trains de banlieue. J'aurais pas dû mettre ce short. J'aurais dû mettre mon jogg. Ceci dit, il paraît que même les femmes voilées se font emmerder. Comme quoi ça sert pas à grand-chose de se cacher. Non mais c'est insupportable de se faire mater tout le temps comme ça. À la radio, je sais plus qui disait qu'après quarante ans ça se calme. Allez, plus que vingt ans à tenir. Franchement j'ai hâte. Hâte d'être vieille pour qu'on me laisse tranquille. Il faut que je me calme. C'est pas grave qu'il me regarde, moi je suis ailleurs, dans mes pensées, je pense à autre chose, des trucs à moi, je pense à Chloé, tiens. Chloé. Je vais lui lire le texte de ma chanson et ça va bien se passer… Le seul problème, c'est que j'ai écrit trop de versions différentes. Il faudrait que j'en choisisse une…

She whispered my name
And I sang her shame
In my dreams only
In my dreams…

Non, bon, ça me saoule. Il va me regarder encore longtemps ce boulet ? La glu ce mec. Je compte jusqu'à dix. Si à dix il continue de me mater je me lève et je lui tape l'affiche devant tout le monde. Je le traite de sale pervers et je le menace de lui refaire sa barbe au cutter. Le truc qui fait bien flipper. Le juste retour de sa pièce. Je vois pas pourquoi il y a que moi qui aurais le droit d'être en bad là. Ce genre de type il faut leur montrer qu'on a pas peur d'eux. Même si c'est pas vrai. Leur montrer qu'on est beaucoup plus forte qu'ils l'imaginent. Il me fixe ? OK, moi aussi je le fixe. Bim. Alors ? Ça fait quoi d'être regardé comme ça espèce de connard ? Ah ça y est, il tourne la tête. Il regarde par la fenêtre maintenant. Il a compris à qui il avait affaire. Il a les cheveux filasses et clairsemés. Ses yeux sont enfoncés, son nez pointu. Il doit avoir l'âge d'Édouard mais il fait beaucoup plus à cause de son look improbable. Son jean est trop neuf et son K-Way le boudine. Le parfait beauf. Zéro goût. Zéro conscience de soi. Je vais le prendre en photo. Comme ça s'il m'agresse, j'aurai sa tronche à montrer chez les flics. Il sort un stick d'un sac plastique et se badigeonne les lèvres. La photo va être absurde. Si, si je vous assure monsieur l'agent, c'est ce type avec du lipstick qui m'a agressée. D'ailleurs vous pouvez faire un prélèvement sur mes lèvres, vous verrez que c'est bien avec ce stick dégueu qu'il m'a forcée à l'embrasser. Merde, je viens de croiser son regard dans le reflet de la vitre. Merde, il se tourne vers moi. Faire semblant d'être absorbée par un message sur mon téléphone… Merde, trop tard, il s'approche. Il faut que je respire. Je suis prête à hurler ou à lui mettre mon poing dans la gueule. Me lever maintenant. Allez, il faut que je me lève. Je me lève.

— Quoi qu'est-ce qu'y a ? C'est quoi ton problème bouffon ? Tu veux quoi là ?

Tous les passagers nous regardent mais personne pour lever le petit doigt.

— Vas-y bouge ! Loin de moi, OK ?

Il est pétrifié. Tant mieux. Ma voix est bien posée là. Je sens qu'elle part du ventre. J'ai bien fait de suivre ce stage de chant. Il bégaie un truc mais j'entends pas… Il répète.

— Vous êtes une amie de Chloé, la chanteuse, n'est-ce pas ?

— Euh… Quoi ?

— Un matin, je vous ai vues dans ce même train avec ses enfants, non ?

Je m'attendais à tout sauf à cette question.

— C'est possible.

— Je vous demande pardon de vous avoir fait peur.

La bourde. Il me fait trop de la peine, on dirait qu'il va pleurer… Je voudrais m'excuser de l'avoir pris pour un sale type mais je sais pas quoi dire. On rit bêtement de ce qui vient de se passer.

— Ma femme et ma fille, elles sont fans de Chloé elles aussi… On l'a vue au Zénith l'année dernière… C'était incroyable !

— Ah oui, c'est vrai, c'était beau le Zénith…

J'aime que les gens aiment Chloé. C'est un peu idiot mais c'est très fort en moi ce sentiment. Ça me rend encore plus fière de la connaître. Cet homme qui me faisait peur il y a trente secondes, je le trouve maintenant hyper touchant. Il faut que j'arrête de flipper comme ça tout le temps. J'ai vraiment honte de l'avoir humilié devant tout le monde. Je voudrais le prendre dans mes bras pour lui demander pardon mais ça se fait pas de faire ça. Il se lève en soupirant.

— Je descends à la prochaine station. J'espère recroiser Chloé bientôt. Je l'ai déjà vue deux fois depuis qu'elle a emménagé dans la région. Je trouve ça formidable qu'une célébrité comme elle prenne encore le train parfois.

— Oui, Chloé est restée simple…

— Humble !

— Voilà…

— La prochaine fois il faudrait que j'ose lui demander un autographe pour ma fille… Mais j'ai peur de l'embêter, elle doit être tellement dérangée tout le temps avec ça…

— En même temps ça fait partie de son job…

— Son job ?

Il me regarde sans comprendre. Les gens n'imaginent pas que star c'est un aussi un job.

— Chloé est très abordable… vous pourrez lui demander, elle signera sans problème.

— Ah merci… Et merci beaucoup de m'avoir parlé…

Ses yeux pétillent. Il a l'air tellement heureux pour moi qu'on dirait que c'est lui qui va chez Chloé. Il descend du train en me saluant gentiment de la tête. Je regarde la photo que j'ai prise de lui. Il est vraiment drôle. Je l'envoie à Édouard accompagnée d'un texto « L'autochtone est splendide, mais tu manques quand même au paysage mon Doudou ». Édouard. Il m'apaise c'est fou. Il était tellement mignon ce matin avec sa tête de hérisson. C'est trop dommage qu'il n'ait pas pu venir en même temps que moi. J'espère vraiment qu'il pourra arriver ce soir. J'aime tellement être avec lui. Tout me semble plus simple quand il est là.

Ça y est, ça monte. Chloé. Plus que quelques minutes. J'ai le trac. Je crois que je suis pas encore assez sûre de mon texte pour lui faire lire… Le flow, OK c'est important, mais ce que je raconte, est-ce que c'est pas trop naïf ? … Et puis mon vocabulaire… J'ai peur d'être trop en retenue, pas assez rentre-dedans. En fait, dès que je me lâche, j'ai l'impression que j'y vais trop fort. Alors que quand je me retiens au moins j'assume ce que je raconte. À moins que je lui donne mes différentes versions ? Non mais c'est pas possible de faire ça. Je vais lui donner mon texte en lui disant que je l'ai rêvé avant de l'écrire. Et que dans mon rêve, elle en faisait une chanson. Je sais qu'elle sera touchée. Elle le lira à voix basse. Elle sera troublée, parce qu'elle y entendra l'écho de son premier tube. J'aimerais tellement qu'elle veuille en faire une chanson.

3
EDOUARD

Le pont de Bourret. Le vieux pont de Bleury. Pont de la Loire. Le pont suspendu, voilà, ça c'est cool. Avec sa structure en câbles d'acier, ça c'est un véritable bijou architectural, et en plus, il est désaffecté. C'est exactement ce que je cherche. J'envoie un mail à mon assistant. J'arrive même plus à taper sur les touches de mon ordinateur, le bout de mes doigts est congelé. Je me les pèle, je ne suis pas assez couvert. On se met toujours en terrasse pour pouvoir cloper, mais ça caille grave ce matin. C'est fou ce qu'on peut s'infliger quand on est fumeur. Il est quelle heure ? Je comprends pas ce qu'elle fait. Dix minutes que je poireaute. Si elle n'arrive pas, rien à foutre de ses intrigues, je me casse. C'est fou de ne pas prendre mon boulot autant au sérieux. Je sais que Marie n'est pas une grande fan de la pub parce que pour elle, c'est de l'incitation à l'épuisement des ressources, mais j'aimerais bien qu'elle me respecte.

— Doudou !!!

C'est la voix de Marie. Elle est là sur le trottoir d'en face et elle me fait des grands signes avec ses mitaines aux mains. Elle s'élance vers moi. Putain, elle a pas lésiné sur son look aujourd'hui. C'est une caricature d'elle-même. Elle me fait marrer depuis qu'elle a monté sa friperie, elle a l'obsession des secondes vies. Enfin là, c'est pas des secondes vies, c'est des cinquantièmes vies. Moi, je foutrais tout ça aux ordures. Avec son trench beige tellement jauni par le temps, son espèce de chapeau de cowboy à plumes sur la tête et ses vieilles tiags country. On dirait une pâle copie de Calamity Jane. Je suis toujours surpris par sa singularité. Elle s'avance vers moi le visage fermé. J'aime pas son air grave. Du tout.

— Tu peux me dire ce qui se passe ? Tu t'es brouillée avec Yanouv ?

Marie s'assied et frotte ses mains nerveusement l'une contre l'autre en fronçant les sourcils. C'est sa mimique quand quelque chose la contrarie. Elle réfléchit encore à comment aborder au mieux l'histoire. On a pris une habitude avec Marie. On ne commence jamais un débrief sans notre café et notre clope. Comme si pour bien s'écouter, pour mieux se comprendre, il fallait impérativement respecter ce rituel. Je sors une cigarette de mon paquet. Je tâte les poches de mon jean. Et merde, Ali m'a encore tiré mon Zippo.

— T'as du feu ?

Marie, avec son air sérieux, fait glisser son briquet sur la table. J'allume ma cigarette. Visiblement, le débrief qu'elle a à me faire la tracasse vraiment. Marie crache son ongle qu'elle était en train de se ronger et me regarde ulcérée.

— T'as vu le statut de Diane ?

— Diane ? Non, je ne la suis pas sur Facebook, vu que je la vois plus.

— Je me doutais.

— Pourquoi, qu'est-ce qu'elle dit ?

— Elle raconte l'histoire, Doud !

— Quelle histoire ?

— Elle a mis un #MeToo.

Une espèce d'onde de choc envahit mon sternum. Tout mon corps se raidit. Comme une agression.

— Putain, mais qu'est-ce qu'elle ressort cette histoire d'il y a dix mille ans ? C'est pas possible !

— C'était pas il y a dix mille ans, c'était il y a six ans, Édouard.

— Et elle dit quoi ?

— Elle raconte tout. Et je vais te dire, à un endroit, ça m'a soulagé pour elle.

— C'est pas possible ça. C'est une catastrophe… Elle est tordue, putain.

La terrasse tourne autour de moi. Tout me revient dans la gueule. J'ai mes aigreurs à l'estomac qui reviennent en force. Je pense au Gaviscon que j'ai oublié de prendre ce matin.

— Tu saisis pas l'importance que c'est pour Diane de poster ça.

— Attends, Marie, putain. On va pas encore tous rentrer dans sa folie. Ça suffit la psychose.

C'est bon, elle m'a pas fait assez de mal ? Tu crois qu'elle m'a pas fait assez morfler ? Elle m'a bousillé cette nana. Faut qu'elle réapparaisse là encore. Qu'est-ce qu'elle veut bordel ?

— Doud, s'il te plaît, tu le sais comme moi que Niels il a souvent des comportements bizarres. On fait tous comme si de rien n'était, mais on le sait tous, oui ou non ?

Je tente de calmer ma respiration. Je n'ai pas l'intention de laisser Diane me flinguer ma journée. J'ai une pub à un million d'euros sur les épaules. J'ai autre chose à foutre. Je ne veux pas parler de ça. Je ne veux plus. Plus jamais.

— Bon écoute… Niels, c'est mon meilleur pote. Je le connais depuis que j'ai vingt piges. L'histoire, on l'a tous décortiquée. C'est impossible… Ça n'a pas de sens.

— Putain, c'est fou comme tous vous arrivez à être dans le déni. Bah ouais c'est tellement plus facile.

Je veux sortir de là. Que ça s'arrête. J'étouffe. Marie me gonfle. Je n'aime pas son regard méprisant.

— Moi, je crois très fort en mon pote et toi pas. Je sais plus quoi te dire. Toi, t'as choisi de plus le voir, c'est ton droit…

— Putain, mais je te hais quand t'es comme ça. Vous êtes tous des putains de lâches. Je vois que ça. C'est Chloé que tu protèges ? Sa tune ? C'est quoi ?

— Mais ouais bien sûr. Arrête avec tes pauvres raisonnements. C'est ça la vision que tu as de moi ? De quoi tu parles, bordel ! Bon écoute, tu as mal choisi ton jour. J'ai un taf de malade, je suis hyper stressé en ce moment. Alors, je refuse de m'en rajouter avec une histoire qui a été réglée et largement enterrée.

— Doud, lis son post. Et réfléchis. C'est très sérieux.

Cette conversation m'emmerde. J'ai pas d'autre échappatoire pour couper court à la discussion que de prétexter mon rendez-vous pour me barrer au plus vite. Marie tend sa main vers moi.

— File-moi mon feu.

Je ferme le dernier bouton de ma veste en jean et balance le briquet sur la table qui dans un faux rebond tombe au sol. Marie lève les yeux sur moi. Dans son regard, deux kalachnikovs. Le truc qui fait qu'on a envie de disparaître vite. C'est ce que je fais.

4
ALI

Le train ralentit et mon cœur s'emballe. Comme si le train et mon cœur étiraient le temps dans deux directions opposées. C'est quoi cette tête ? Mon reflet est déformé par la vitre ou quoi ? Mes cheveux ont beaucoup trop poussé, j'aurais dû les couper un peu. Là, j'ai vraiment un afro énorme. Je pourrais essayer de les compacter un peu… non, ça sert à rien… Et ce sac à main. Pourquoi j'ai pris ce sac à paillettes ridicule ? Ça me ressemble tellement pas. J'aurais dû prendre mon sac à dos. Je sais jamais comment m'habiller quand je vais chez Chloé. Trop décontracté c'est pas assez sexy, et trop sexy ça fait pas assez détendu. Pas facile de trouver le bon dosage. Je suis grave. Détends-toi Ali. Chloé s'en fout de comment tu es habillée. Être normale, il faut que j'arrive à être normale… Personne sur le quai, ça m'étonne. Je sors de la gare, toujours rien, le parking est désert lui aussi. Je devrais peut-être lui envoyer un message pour dire que je suis arrivée. Un message sur le groupe

WhatsApp. Ou alors un message en privé. Non mais je n'ose pas lui envoyer de message perso. Non, pas besoin de message. Elle sait que j'arrive de toute façon. Elle a dit à Édouard qu'elle viendrait me chercher. Elle va venir. Elle a le droit d'avoir du retard, ça arrive. Mon cœur se froisse. Mais quel boulet ce cœur. Pourquoi je suis sensible comme ça ? Je dois être trop fatiguée, putain de job de nuit… Je vais me rouler une cigarette. Quand Chloé arrivera, je serai assise là, en train de regarder le soleil dans les arbres, en fumant ma clope l'air absorbée par des choses profondes. Elle me regardera de loin avec tendresse. En fait, c'est grâce à elle si maintenant j'assume ma cicatrice. Je pensais pas pouvoir y arriver un jour, mais depuis qu'elle m'a dit que ça fait comme un éclair à la Bowie sur mon œil, ça me dérange plus. Limite j'aime bien. Chloé, elle me donne confiance. Son regard sur moi, sur ce qui m'est arrivé… Maintenant, je me dis que c'est peut-être ça ma force. J'arrive même à me dire que c'est pas grave d'avoir commencé la danse si tard, que ça peut être une chance d'avoir un parcours atypique. Je me verrais bien mettre en scène des spectacles de danse contemporaine avec du hip-hop et des performances en tout genre. Un ballet de couleurs et de lignes imprévisibles et nécessaires. Comme Pina Bausch mais en moins dark. Je n'aime pas le dark. J'aime la douceur du bleu, l'énergie du vert et le piquant du rouge. Comme Cunningham mais en plus électro. J'aime les dissonances joyeuses et les arythmies qui réveillent. J'aime la danse qui donne envie de vivre. Parce que je veux aimer la vie que je me construis. Quelle chance que Chloé soit la meilleure amie d'Édouard. Ce qui est beau, c'est qu'on soit tombés amoureux avant même que je sache qu'il la connaissait. Je pouvais pas y croire au début. Je me disais qu'il me racontait un énorme mytho pour m'impressionner. Et puis non, c'était vrai. J'ai eu tellement de chance qu'il m'ait choisie pour ce clip. En fait, la danse m'a sauvée. Sans la danse, je serais toujours coincée chez mes parents. Et puis Édouard serait jamais sorti avec une fille comme moi avant. Mutique et en colère. Handicapée sociale, disaient mes profs. Si j'avais pas fait de la danse, je sais pas ce que j'aurais fait. Je serais peut-être restée à zoner ou alors j'aurais fini comme ma mère, au foyer… au service des désirs d'un connard. Ou plutôt dans l'attente du désir d'un connard. Insupportable. Non, je n'aurais pas pu. J'aurais été incapable de vivre comme ma mère. J'aurais juste été antisociale. Faut dire qu'avec mon père, j'ai vite compris que le monde était divisé en deux catégories. Les bâtards et les victimes. Et j'ai vraiment cru qu'il fallait devenir un bâtard si je voulais pas être une victime. Mais je crois qu'aujourd'hui, je sais plus vraiment… je me dis qu'il y a quand même d'autres possibilités. Édouard m'oblige à revoir ma copie en fait. Il me rend plus légère, plus calme aussi. Les trentenaires sont beaux je trouve. Avec leurs doutes et leurs failles. À mon âge, on a tendance à avoir trop de convictions. Moi, en tout cas, je sais que j'en ai trop. Je suis comme figée dans mes jugements parfois. C'est plus fort que moi. J'ai beau essayer de mettre plus de nuances ou de distance, je suis souvent comme aveuglée par mes émotions. Édouard pense exactement l'inverse, c'est drôle. Il me trouve entière, là où je me trouve impulsive. Et lui, il a l'impression de manquer de courage là où moi je le trouve calme et réfléchi. À nous deux, on forme une « parfaite imperfection », comme disait Pina Bausch.

Un bruit de moteur approche. Ne pas tourner la tête tout de suite pour ne pas paraître trop pressée. Finir de rouler ma clope. Tranquille. Le moteur se coupe. Une portière claque. J'allume mon Zippo en le faisant rouler sur mon short comme Édouard. Une main vient m'ébouriffer les cheveux.

— Ouais chaton !

C'est Niels. Je me retourne en levant les bras bien haut en mode champion du monde. Niels me soulève en l'air et tourne sur lui-même. Le paysage défile autour de moi. Il sent le parfum de Chloé. Un mélange de musc et de cannelle. J'adore ce parfum.

— On va passer le week-end du siècle ma petite poulette.

Poulette ? Je l'avais encore jamais entendu celui-là. Niels adore me donner des noms d'animaux. Avec lui, j'ai presque l'impression d'être un zoo à moi toute seule. Il me pose au sol et me sourit avec cet air taquin qu'il a souvent. Cet air de dire qu'il me kiffe vraiment lui aussi. Ça me flatte bien sûr. Je me tourne vers la voiture pour chercher Chloé du regard mais je ne la vois pas. Max et Zoé me font des grimaces depuis l'arrière. Non, pas de Chloé dans la voiture. C'est pas grave, je sais que je la verrai dans quelques minutes. Le temps du trajet jusque chez eux. Niels est un original. Je comprends que Chloé l'ait épousé. Il porte un costard d'été en lin un peu froissé avec des baskets Nike dernier cri et des grosses lunettes genre années 70. Il est trop stylé.

— Allez monte mon lapin, on va aller faire des courses vite fait.

Je grimpe dans l'énorme 4 × 4. Les enfants veulent des bisous. Attaque de bisous. Niels roule un joint XXL. Vraiment pas discret le truc.

— Tu as du feu ?

Je sors mon Zippo. Je vais pour l'allumer mais je sais pas pourquoi je galère. Impossible. Alors que d'habitude j'y arrive du premier coup.

— Il marche plus… j'aurai dû le recharger avant de venir…

— Passe !

Niels ouvre le Zippo d'un claquement de doigts et la flamme apparait. Trop fort. Un énorme nuage de fumée envahit la voiture.

— Papa, t'as pas le droit !

— Quand on pas le droit on prend le gauche…

Max et Zoé ouvrent leurs fenêtres à l'arrière. Je fais comme eux. Il vaut mieux ouvrir ma fenêtre si je veux pas être défoncée moi aussi. Niels envoie de grands cercles de fumée sur le bouddha qui pendouille au rétroviseur.

— Regardez comment Bouddha kiffe ma weed !

Le bouddha semble sourire d'être entouré de cette aura de cannabis. Les enfants sont blasés mais moi j'éclate de rire. Niels allume le moteur et démarre en trombe. Le dernier tube de Chloé explose dans la voiture, énorme cette nouvelle chanson « War is love », je ne sais pas où elle a été chercher des paroles aussi dingues. « *I hate your love, crazy ugly love. You kiss my fear, you hurt my reason. War is love, war is love, war is love…* » Je me sens un peu minable avec mon texte tout d'un coup. Peut-être que je devrais être plus trash moi aussi. « *I kill you forever and ever my lover.* » Cette chanson est magnétique avec ce truc étrange qui me rend mélancolique et euphorique en même temps. J'ai du mal à comprendre comment ces deux sentiments peuvent s'accorder. « *War is love, war is love, you will be mine, more dead than alive.* » Les enfants chantent à tue-tête. Niels fait exprès de chanter faux, un vrai clown, les enfants l'imitent. C'est le dawa dans la voiture. J'adore cette famille. Personne n'a une famille aussi tripante. Niels me tend son joint. Je le prends par pur réflexe mais je préfère ne pas tirer dessus. Mon concours approche, faut vraiment pas que je déconne avec mon souffle.

Je tiens le joint du bout des doigts, près de la fenêtre, mais la fumée m'arrive quand même un peu dans la gueule. On arrive sur le parking de chez Carrefour, il y a de la place partout mais Niels roule vers l'entrée. Je me demande ce qu'il fout. Il contourne les poteaux, s'approche des portes automatiques du grand magasin qui s'ouvrent majestueusement. Niels accélère au milieu de la galerie marchande et se gare tranquillement dans le hall du centre commercial. Il est complètement taré sérieux. Tout le monde nous regarde choqué, mais Niels et les enfants semblent trouver ça normal. C'est tellement absurde d'être garé là en plein milieu du hall… j'éclate de rire. J'ai pas fumé une seule latte sur le pétard mais j'ai quand même l'impression d'être défoncée. Le week-end s'annonce hors normes encore une fois.

5
EDOUARD

Je suis assis sur un strapontin. Je fixe les lumières du tunnel qui viennent se refléter contre la vitre. Je ressasse en boucle ce que m'a dit Marie. Il manquait plus que ça à ma vie. Diane doit vraiment aller très mal pour ressortir cette histoire. J'ai une boule dans la gorge. Je veux surtout pas que ça m'atteigne comme ça m'avait atteint à l'époque. J'ai du mal à respirer. J'ouvre les boutons de ma veste et tente de prendre une grande bouffée d'oxygène mais ma gorge laisse à peine passer un minuscule filet d'air. Je glisse ma main sous ma veste et masse mon plexus solaire. Ça me calme. Je sens que ma gorge s'ouvre à nouveau et que l'air repasse normalement. Mon téléphone vibre dans ma poche. C'est Mathieu. Si je réponds, je sais qu'il va me foutre la pression pour la pub. Je sens que mon corps ne peut pas accueillir une angoisse supplémentaire. Je laisse sonner et je lui envoie en texto : «Je suis dans le métro. Dis-moi.» Pas le temps de ranger mon portable que j'ai déjà une réponse.

« Mec ! Je suis à la prod, c'est la merde. Viens tout de suite. »

Quel enfer. Les jours comme ça, je pense à la retraite. Comme si j'avais le sentiment que la retraite allait être mon salut. Fait chier d'avoir même pas quarante ans et de rêver déjà d'en avoir soixante-dix. Je pense au bonheur quotidien de mes parents. Je me dis parfois que je voudrais être dans la peau de mon père, qui passe ses journées à rien glander. Juste à bouquiner ses Pléiade. À papoter avec ses copains. À voyager. À penser à lui quoi ! À rien d'autre qu'à sa gueule. Et je pense à ma mère dont le plus grand souci dans la vie, c'est de faire retirer les trois varices qu'elle a sur les jambes. Et là, moi, je me fais chier à toujours stresser. Oppressé. À foutre en l'air les plus belles années de ma vie. Je me dis que quelque part, j'ai loupé un truc. Je voudrais connaître cette sensation de paix intérieure. De sérénité. Est-ce que ça existe vraiment finalement ?

Je presse mon iPhone dans ma poche. Je suis quand même curieux de lire le statut de Diane. Mais il me semble que j'en suis incapable. Je veux plus entendre parler d'elle. Pauvre Niels, putain d'Internet. Putain d'époque, les gens savent plus quoi inventer pour se sentir exister. Ils nous font chier avec cette connerie de #MeToo.

6
ALI

J'aime l'insouciance de Niels. Avec lui, on se sent presque le droit de tout faire. Il a au moins trente-cinq ans et il en paraît dix-huit tellement il s'en fout des codes. J'adore ce sentiment de liberté. Peut-être que c'est ça le truc spécial de Niels. Une faculté à faire ce qui lui plaît et à se moquer totalement du regard des autres. C'est pour ça que Chloé l'a choisi. Niels s'empare d'un caddie.

— Qui c'est qui pousse ?

— Moi ! Moi !

— Non moi !

Max et Zoé se précipitent pour pousser le caddie tandis que Niels s'allonge dessus. Les enfants le propulsent en mode zigzag dans les rayons du supermarché. C'est n'importe quoi. Je suis presque obligée de courir derrière eux pour ne pas les perdre. Les gens s'écartent sur leur passage. Niels manque de s'emplâtrer dans les étalages à plusieurs reprises mais il n'a pas l'air d'avoir peur. Il tend son poing en mode Superman.

— Prenez tout ce qui vous fait plaisir, OK ! Ce week-end on se lâche en mode *La Grande Bouffe* !

— Oui, *La Grande Bouffe* !

Les enfants scandent des dizaines de « *La Grande Bouffe* ». Je lève mon poing, je fais tout comme eux.

— La grande bouffe, la grande bouffe !

Niels se met debout dans le caddie. On dirait qu'il surfe dans les rayons.

— Tu l'as vu *La Grande Bouffe* au moins Ali ?

Je fais non de la tête. Niels est sidéré. Si je n'ai pas vu *La Grande Bouffe* je n'ai rien vu, comment peut-on vivre sans avoir vu *La Grande Bouffe* ?

— Zoé, c'est qui le réalisateur de *La Grande Bouffe* ?

— Marco Ferreri !

Marco Ferreri !? Je ne connais même pas ce nom. Niels applaudit sa fille, avec un truc de fierté dans le regard. Jamais mon père ne m'a regardé comme ça. Zoé saute sur place.

— C'est avec mon acteur préféré, Michel Piccoli, il est trop bien !

J'hallucine que Zoé soit si calée à son âge. Moi, à six ans, je ne connaissais rien d'autre que Gulli et Disney Channel. Niels attrape des paquets de chips qu'il balance dans le caddie.

— Ce film, c'est l'histoire de la vie ! On mange, on baise, on meurt… il faut vraiment que tu le voies, Ali.

Zoé répète en riant après lui.

— On mange, on baise, on meurt, on mange, on baise, on meurt…

Niels s'assied sur le bord du caddie.

— Mais attention… c'est pas une métaphore. On peut dire que le film prend des airs de métaphore mais je pense que Ferreri a vraiment voulu nous ramener à l'essentiel ! Une réalité triviale mais tangible finalement… Vous voyez ce que je veux dire ?

Niels parle souvent à ses gamins comme à des universitaires alors qu'ils n'ont même pas dix ans. Et le plus surprenant, c'est qu'ils semblent comprendre. Moi, je me sens un peu embrouillée. De toute façon, j'ai pas vu le film alors forcément ça m'aide pas. Niels attrape maintenant une bouée en forme de licorne. Il parle avec emphase toujours assis sur son caddie qui avance comme un bateau ivre dans les rayons.

— Il y a des gens qui pensent que la vie c'est plus que ça, mais non ! La vie c'est juste une grande bouffe et c'est justement ça qui est magnifique.

Niels met toutes sortes de choses dans le caddie : des fruits exotiques, du Nutella, du whisky, des pancakes, du saucisson, des bières… Moi je ne sais vraiment pas quoi prendre. Du tofu… ? Ou bien des pois chiches ? … Non, je vais pas les saouler avec mon régime végétarien. Je cherche quelque chose de fun, d'inattendu, quelque chose qui pourrait plaire à Chloé. Je trouve des CD de karaoké avec des tubes des années 80. C'est peut-être un peu ringard les années 80. C'est plus de la génération de mes parents, du coup j'hésite. Non, mais il y avait quelques chansons marrantes quand même… « Étienne », « Libertine », « Voyage, voyage »… Je montre les CD à Niels qui les balance dans le caddie sans même regarder ce que c'est.

— On prend ! On prend tout !

Dans le rayon bonbecs, Niels attrape des paquets par poignées. Max et Zoé l'imitent. Niels renchérit. Le caddie déborde de paquets de bonbecs. Il fait n'importe quoi. Il est high, comme dirait Édouard. Il dit souvent que Niels a ce côté up and down depuis toujours. Moi je le connais surtout up. Je préfère. Il paraît que quand il est down, il tire la gueule et il sort plus de son lit pendant des jours. Mais ça lui arrive que quand Chloé est loin, genre en tournée à l'étranger. Quand elle est là, il assure toujours.

Niels avance tout sourire dans son caddie-danger public avec sa bouée licorne autour de la taille. Les clients le regardent amusés. Niels ne les voit même pas. Je ne sais pas si j'ai honte ou si je l'admire d'être aussi fantasque. Les deux peut-être ? Mon esprit est comme en split-screen émotionnel. J'ai honte et je l'admire, voilà… Je crois que j'aimerais être capable de m'exprimer comme lui, avec cette folie douce et cette insouciance. Pourquoi j'ai une partie de moi qui reste toujours si sérieuse ? Trop sage. Bloquée en fait. Pourquoi je n'arrive pas à prendre la vie plus légèrement ? Certainement que mon père m'a mis trop la pression… J'observe Max et Zoé, ils sont tellement libres, tellement vivants. Ils courent en riant autour du caddie. Ils ont de la chance d'être nés dans cette famille qui leur permet l'intelligence et l'insouciance à la fois. Moi, mes parents, c'était l'exact opposé de Niels. Mes parents, ils voulaient qu'on ne se fasse surtout pas remarquer ma sœur et moi… ou alors uniquement pour notre bonne conduite. Il ne fallait pas déranger, ne pas poser de questions, ne pas faire de bruit, ne pas sortir du rang. Et de toute façon, quoi qu'on fasse et quoi qu'il arrive, on était toujours considérées comme fautives et responsables. Du coup, Éyé et moi, on ne savait jamais vraiment comment se comporter. En réfléchissant, être parfaite pour mes parents, c'était disparaître. Ce que j'ai fait à ma manière d'ailleurs… pendant toute mon année de CE2. Je n'ai pas parlé pendant plusieurs mois. Silence total. Rien. Pas un mot. La psy de l'école avait parlé d'un mutisme sélectif lié à mon œil. En vérité, si j'ai refusé de parler cette année-là, c'était pour ne surtout pas dire ce qui s'était passé. Niels descend du caddie tandis que Max et Zoé prennent sa place à l'intérieur. Maintenant, c'est leur tour de se laisser pousser dans les rayons en faisant le show. Ils chantent « Basique » d'Orelsan. « Les gens les plus intelligents sont pas toujours ceux qui parlent le mieux. Simple. Les hommes politiques doivent mentir sinon tu voterais pas pour eux. Basique. »

Ils sont heureux parce qu'ils sont libres d'être eux-mêmes. Comme Niels. Totalement libres. Je n'ai jamais osé être libre de cette manière. Je ne sais pas si je pourrais y arriver un jour. Mon prof de contemporain me dit souvent qu'il faut que j'arrête de chercher la perfection. Que c'est un frein à la grâce. Je suis d'accord avec lui, mais comment on fait pour y arriver ? Est-ce qu'on peut changer de nature ?

Passage en caisse : 876 euros et 18 centimes. Quasiment ma part du loyer quand j'arriverai à la payer ! Niels sort sa carte bancaire et me fait signe que c'est pour lui. Je ne moufte pas. Il compose son code. Je me dis que Chloé sera peut-être gavée par ces achats idiots et totalement compulsifs. Chloé a beau être généreuse et à l'aise niveau tune, elle a gardé les pieds sur terre je trouve. On sent qu'elle n'aime pas trop jeter son argent par les fenêtres. Et puis en plus, elle ne mange pas n'importe quoi Chloé… Elle est comme moi, elle fait gaffe à son alimentation. Niels semble lire dans mes pensées.

— Chloé n'en saura rien, ce sera notre secret, OK ?

Je ne comprends pas très bien pourquoi il dit ça. Est-ce qu'il compte vraiment lui cacher tout ce qu'on a acheté ? Dans ce cas-là, qu'est-ce qu'il compte faire avec tous ces trucs ? Le 4 × 4 trône toujours au milieu du hall, sauf que trois vigiles nous accueillent. Putain, j'en étais sûre. J'espère qu'on va pas finir au poste. Je stresse à mort mais Niels reste parfaitement détendu. Il les check. En fait, il les connaît tous.

— Ça va frérot ?

— Wesh, ça va et vous ?

— Comme d'hab ! Tranquille…

Ils parlent de tout et de rien. De rien surtout. Le grand rasé me mate l'air de dire « T'es qui toi ? ». J'aime pas qu'on me dévisage comme ça. Il regarde ma cicatrice en fait. Il a envie de savoir ce qui m'est arrivé. La question lui brûle les lèvres, je le vois. Cette curiosité malsaine des gens, je la connais par cœur. Niels m'attrape par l'épaule.

— Je vous présente Ali, ma petite sœur !

— Ah OK, enchanté… Elle est très belle ta sœur.

— Bah ouais, normal c'est ma sœur !

Tous rigolent complices. On se ressemble pas du tout Niels et moi, on est même à l'opposé, mais c'est pas grave, tout le monde s'en fout. C'est incroyable. La tension a totalement disparu. Le grand rasé a complètement changé sa façon de me regarder. Ça me touche que Niels ait dit ça. Je crois que j'aurais rêvé d'avoir un grand frère pour me protéger.

— Niels, faut que tu refasses gonfler ton pneu droit à l'avant, t'as vu ?

— Ah oui, je sais, je vais le faire… t'inquiète ! Merci frérot…

— Je te le dis, fais gaffe quand même avec ta bagnole dans le hall. Nous, ça nous fait grave délirer. Mais bon, c'est pas le cas de tout le monde ici…

Niels leur tend discrètement un billet de cinquante euros mais tous refusent. Ils prennent des airs outrés, genre ils sont potes et ils ne veulent pas de fric. Genre. Niels insiste. Celui avec un chien empoche les cinquante boules. Je comprends pourquoi tout le monde s'en fout qu'on se soit garés dans le hall. C'est cool d'être riche. Pas besoin de s'embarrasser avec les codes. Un petit bifton et tout est réglé. D'un côté, ça me dégoûte, mais d'un autre, ça me fascine. Je suis plutôt mal à l'aise avec ce que je ressens, mais après tout, on n'a fait de mal à personne. Niels balance nos achats dans le coffre.

— En route pour le paradis du kif mon petit chat.

7
EDOUARD

J'arrive dans le grand open space de Digipro. Cette hauteur de plafond me donne le vertige. C'est presque aussi haut que le hall de la gare de Lyon. Tellement de place non utilisée, gâchée. Beaucoup trop. À l'instant même où j'arrive, je me fais directement alpaguer par Arielle pour me montrer le story-board, par Élodie pour finaliser le casting, par Philippine pour m'annoncer qu'on a reçu les tarifs de la pub précédente, par Kewan pour me faire lire le pitch d'une éventuelle prochaine pub. Mais c'est quoi cette vie, où faut avoir dix cerveaux qui fonctionnent en même temps, les jours où on en a même pas un. C'est pas une vie normale. J'aperçois Mathieu, impeccable dans son costard, et sa barbe parfaitement taillée. Un style tellement à l'opposé du mien. Moi, j'aime l'oversize. Avoir le jean toujours un peu trop large qui laisse entrevoir un bout de caleçon. Je trouve ça sexy. Mathieu s'approche de moi. Il a la gueule du type qui va pas bien du tout. Quand il a sa mâchoire en tiroir-caisse à neuf heures du matin, je me dis que soit il a fait la teuf toute la nuit, soit il a eu des gros trucs à gérer. Depuis qu'il a été promu directeur général de Digipro, l'unique moyen qu'il a trouvé comme paravent à son stress quotidien, ça a été la coke. Lui, il dit que c'est ce qui le sauve. Que c'est ce qui lui permet d'être patron, père et mari à la fois. Au départ, ça me choquait; je trouvais ça plutôt glauque. Aujourd'hui je suis habitué. Je lui dis plus rien. Et puis, je n'ai rien à dire, il assure. Il me chope par le bras et me regarde le visage défait en enfonçant nerveusement ses doigts dans sa barbe.

— Faut qu'on parle. C'est chaud, mec. C'est chaud.

Je sens qu'il est à bloc. Il serre tellement fort sa mâchoire que j'ai peur de voir ses dents exploser.

— Ça peut pas attendre deux minutes ? Je suis en train de m'occuper du story-board, là.

— Non, ça peut pas attendre. Viens.

Je marche mécaniquement derrière Mathieu qui m'entraîne dans le seul endroit où on peut se mettre à l'abri des regards : la cuisine. J'ai compris, il veut me coller la pression pour la réunion de cet aprèm. Je le vois à sa tronche. Il entre. J'entre. Il ferme la porte à clé derrière nous. Il pose une main qui pèse trois tonnes sur mon épaule.

— Mat, je gère. J'ai trouvé un pont qui peut corresp…

— Édouard, écoute-moi.

— Quoi ? Quoi, qu'est-ce qu'il y a ?

— T'es au courant pour Diane ?

Oh, non, merde, le supplice. Pas ça. Pas elle. Pas encore. Je lui tourne le dos et je me fais couler un café.

— Oui, je sais mais j'ai pas lu… Et j'ai pas envie de parler d'elle.

— Là, elle a franchi la ligne rouge. Faut absolument que tu voies ça… T'as pas idée de la violence des mots. C'est atroce. La meuf est folle à lier. C'est un cauchemar cette nana.

Je prends ma tasse de café et je m'assieds sur le tabouret.

— Oui, bon qu'est-ce que tu veux que je te dise. On va encore se répéter en boucle qu'elle devrait se faire interner ?

— Mais ça n'a rien à voir. On est tous menacés, là.

— En quoi on est menacés ?

— Il y a six ans, il y avait pas ce mouvement. Avec l'ampleur du truc, sur Internet, ça peut s'enflammer en deux secondes.

— Mais pourquoi, elle donne des noms ?

— Non, heureusement. Mais c'est plus vicieux que ça. Elle a signé, mec. Donc il y a son nom à elle. Facebook, ça va très vite, on le sait. Le rapprochement, il peut se faire. Il suffit que quelqu'un fasse le lien pour que ça explose. Et puis, il y a Chloé. Si la presse s'en empare, ça fait la une et c'est fini. T'imagines, le scandale. On n'a pas envie de ça. Faut qu'on se bouge.

Je suis saoulé. Cette histoire m'avait déjà tellement traumatisé à l'époque. Aujourd'hui, j'ai pris de la distance avec tout ça. Je refuse de m'investir encore dans un truc qui ne me concerne plus du tout. Je respire mon café comme pour déconnecter mon cerveau.

— Édouard, on ne peut pas faire comme si de rien n'était. Depuis ce matin, je pense à Niels. Un coup comme ça, ça peut le foutre à terre. Je dis pas ça parce que c'est mon cousin. Je dis ça parce qu'il est innocent et fragile. Si jamais ça éclate, il s'en remettra pas.

Mathieu s'approche de moi, pose ses deux mains sur la table et me fixe.

— Et puis va expliquer après sur Facebook que tout ça c'est un mensonge. Que la meuf est tarée. Non, un post comme ça, crois-moi, même si c'est un fake, ça tue quelqu'un et pour longtemps.

En fait, je pense comme lui. Niels est un ultrasensible. Et puis, à notre place, je sais qu'il se serait battu pour nous. Je voudrais dire quelque chose, mais je me sens incapable d'agir. Incapable de rien. Mathieu desserre son nœud de cravate.

— Appelle Diane s'il te plaît. Faut que tu la voies. Pour comprendre. Qu'est-ce qu'elle veut ? Pourquoi elle s'acharne sur Niels ? Tente de la faire parler, et de la raisonner pour qu'elle retire son statut.

J'ai des suées dans tout le corps. Mon tee-shirt est moite tout à coup. Je sors une cigarette de mon paquet que je tapote, fébrile, sur le dos de ma main.

Mathieu prend la chaise et s'installe en face de moi. Il pointe son doigt sur mon torse.

— T'es le seul de la bande à avoir de l'influence sur elle.

— Mais Mat, dis pas de conneries, je l'ai jamais revue. C'est impossible. Je veux plus jamais avoir affaire avec cette meuf de ma vie.

— Doud, cette meuf c'était ta meuf, c'est toi qui nous l'as ramenée, alors maintenant tu nous la dégages parce qu'elle veut tout faire péter. On peut pas la laisser détruire une famille. Une carrière. Nous… Notre amitié. On serait des fous. Tu te rends compte, c'est une accusation abjecte.

— Mais je lui dis quoi ? Moi, j'ai une position trop délicate. T'imagines la situation dans laquelle elle m'a foutu ? … Elle m'a piétiné. Je suis la pire personne pour l'appeler. J't'assure.

— Au contraire, t'es la meilleure personne.

— Elle voudra jamais me parler… et puis quand bien même, je saurais pas quoi lui dire.

— Qu'est-ce que tu racontes ? T'as Alzheimer ou quoi ! ? Tu lui rappelles la soirée. La meuf était totale défoncée ce soir-là, mais de quoi elle parle ? Elle a fait un black-out. Elle arrivait même plus à aligner une phrase correctement. Elle jubilait à nous chauffer les uns après les autres.

— Ouais, ouais, enfin, on était tous super arrachés…

— C'est pas là où je veux en venir. Souviens-toi, quand elle a fait son espèce de strip-tease à la piscine… elle était à moitié à poil… à chauffer Niels.

— Mais c'était un jeu… Moi aussi, j'ai passé toute ma soirée en calbut… tout le monde se pelotait… on jouait…

— Tu comprends pas. Laisse-moi finir… elle, elle jouait pas… elle allumait Niels que j'en étais mal à l'aise pour toi… T'étais son mec et elle l'allumait devant toi. T'as passé ta soirée à te morfondre que t'en pouvais plus. Oui ou non ?

— Oui.

— Alors ? Je l'ai vu de mes yeux, je te dis… Niels a passé sa soirée à la fuir et elle l'accuse d'un viol ? Elle l'a chauffé à mort sous les yeux de tout le monde. Et elle l'accuse ? Elle ? d'un viol ? Niels, qui est marié, qui a deux gamins, dont t'es le meilleur ami, qui a passé sa soirée à l'éviter, mais enfin… C'est ça que je veux dire. Elle a inventé tout ça, parce qu'elle a pas eu ce qu'elle voulait. Voilà pourquoi. Je suis désolé pour toi mon Doud, mais c'est ça l'histoire.

— Je peux pas la rappeler. Je m'en sens incapable.

— Vas-y Doud, la laisse pas refaire la story. Faut qu'on reprenne la bagarre, comme il y a six ans. Alors, appelle-la. Faut qu'elle enlève son statut. Parce que là, qui abuse qui, en fait ?

Je réfléchis un instant en mordillant nerveusement le capuchon de mon stylo.

— On tourne la pub dans une semaine. On a

rendez-vous avec les clients tout à l'heure. J'ai trop de trucs dans la tête. Mat, c'est pas le bon moment.

— Écoute-moi. C'est ça la priorité. Et si jamais t'as trop de stress pour la pub, je mets quelqu'un d'autre à la réal, c'est pas un problème.

— Non, non, non, mais t'es un grand malade… J'ai besoin de bosser moi…

— Alors, appelle-la.

Je baisse les yeux. Je me sens soudain tellement triste. J'ai ce truc dans la gorge qui se serre, comme une envie de chialer. Je suis face à mon café et je fais tourner ma petite cuillère en raclant le sucre dans le fond de la tasse. Mathieu me regarde avec une espèce de défiance dans le regard.

— Doud, tu le fais ?

— Je sais pas, je panique un peu là…

Mathieu prend ma tête dans ses mains et m'embrasse sur le front.

— Je sais ce que tu ressens… mais je suis avec toi.

Mathieu me balance une petite tape amicale et complice dans le dos et sort de la cuisine, soulagé. Tant mieux pour lui. Moi, il m'a refilé son poids. Et il pèse lourd, très lourd sur mon plexus solaire qui me fait super mal. Je prends mon téléphone et ouvre mon compte Facebook. J'ai les mains tellement moites que j'ai l'impression que mon portable pourrait glisser comme un savon. Je tape Diane Karen et je fais défiler sa page jusqu'à ce que mes yeux s'arrêtent sur un pavé qui commence par #MeToo, doublé d'un #BalanceTonPorc. Je prends une grande inspiration.

« Il y a six ans, je fréquentais un ami presque quotidiennement. À cette époque, j'étais en couple et lui aussi. C'était il y a six ans et pourtant c'était hier, je suis encore à vif. J'ai eu beau partir vivre à l'autre bout du monde, en pensant amputer ce viol de ma mémoire, rien n'y fait. Mon corps et mon cerveau m'en ont empêchée. Interdit. Je suis marquée au fer rouge. À l'époque, je n'ai pas osé faire trop de bruit. Par peur. Par culpabilité. Par une pression incompréhensible d'une partie de mon entourage. J'ai pleuré. Fait une grave dépression. Perdu l'appétit. Et je ne voyais pas d'issue. Alors j'ai choisi de me taire et de laisser ceux qui savaient avec leur conscience. Le porc c'est lui mais c'est aussi tous ceux qui l'ont soutenu lui plutôt que moi. Ceux qui ont remis ma parole en cause. Ceux qui préféraient continuer de le fréquenter lui, tout ça parce que sa femme est une célébrité. »

Je suis sonné. Je bois mon café en vitesse et referme Facebook. Je lirai plus tard. Je ne sais pas si j'ai envie de rouvrir cette page du passé. On la connaît tous, Diane. Et moi, mieux que personne. Cette fille, ça a été une malédiction de la croiser sur mon chemin. Elle m'a flingué. Je me suis toujours méfié d'elle. Son côté trop tactile m'a toujours mis mal à l'aise. C'est vrai Diane, c'est la séductrice. C'est l'Amazone. Avec cette façon qu'elle avait de parler, toujours très ambiguë. Elle avait la fâcheuse habitude de nous parler toujours très près de la bouche. Trop près. On avait toujours le sentiment qu'elle testait sans arrêt son pouvoir de séduction. Ça rendait fébriles les plus fragiles. Avec ce genre de personnalité, on peut pas savoir. Moi, j'ai choisi mon camp. J'ai choisi le camp que je connais depuis mon adolescence. Chloé. Niels, mes amis, j'assume. Oui, j'assume. Et j'ai pris la bonne décision. Niels est vraiment un chouette mec. Un ami. Celui que j'appelle mon frère. Il a trop de respect pour la vie, Niels. Il a des valeurs. Et puis, c'est un féministe, Niels. Il aime les femmes. Il le revendique. Il le crie s'il le faut. C'est le type qui milite toujours dans les dîners et qui incite les femmes à changer leur sort. Quand j'y pense, c'est d'ailleurs le seul d'entre nous à tenir ces discours sur l'importance de l'égalité hommes-femmes. Moi, je l'admire pour ça. Parce que moi, je fais « pas le job », comme il dit. Il nous répète toujours que c'est primordial qu'on ait conscience de cette inégalité et que c'est un travail qu'on doit faire au quotidien dans nos boulots et dans nos vies pour qu'elle disparaisse. Pour lui, les hommes féministes, c'est LA solution aux inégalités. Non, Niels n'aurait jamais fait une chose pareille. Non, l'antithèse de son discours. Ça marche pas. Et puis admettons, Diane m'aurait trompé avec lui… Ce qui déjà est improbable de la part de Niels… OK, admettons. Mais un viol ? … Un viol ?

Soudain, la porte de la cuisine s'ouvre. La tête de Mathieu apparaît dans l'embrasure.

— Alors ? Elle a dit quoi ?

— Attends putain. Je vais le faire. Je vais le faire. Faut que je trouve l'impulse. Deux secondes.

— C'est hors de question que Chloé tombe là-dessus. Déjà en six ans, c'est un miracle qu'elle n'ait pas été au courant. Chaque minute compte. Alors magne.

Mathieu me regarde sévèrement et referme la porte.

Il faut que je me raisonne. Je dois appeler Diane, mais ça me semble insurmontable. Pourtant, c'est mon devoir d'ami de faire ça. Mon portable vibre. C'est Ali. Ça sonne comme une respiration. Chaque fois que son nom s'affiche sur mon téléphone, il y a toujours quelque chose comme de l'électricité qui parcourt mon corps. J'aime quand son nom s'affiche. Elle m'a envoyé une photo d'elle qui grimace. Au deuxième plan, Niels, tout sourire, en train de faire le con sur un caddie. Voilà, c'est ça Niels. C'est la joie de vivre. Une espèce de père Noël du rire. Le gars qui te fait marrer. C'est un clown, Niels. Un grand gamin. Qui te répète toujours que la vie est une grande blague. Un pitre qui aime « créer du souvenir », comme il dit. Jamais il ferait une chose pareille. Je dois appeler Diane. Faut que je me concentre. Je sors de la cuisine. Je traverse l'open space sans même relever la tête. Je ferme la porte de mon bureau. Je m'enfonce dans mon gros fauteuil en cuir noir. Je prends mon téléphone… hésite un instant. Je ferais peut-être mieux de lire la suite de son post. J'ouvre ma page Facebook.

« C'était il y a six ans, un soir alors que nous étions dans une soirée “entre amis” à la campagne. Il était deux heures du matin, j'avais beaucoup trop bu et puis je m'étais droguée aussi, mais pas plus que les autres. Alors que j'allais chercher mon manteau dans la chambre pour partir, c'est là que c'est arrivé. Il est entré derrière moi, et il a fermé la porte à clé. Je n'ai pas eu peur, parce que c'était mon ami. Il m'a embrassée dans le cou. J'étais surprise. Mais je n'ai pas eu peur, parce que c'était mon ami. J'avais bu, il a dit que j'en avais aussi envie. Je ne crois pas, mais lui disait que si. Un baiser dans le cou, ce n'était pas engageant. Pas grave. Comme un signe d'amitié. Et puis, il a pris ma main, je n'ai pas eu peur puisque c'était mon ami. Il l'a mise contre son jean au niveau de son sexe. J'ai rigolé puisque c'était mon ami. Je m'étais habituée à ses provocations absurdes et too much mais là quelque chose n'allait pas. J'ai voulu retirer ma main mais il la tenait fermement. Il était trop fort. Son regard ne riait plus. Là, j'ai eu peur. J'ai voulu crier mais aucun son ne sortait de ma bouche. Il m'a encore chuchoté que j'en avais aussi envie. J'étais sans voix. Il passait son temps à me dire chut, que ça faisait trop longtemps qu'on le voulait. Il m'a retournée, il a mis sa main sur ma bouche, et il m'a violée. Mon cerveau était comme arrêté. Paralysé.

Par quelle manipulation invisible il en était arrivé là ? Je n'étais plus connectée à mes émotions. Au bout d'un moment, il s'est arrêté, puis il m'a souri et m'a juré qu'il ne dirait jamais rien. »

Je m'arrête. Je peux plus lire une ligne. C'est monstrueux de faire ça. Dégueulasse. Putain, elle est folle à lier. Ce n'est qu'un tissu de mensonges. Je suis hors de moi. C'est pas du tout la version que j'avais eue il y a six ans. C'est pitoyable. Je jette un coup d'œil furtif sur les nombreux likes – 146. Putain, tous ces gens qui likent, ça me choque. Je prends mon portable et fais défiler les noms de mon répertoire. Depuis combien de temps je n'ai pas fait ce numéro ? Je reste un instant pétrifié face à son prénom. Diane. Diane. Un vertige m'envahit tout entier. Je ne me souviens même plus de l'intonation de sa voix. Son visage s'est presque effacé de ma mémoire. Je me demande comment je vais entamer la conversation. Il va falloir que je garde mon calme. Que je sois diplomate et stratège. D'abord, je vais lui demander de ses nouvelles. Et puis seulement après, je lui dirai que je viens de lire son statut. Je lui rappellerai à quel point cette histoire avait été dévastatrice à l'époque. Non, je peux pas dire ça. Il faut que je sois plus radical. Plus malin. Il faut qu'elle capte bien les enjeux et la gravité de son post. Qu'elle risque gros pour un mensonge pareil. Ou bien, je vais plutôt lui dire que si elle n'enlève pas ce statut, elle va briser une famille. Foutre en l'air la vie de deux gamins.

Exploser un groupe d'amis. Peut-être même bousiller la carrière de Chloé. Non, je peux pas dire ça non plus. En fait, je ne sais pas quoi dire. Je ne suis pas bien. Pas bien du tout. J'ai l'impression d'être dans un cauchemar. On est quel jour ? Samedi. Faut que je voie ma psy. J'ai une sensation d'étouffement. Des picotements dans la nuque. Les mains moites. Je suis en pleine crise d'angoisse. Il faut que je voie ma psy d'urgence. Il faut que je me cale une heure dans la journée. Ça sonne. Répondeur.

— Madame Haupe, c'est Édouard. Je voudrais savoir si vous aviez une place pour moi aujourd'hui. En fait, je me sens pas très bien. J'ai des palpitations très fortes. J'ai vraiment besoin de vous. Si vous avez un créneau, rappelez-moi. Merci beaucoup.

Ça va pas du tout. J'ai la tête qui tourne. Je suis totalement déraisonné. Tous mes souvenirs avec Diane rejaillissent et tournent en boucle dans ma tête. J'ai mal au crâne. Je voudrais qu'on m'arrache le cerveau. L'angoisse me submerge. Je voudrais que ce vertige me quitte. Là. Maintenant. Tout de suite. Ça faisait longtemps que je n'avais pas eu de crise d'angoisse aussi puissante. C'est bizarre, ça prévient pas l'angoisse. On sait jamais trop pourquoi ça vient, pourquoi ça part. Le corps a retenu des choses que mon cerveau lui ne connecte pas. Ou l'inverse. Enfin, je sais pas. Ma psy, elle dit que l'angoisse survient quand le manque vient à manquer. J'y comprends rien, évidemment c'est de Lacan et Lacan c'est toujours alambiqué. Je vois pas quel est le manque qui ne me manque plus, là maintenant. C'est même plutôt l'inverse, Ali me manque. Bref, même si je capte pas toujours ce que me dit Mme Haupe, ça me fait du bien quand je la vois. De comprendre qu'elle, elle y comprend quelque chose, ça me fait du bien. Ça me rassure de voir qu'elle trouve mon état plutôt normal. Banal. Je me dis que je suis pas complètement taré. Que je suis comme tout le monde. Ça me rassure, moi, d'être comme tout le monde. J'aime bien être dans le moule. Si elle ne me rappelle pas, je la verrai mardi. D'ici là, il faut que je tienne. J'ai une pression sur ma poitrine qui m'empêche de respirer. J'ai la sensation de coups de poignard. Je presse mon cœur avec mes deux mains. Putain, si j'étais en train de faire une crise cardiaque ? C'est possible, ça ? Je suis à un âge où il y a des mecs qui claquent juste comme ça. J'ouvre le tiroir de mon bureau et je fixe ma boîte de Lysanxia. Depuis que j'ai perdu ma sœur, Cécile, il y a douze ans, je prends du Lysanxia parfois. Souvent. Ça me calme. C'est rassurant d'ailleurs, de se dire qu'en dix minutes, ton angoisse est remplacée par une espèce d'apaisement généralisé. Je prends la pilule et la dépose sous ma langue. Une chaleur parcourt mon corps. Puis, j'ai soudainement froid. Très froid. Un froid polaire m'envahit de l'intérieur. Une envie de dormir. Je n'ai le courage de rien. J'ai envie d'appeler Ali, mais elle me connaît tellement bien qu'elle va sentir que quelque chose ne va pas.

Je me sens si vulnérable. J'ai envie qu'on me serre très fort. J'ai pas envie d'être seul. J'ai envie d'être tout petit. D'avoir encore ma sœur près de moi. Je veux être consolé. Tout de suite. Je suis en train de suffoquer. Ma mère. Ma mère. Mon téléphone. J'appelle.

— Maman.

Rien que de prononcer le mot *maman* m'apaise.

— Oui, mon ange. Ça va ? Où es-tu ?

— Au bureau.

— Encore ??? On est samedi, ils t'exploitent ou quoi ?

— Ça va maman. Et toi, tout va bien ?

— Écoute, ça va super. On vient de se faire une heure de tennis avec papa. C'était génial. On s'est régalés.

Quand j'entends sa voix si enjouée, tellement en vie, je me dis que c'est fou, on est pas tous gaulés pareil. Parce que perdre un enfant, pour des parents, c'est la pire des choses qui puissent arriver. Perdre son enfant. Quelle souffrance atroce. Inimaginable pour quelqu'un qui ne l'a pas vécu. Ma mère me dit toujours que ma sœur nous voit. Qu'elle est là. Ça l'aide à supporter. Ils ont eu cette force incroyable de rire à nouveau. De continuer d'aimer la vie malgré tout le chagrin. Je ne sais pas ce que c'est de perdre un enfant, je sais juste ce que c'est de perdre une sœur. Et c'est terrible. J'ai perdu une partie de moi. Pour toujours. J'ai tissé avec elle un lien invisible. Je communique avec elle dans ma tête. Je continue de la faire exister. Quand j'y pense, Diane a énormément contribué à mon deuil. Elle a mis de l'espace entre ma peine et moi. C'est vrai, Diane me permettait de m'envoler. Et parfois même d'oublier. Je peux pas lui retirer ça.

— Toi, comment tu vas ? T'as une petite voix.

— Non, ça va. C'est juste que…

— Quoi ça va pas ?

— Tu te souviens de cette histoire horrible que Diane avait racontée sur Niels ? Tu t'en souviens ?

— Ah ben oui, tu penses qu'on se rappelle. Pourquoi ?

— Elle a mis un #BalanceTonPorc ce matin.

— Mais quelle andouille celle-là ! Moi, je t'avais dit que ça s'arrêterait pas là. C'est une coriace, Diane, je l'ai toujours senti.

— Ouais bah voilà, elle réapparaît.

— Mon ange, toi tu restes loin. Tu m'entends. Cette fille a un vrai pète au casque. Tu sais ce qu'on en pense, nous. Elle t'a fait tourner en bourrique. C'était une vraie détraquée cette nana.

— Maman, arrête. Diane est quelqu'un de particulier. Elle est malheureuse, c'est tout.

— Chéri, pas d'empathie pour ces gens-là. Tu sais, nous, dans notre vie, on en a croisé du monde, mais elle, elle t'aurait rendu malheureux. T'en pouvais plus de son excentricité. Tu me disais toujours que tu ne te sentais pas sécurisé avec elle. Bah, tu m'étonnes. Moi, je t'assure que si je m'étais baladée comme elle, dans les rues à moitié à poil, papa m'aurait lourdée au bout d'une semaine.

J'entends mon père marmonner au loin.

— Elle nous fait chier celle-là. Qu'est-ce qu'elle a encore cette merdeuse ?

— Stéphane. S'il te plaît.

— Qu'est-ce qu'elle l'emmerde encore cette petite allumeuse ?

— Bon maman, dis-lui de la fermer.

— Oui, oui. Stef, tais-toi… Chéri, je t'en supplie, t'as assez galéré comme ça. Alors, ne te mouille pas toi, hein ? C'est tout ce que je te demande.

— Non, bah, j'essaie. Mais bon, tout le monde est en panique.

— Tu sais quoi, laisse-les paniquer et toi tu bosses. Plus t'es à distance et mieux c'est pour toi.

— Oui, mais bon…

— Écoute, hier on était au restaurant avec les Larsen, et on parlait de ce hashtag… Vous êtes quand même dans une drôle d'époque. Enfin, c'est quoi ces accusations qui pleuvent tous les jours… sans fondement. Ce hashtag c'est la porte ouverte à toutes les diffamations. Ça tourne plus très rond. Moi, je comprendrais que les hommes s'indignent. T'imagines si eux faisaient un hashtag « balance ta salope ».

— Ouais. Ouais… C'est pas tout à fait…

— Et puis, tu te rends compte de cette expression : balance ton porc. Non, mais quelle violence. Comment tu veux que les choses avancent dans le bon sens. C'est plus une campagne de délation et de haine des hommes qu'autre chose.

— Ouais… ouais… je sais…

— Bon, te désespère pas. Toi, reste loin de tout ça, je t'en supplie. Crois-moi. Loin. Ali, elle pense quoi ?

— Bah elle est pas au courant. Ça servirait à rien.

— Très bien. T'as raison. Ça sert à rien de mettre de l'huile sur le feu. Tu vois, comme quoi une mauvaise rencontre ça peut être terrible. Et puis tu sais, Chloé, elle a toujours suscité des jalousies.

— Ouais.

— Reste loin chéri. Loin.

— OK, m'man ! J't'embrasse.

— Bisou mon cœur.

Ma mère a raison. Il faut que je reste le plus loin possible. Je ne sais plus quoi faire. Fait chier. Et puis, je n'ai pas aimé la façon dont Mathieu a laissé planer la possibilité de me remplacer sur la pub si je n'appelais pas Diane. Je me sens pris en otage. Mon angoisse est tellement forte qu'il me semble que le Lysanxia ne fait pas effet. J'ouvre mon ordinateur et tape sur YouTube : « hypnose angoisse ». C'est un autre moyen radical que j'ai trouvé pour m'apaiser. La vidéo s'appelle « La vidéo qui peut changer votre vie ». Le titre est un peu bidon, mais la voix du mec me détend instantanément. Sa voix est monotone et bizarrement envoûtante. Décontractante.

« Je vais vous demander de fermer les yeux. Cela évitera la dispersion de votre attention. Fermez les yeux. À partir de maintenant, je vais vous demander d'être attentif à l'écoute des mots que je vais prononcer. »

Je ferme les yeux. Je m'enfonce dans mon fauteuil.

« Cette séance va vous permettre de ne plus être en état de dépendance par rapport aux autres. Vous êtes bien, vous vous sentez déjà très bien. »

J'étire mes jambes jusqu'à faire craquer tous mes membres. Je tente de ralentir ma respiration, je me concentre sur sa voix.

« Je vais demander à votre inconscient d'abandonner progressivement le contrôle inutile de tous vos muscles. Imaginez un point entre vos deux yeux. Concentrez-vous sur ce point. »

Mon pouls ralenti. Je me sens de plus en plus calme.

« Imaginez que vos paupières s'attachent. Je vais compter jusqu'à trois. Je compte un. »

Je me sens en sécurité.

« Deux. Vos paupières sont scellées. »

Je suis bien.

« Trois. Vous entrez dans le domaine de la relaxation et du sommeil. »

8
ALI

Je ne comprends pas où on va. On a bifurqué sur une petite route de campagne à l'opposé de la maison. Niels ralentit et arrête la voiture devant une espèce de vieille baraque délabrée. Je ne comprends pas du tout pourquoi on s'arrête ici.

— On va où ?

Niels descend sans répondre, les enfants aussi. Je les suis sans savoir ce qu'on fout là. On entre dans la maison. Même pas on a tapé à la porte. Dans l'entrée, il y a un gros paillasson avec un dessin de vache dessus. Des bottes de pluie couvertes de gadoue sont posées sur un sac en plastique de chez Auchan. Au-dessus d'un radiateur en fonte, le papier peint se décolle. Des fils électriques pendouillent au plafond. Rien n'est assorti, tout est cheap et crade. Des jouets et des emballages traînent au sol. Au-dessus d'une commode, il y a un grand portrait de Chloé et Niels pendant leur mariage. Ils sont beaux tous les deux. On voit qu'ils s'aiment vraiment fort sur cette photo. Sur des étagères, il y a des cadres de toutes tailles avec des photos de Max et Zoé quand ils étaient plus petits. On doit être chez les parents de Niels. Je ne m'attendais pas à ce qu'il vienne d'un milieu aussi modeste lui aussi… Il a l'air tellement cultivé et à l'aise partout que j'étais persuadée que c'était un fils de bourges. Comme quoi, il faut se méfier des apparences. Niels vient d'une famille de prolos, comme moi, en fait ! On passe devant le salon : la télé est allumée et un vieux monsieur est assis à moins d'un mètre de l'écran dans un fauteuil roulant. Le grand-père de Niels certainement.

— Papa, comment ça va la branlette ?

Niels a parlé à toute vitesse, du coup je me dis que j'ai mal entendu. Le vieux monsieur a toujours les yeux scotchés à sa télé. Niels soupire.

— Pas de branlette aujourd'hui.

Non, j'ai très bien entendu. Les enfants lancent des « Papi tu pues, papi tu pues du trou du cul ». Je suis très mal à l'aise. En fait, je suis choquée et je ne sais pas trop comment réagir. Niels me regarde avec un air glauque soudain. Il m'explique que son père a presque vingt ans de plus que sa mère et qu'il a un Alzheimer précoce.

— Il ne comprend plus rien… il est complètement dans son monde. Lui faire des blagues ça permet de moins déprimer, sinon c'est vraiment trop dur.

Je comprends la démarche, même si je trouve ça carrément trash de lui parler aussi mal. Niels se dirige vers son père, il embrasse son crâne chauve et lui replace une couverture sur les genoux. Son père ne réagit pas. C'est vrai que ça doit être difficile comme situation. Je pense à Édouard et moi. Nous aussi on a presque vingt ans d'écart. Ça me fait flipper soudain. J'espère qu'il n'aura pas d'Alzheimer précoce lui aussi.

Niels se tourne vers moi et les enfants, il nous fait signe de le suivre. On traverse une cuisine en bordel comme le reste, avec des sacs plastique partout, et on ressort à l'arrière de la maison, dans une courette qui donne sur un jardin complètement à l'abandon. Niels nous chuchote de ne pas faire de bruit. Les enfants pouffent de rire. Je les imite et marche sur la pointe des pieds. Au fond du jardin, une dame d'une soixantaine d'années coupe du bois. Niels prend une voix forte et autoritaire.

— Police, les mains en l'air vous êtes en état d'arrestation, posez votre arme immédiatement.

Les enfants braquent la dame avec leurs doigts. La dame a sursauté très fort. Elle se tourne vers nous en tentant de calmer son cœur.

— T'es con, imbécile !

Elle appuie avec sa main sur sa poitrine, j'espère qu'elle fait pas un malaise. Je reconnais clairement les mêmes traits de visage que Niels. Aucun doute, c'est sa mère. Niels la prend dans ses bras. Elle se laisse faire mais elle ne semble pas du tout contente de nous voir débarquer.

— Tu aurais pu me prévenir, merde.

Niels me prend par la taille.

— Maman, je te présente Ali, la future femme d'Édouard. Monique, ma mère.

Monique me regarde, contrariée.

— Vous allez vous marier à votre âge ?

Je fais non de la tête mais Niels s'emballe.

— Elle ne le sait pas encore mais Édouard va bientôt la demander en mariage…

Il n'a jamais été question de mariage entre Édouard et moi… Est-ce que Niels raconte des conneries ou bien Édouard lui en aurait parlé sans que je sois au courant ? Monique me regarde en soupirant.

— Dites non !

Je ne trouve rien à répondre. Elle me regarde bizarrement.

— C'est vous l'infirmière ?

— Euh… non… Moi je suis danseuse.

Niels me coupe.

— Grande danseuse.

Monique le coupe.

— Danseuse, c'est un métier dur. À trente ans, c'est foutu ! C'est des carrières courtes ça…

— Oui oui, je suis au courant vous en faites pas…

J'acquiesce par politesse même si cette conversation me saoule. On croirait tellement entendre mon père.

Niels se tourne vers les enfants pour leur dire de nous aider à aller prendre les courses. Max et Zoé le regardent, contrariés.

— Mais non papa, pourquoi ?

Monique jette sa hache au sol.

— Tu aurais pu me demander, Niels.

Elle me fait flipper sa mère. On se croirait dans un film d'horreur. C'est marrant comme en voyant la famille des autres, je me dis que finalement la mienne n'est pas si pire.

Niels propose un tirage au sort. De quoi parlent-ils tous ? Je suis complètement perdue. Nous retraversons la maison. J'ai l'impression d'être un tout petit enfant trimballé à gauche à droite, sans jamais comprendre ce qui se passe. Niels ouvre le coffre, il prend deux sacs de courses qu'il cache dans son dos et se tourne vers moi.

— Main droite ou main gauche ?

Je dis main gauche par pur réflexe. Parce que je suis gauchère sans doute. Niels tend un sac de courses à sa mère. Elle regarde ce qu'il y a dedans : les CD de karaoké, des bonbons, du shampoing à la fraise, du chorizo et du pastis… Elle aurait préféré des produits de beauté : Chloé lui en avait mis de côté, non ? Niels lui promet de les apporter un autre jour. Monique fait la gueule. Elle est vraiment spéciale sa mère. Niels lui ressemble physiquement, mais elle a quelque chose de brut qui me semble tellement loin de lui. Max et Zoé s'accrochent à moi, ils me supplient de rester avec nous. Niels leur caresse la tête en disant qu'on reviendra les chercher demain, que leur grand-mère a besoin de compagnie elle aussi. Les enfants font la tête mais ils ne mouftent plus. Ils me font un bisou triste et disparaissent dans la maison. Monique regarde Niels, l'air blasée. Il fait le pitre en se mettant au garde-à-vous mais elle ne rit pas. Elle nous tourne le dos et s'en va sans même nous dire au revoir. Je suis carrément gênée. Niels m'assure qu'elle est très contente d'avoir les enfants avec elle. Sa mère est froide parce qu'elle est pudique, c'est tout.

— Attrape.

Il me lance les clés du 4 × 4. Je saute mais il les a lancées beaucoup trop haut pour moi... Elles tombent au milieu de la chaussée. Je vais les chercher. Un peu plus et elles atterrissaient dans le fossé. Je reviens et découvre que Niels s'est assis côté passager. Il se roule tranquillement un nouveau joint. Je m'approche de sa fenêtre.

— Je n'ai toujours pas mon permis.

— Et alors ? Tu sais quand même conduire non ? On est à cinq minutes, c'est toujours tout droit...

— Et s'il y a des flics ?

— T'inquiète.

Je vois qu'il est déterminé et j'ai pas du tout la force de parlementer. Je suis trop crevée pour ça. Dans cinq minutes, je retrouve Chloé, ça me donne du courage. Rouler tout droit, je devrais pouvoir y arriver. Je fais le tour de la voiture, m'installe côté conducteur, règle le siège, les rétros. Démarrage nickel. En fait, je suis assez contente. Je trouve ça plutôt cool que Niels me laisse conduire.

— Pourquoi ça traîne autant ton histoire de permis ?

— Je dois des tunes à l'auto-école…

— Beaucoup ?

— Huit cents euros. En fait, j'attends que les choses se tassent avec mon père…

Feu rouge. Merde, j'ai calé. Pas simple cet embrayage.

— C'est quoi le rapport avec ton père ?

Vert. Redémarrage en douceur.

— C'était mon cadeau pour mon bac au départ… mais depuis quelque temps, c'est devenu compliqué, ça traîne.

— Depuis deux ans ?

— Oui, je sais…

Priorité à droite, c'est à moi, OK.

— Édouard m'en a un peu parlé mais j'ai quand même du mal à comprendre… Ton père ne supporte pas que tu sortes avec un vieux type de trente-sept piges, c'est ça… ?

— En fait, il supporte pas trop que je vive ma vie, je crois. Mais ça va se tasser. J'attends qu'il se lasse de faire la gueule.

Niels allume son joint. Il faudrait que j'ouvre ma fenêtre mais je suis pas sûre de pouvoir conduire en même temps.

— Ça sert à rien d'attendre. Attendre, c'est comme être déjà mort.

— Comment ça ?

— Ton père, il t'avait promis de te payer le permis si t'avais ton bac, c'est ça ?

— Oui…

— Et ton bac, tu l'as eu ?

— Bah oui…

— Donc il ne faut pas attendre, il faut le mettre face à sa promesse, c'est aussi simple que ça…

Il prend mon portable qui dépasse de la poche de ma veste en jean.

— C'est quoi ton code ?

— J'ai pas de code…

Tandis que je conduis, Niels cherche quelque chose dans mon portable.

— Niels qu'est-ce que tu fais ?

Il prend son portable à lui et recopie quelque chose dedans…

— Écoute el maestro…

Il passe un coup de fil mais à qui ?…

— Allo, bonjour monsieur, ici l'auto-école de votre fille, Alison… Je vous appelle car nous ne comprenons pas bien ce qui se passe avec le règlement de ses leçons de conduite…

J'hallucine ou Niels est en train de laisser un message sur le répondeur de mon père ? J'ai le volant dans les mains mais j'oublie la route, j'oublie ce que je dois faire, je grille un feu, je ne sais plus où je suis, ce que je fais, une voiture me klaxonne, Niels redresse mon volant, j'étais sur la mauvaise voie, on a failli se prendre une voiture dans la face. Je ne maîtrise plus le 4 × 4, je suis un danger ambulant, je décide de freiner, je pile au milieu d'un rond-point. Niels descend de la voiture, il est toujours au téléphone. Il fait signe aux voitures qui arrivent de nous contourner sur la droite. Je l'entends parler de responsabilités, d'envoyer son avocat, de plus brefs délais… Il ouvre ma portière et me fait signe de passer côté passager. Je m'exécute en enjambant maladroitement le levier de vitesses. Il reprend le volant.

— Merci de votre bonne conduite cher monsieur.

Il raccroche.

— Tu vas voir qu'il va retrouver la raison ton père…

Je n'arrive plus à respirer. Niels s'est fait passer pour mon prof d'auto-école. Mon père va être fou de recevoir un message pareil. Personne ne parle comme ça à mon père. Niels m'ébouriffe les cheveux.

— C'est comme ça qu'on se fait respecter, crois-moi… Tu le veux ton permis ou pas ?

Je ne réagis pas, je fixe la route, effarée. Niels se met à rire.

— Il faut juste que tu retiennes qu'en France on conduit à droite, OK ?… Pas à gauche… À droite !

— Niels…

— T'inquiète mon poussin, je ne dirai pas à Chloé que tu as failli bousiller son 4 × 4…

9
EDOUARD

La voix de Mathieu m'arrache de mon coma. L'hypnotiseur m'a défoncé. Ma joue est écrasée sur mon clavier d'ordinateur. Un filet de bave a coulé entre les touches. Je ne sais pas combien de temps j'ai pioncé. Peut-être une heure. Peut-être moins. Mathieu est là, face à moi, il me fixe sévère. Je lui fais un large sourire du mec qui n'a rien à se reprocher. Je sens que je l'agace.

— Tu dormais ?

— Non, non. Je réfléchissais.

— T'as une drôle de façon de réfléchir. Bon, alors, on en est où ? T'as eu Diane ?

Je m'apprête à lui dire qu'il me saoule. Que je suis fatigué. Que j'ai mal au crâne. Mais je me méfie de Mathieu. C'est un ami, mais c'est aussi mon patron. Malheureusement, ce truc de hiérarchie crée une mauvaise base. Je me suis toujours dit qu'il fallait se méfier de quelqu'un de plus élevé que soi dans la hiérarchie. Alors souvent, je m'interdis de lui faire des remarques. Je préfère encaisser. Parce qu'au fond, je sais que je dépends complètement de lui dans mon taf.

— Ne t'inquiète pas. Vraiment. Je vais le faire.

Je sens l'exaspération monter en lui. Je me passe une main sur le visage. Mathieu m'observe avec un petit quelque chose de méprisant dans le regard.

— Tu vas pas au rendez-vous avec les clients avec cette tête, tu vas les faire fuir. Passe-toi de l'eau sur la gueule. Je sais pas, mais fais un truc. Va t'acheter une chemise.

— OK.

Mathieu me fixe, l'air contrarié. Je me sens mal à l'aise. J'ai du mal à affronter son regard. Je rêve de m'énerver contre lui, mais je me retiens.

— Et t'inquiète pas. Je m'occupe de Diane.

— J'espère vraiment. Je t'en voudrai à mort si Niels tombe sur le post.

Je force un sourire. Je le regarde s'éloigner. Je sens clairement que c'est mon poste à moi qui est en jeu. Il faut vraiment que j'arrive à appeler Diane. Je prends mon portable. Mes mains se mettent à trembler. Mes joues me brûlent. J'ai une soudaine envie de vomir. Je pense à Ali. J'aimerais tellement pouvoir la retrouver ce soir, mais ça me semble mal barré. Je suis un peu dépendant d'elle en ce moment. J'ai du mal même quand on se sépare rien que quelques heures. C'est étrange d'ailleurs et assez douloureux en réalité. Comme si mon bonheur ne m'appartenait plus vraiment. Je suis heureux seulement quand j'ai la garantie qu'elle est heureuse. Mais quand elle ne va pas bien… alors, je vis un véritable calvaire. Je peux rentrer dans des vraies psychoses. Ma psy me parle de dépendance affective. Que souvent, la dépendance est motivée par la peur et non par l'amour. Elle me conseille de garder un peu de recul, de me mettre à bonne distance, ne serait-ce que pour me protéger. Mais moi, je ne sais pas faire ça. Prendre du recul. En amour, je sais pas faire. Je suis un amoureux. Vraiment. J'aime aimer. Je donne tout. Jusqu'ici, ça n'a pas toujours été une très bonne chose de tout donner. Toutes mes histoires précédentes me l'ont prouvé. Mais Ali, c'est autre chose. Je sens que notre amour et notre dépendance sont réciproques. C'est bon d'ailleurs, la réciprocité. Deux personnes qui partagent le même désir. Au même moment. Les mêmes émotions. En fait, avant elle, je n'avais jamais vraiment connu ça. La plupart du temps, mes histoires étaient déséquilibrées. Soit c'était moi qui n'étais pas assez amoureux, soit l'inverse. Alors ça exerce toujours sur l'un des deux un pouvoir super attractif. Un truc jamais très sain. *In fine*, l'un des deux souffre et ça se transforme en une expérience de vie super douloureuse.

Il faut que je me ressaisisse. Que j'appelle Diane. Maintenant. Je fixe mon écran de portable. C'est comme si mes doigts refusaient de m'obéir. C'est fou le pouvoir de mon cerveau sur mes doigts. J'arrive pas à l'appeler. Je vais aller voir le storyboard. Voilà, ça c'est mieux. Je me lève. Je traverse l'open space en saluant machinalement d'un signe de tête deux, trois collègues au passage. Je m'approche du bureau d'Arielle. Arielle, c'est la plus cool meuf ici. C'est une fille sans âge. Peut-être quarante ans, mais peut-être cinquante ans aussi. Elle est jamais sapée pareil. Alors d'un style à l'autre, elle prend ou perd dix ans. Elle est pas moche mais pas belle non plus. Je saurais pas dire. Si on me demandait, je serais emmerdé. Chez Digipro, on l'appelle Docky. Parce qu'elle est toujours à l'écoute pour régler nos problèmes. Arielle, c'est un peu la psy du bureau pour ceux qui n'ont pas le courage d'admettre qu'ils en ont besoin d'une. Ce qui m'attriste chez elle, c'est que c'est une dessinatrice hors pair, qui n'a rien à foutre chez Digipro. Elle est pas au bon endroit. Elle s'est retrouvée transbahutée dans une boîte de pub à défaut d'avoir pu vendre ses tableaux, mais putain cette meuf a un talent fou. Chaque dessin qu'elle fait, j'ai envie de l'exposer au Louvre. À l'instant où elle me voit, elle me tend son cahier de dessin avec une humilité dans le regard, et là on a envie de se mettre à genoux devant tant de grâce. J'ai honte. Ses dessins sont des chefs-d'œuvre, mes pubs sont une honte. Ses dessins sont de l'art, mes pubs assassinent l'art. Je me sens soudain triste. Fébrile. Je tiens les planches de dessins dans mes mains et je suis incapable de parler. Je sens dans les yeux d'Arielle qu'elle attend une critique.

— Il manque des plans, Édouard ?

Je voudrais lui répondre mais je suis submergé par une émotion, un truc qui me prend totalement. Entièrement. Ma vue se brouille. Arielle me regarde sans comprendre. Je fais un effort pour ne pas pleurer, mais je sens soudain des larmes couler sur mon visage. Je ne me contrôle plus. Je suffoque. Je cherche désespérément dans ma tête quelque chose qui pourrait me rassurer. Je me sens tellement déprimé. Je voudrais me barrer dans mon bureau pour chialer en silence, mais je suis incapable de partir. J'ai pas envie d'être seul.

— Ça va ? Qu'est-ce qui se passe ?

Arielle se lève et m'entoure de ses bras. Elle passe doucement une main dans mes cheveux. Comme on caresse un enfant. Son contact est rassurant.

— C'est très beau Arielle. C'est vraiment beau.

— Je suis ravie que des dessins de bagnoles te procurent autant d'émotion !

Un rire sort de moi. Elle se dégage et me regarde avec un mélange de tendresse et d'étonnement.

— Ça fait du bien de te voir comme ça. Je me dis enfin que t'es humain.

— Ah bon ? Tu me trouves pas humain d'habitude ?

— Tu es toujours tellement pressé. Parfois, je me demande qui tu es, c'est tout.

Je la regarde silencieusement. Qui je suis. Qui je suis. Il faut que j'appelle Diane. Je dois au moins réussir à faire ça.

— Merci pour tes dessins. Est-ce que tu peux juste me faire un serré sur la gueule de la gamine, pour le contrechamp ? Je veux qu'on sente de façon immédiate son envie irrépressible que son père achète la voiture.

— OK. OK je te fais ça.

Je suis sur le point de partir, mais je me tourne vers elle.

— Dis ! ?

— Yep ?

— Tu penses quoi toi de… ?

— Quoi ?

— Non, rien.

— Ben dis-moi !

Je la fixe un instant, en me balançant d'une jambe sur l'autre, comme une espèce de tic nerveux.

— Tu penses quoi toi, du mouvement « Balance ton porc » ?

— Pourquoi ?

— Juste, ça me pose des questions.

Arielle fronce ses sourcils et mordille ses lèvres.

— T'as des problèmes ?

— Non, non, non… Pas du tout. Je m'interroge, c'est tout. J'aime bien ton avis en général, c'est tout.

Je regrette de lui avoir posé cette question de cette manière. Je force un rire.

— Non, mais laisse tomber… C'est pas le moment.

— Non, mais si, si… Attends… c'est vrai que ça pose des questions. C'est clairement une révolution. Après, c'est un peu le bordel. Bon, il nous faut tous un peu plus de recul pour pouvoir bien analyser le phénomène.

— Ouais… il faut du recul, ouais…

— En tout cas, c'est un tournant pour tout le monde.

Arielle s'arrête. Elle s'assied sur le bord de son bureau. Tous les muscles de son visage se plissent. C'est le truc qu'elle fait quand elle réfléchit.

— Bon, bien sûr, le danger avec Internet c'est qu'il y ait des accusations bidon qui tombent. De simples vengeances qui tournent au drame.

Je ne peux pas m'empêcher de sourire. Je sens mes nerfs se détendre. Elle vient de soulager l'endroit précis de mes tensions. « De simples vengeances qui tournent au drame », j'ai envie de danser autour de cette phrase.

— Ouais. C'est ça. C'est exactement ça le problème en fait. On n'est pas à l'abri d'une tarée qui va foutre la vie en l'air d'un mec… d'une famille, tu vois.

— Bah ouais, c'est tout le débat. Il peut y avoir des mensonges terribles avec ces affaires. Quand bien même, on sait tous que c'est une minorité. Mais cette minorité peut faire des dégâts épouvantables. Et puis, avec Internet ça se propage à une telle vitesse. Quand la digue lâche, c'est un tsunami. C'est irréversible. Faut rester super prudent.

Je pense que c'est un pas. Mais il faut y aller avec beaucoup de méfiance.

— Ouais, ouais… carrément. Je suis d'accord… Faut se méfier.

— En même temps, c'est un sacré progrès en matière d'égalité quand on y pense.

Là, je la suis plus.

— Quoi ? Quelle égalité ?

— Je ne sais pas si ça va changer grand-chose mais au moins maintenant tout le monde va pouvoir en prendre plein la gueule, les hommes comme les femmes. Tous possiblement victimes ou bourreaux. Égalité absolue de se faire niquer sa vie, quoi ! Les meufs qui se prennent un viol dans la gueule, elles ont rien demandé, non. Bah, ce sera pareil pour certains mecs qui se feront accuser sur la place publique. Injustice pour tous ! Peut-être que ça va forcer quelques connards à réfléchir.

Je me sens paumé. Trop d'informations. Je la salue de la main et je lui dis merci.

Je traverse l'open space pour rejoindre mon bureau. J'envoie un texto à Leila « Tu peux déjeuner avec moi ? C'est urgent ».

10
ALI

J'imagine mon père en train d'écouter le message de Niels. On est samedi. À cette heure-ci, il doit être en train de coffrer des « gilets jaunes ». Ou alors, il est déjà à table en train d'engueuler ma mère parce que sa viande est trop cuite ou pas assez. Il n'a peut-être pas encore vu qu'il avait un message. Peut-être qu'il le verra pas. Non c'est pas possible, son téléphone va afficher un appel en absence. Mon père va écouter le message de Niels et il va devenir fou. C'est ma mère qui va trinquer comme d'hab. Il va lui hurler dessus pour lui dire que je suis qu'une petite conne et que mon mec a qu'à payer. Il va rappeler le numéro de Niels pour dire qu'il ne payera pas mon permis. Il faut que je dise à Niels de ne pas répondre si mon père le rappelle. Mais s'il tombe sur sa messagerie… mon père va comprendre que ce n'est pas l'auto-école qui l'a appelé… Il faudrait que j'appelle ma mère pour lui dire d'effacer le message de Niels sur le téléphone de mon père… Non mais elle n'osera jamais. Je ne sais pas quoi faire, quoi penser. Ma nuit blanche m'a démâtée. Je suis trop cassée pour réfléchir. On arrive devant la maison. Niels ralentit et ouvre le portail avec le bip.

— On a changé le portail… Tu as vu comme il est haut ?

Effectivement le nouveau portail est impressionnant. Il fait au moins le double de l'ancien. C'est étrange comme à chaque fois que j'arrive ici j'ai l'impression d'arriver dans le futur. Les lignes de la maison sont toutes droites avec des baies vitrées de partout. Comme un vaisseau de verre ultrasécurisé. Les lumières du rez-de-chaussée sont allumées. Je suis contente de retrouver enfin Chloé. En même temps, je dois avoir une mine catastrophique. Il faudrait que je dorme un peu là maintenant, juste quelques minutes pour me recentrer… mais ça se fait pas d'arriver et d'aller dormir direct. Niels se gare dans la cour. Il descend de la voiture et va ouvrir le coffre. Je le rejoins. Je tremble un peu. Pourquoi j'ai froid comme ça ? Niels boit une énorme gorgée de whisky.

— Ça va chaton ? Tu en veux ?

Je refuse d'une grimace mais Niels insiste.

— Ça détend, ça te ferait du bien…

Il a peut-être raison. Je prends la bouteille et l'approche de mes lèvres mais l'odeur me dégoûte. Impossible de boire une goutte d'alcool.

— Non mais je peux pas boire ça là maintenant…

— Tu es sûre ? Il a presque ton âge ! Pur malt ! Il est exceptionnel vraiment.

— Il me faudrait plutôt un café ou un grand verre d'eau.

Je rends la bouteille à Niels. Il me scrute l'air inquiet.

— T'es sûre que ça va ?

— Oui. C'est juste que je suis un peu crevée et... j'évite l'alcool en ce moment... j'ai mon concours bientôt.

— Ah ça, je comprends ! T'as raison ! Surtout les alcools forts, c'est pas bon pour les muscles...

Il me tend un sac de courses.

— C'est quand ton concours ?

— Dans un mois...

— Ah mais ça va... tu as le temps...

Je le suis vers la maison en tentant de sourire au cas où Chloé apparaîtrait soudain. J'essaie de retrouver un peu d'énergie mais j'ai vraiment du mal. Toutes les portes sont ouvertes. Niels me dit de poser les courses sur la grande table de la cuisine. Je cherche Chloé du regard. Elle doit être au salon vu que la télé est allumée.

— Tu as faim ?

— Non... ça va vraiment... je prendrais bien un café par contre...

Je jette un coup d'œil furtif vers le salon. Pas de Chloé. Elle doit être là-haut.

— Je t'ai préparé un ceviche à la tahitienne, tu vas voir que tu vas avoir faim... !

Niels ouvre le frigo et sort deux assiettes toutes prêtes magnifiquement décorées. J'aperçois des petites fleurs sur le bord de l'assiette. Niels a le don pour faire les choses de façon artistique. Il laisse le frigo ouvert et se dirige vers la terrasse.

— Prends le blanc, il est au frais…

Je trouve une bouteille entamée dans la porte du frigo. J'ai soif. J'ai la gorge sèche. Le frigo est rempli de bières. J'étais gelée il y a deux secondes et j'ai chaud tout à coup. Il n'y a pas d'eau au frais. J'hésite à prendre une bière. Peut-être que ça me ferait du bien. Non. Pas d'alcool, c'est pas d'alcool. Je me sers un verre d'eau au robinet. Je retrouve Niels sur la terrasse. La table est mise. Par contre, il n'y a que deux assiettes. Niels me prend la bouteille de blanc des mains et nous sert. Je n'ai pas eu le temps de lui dire de ne pas me servir. Tant pis. Je m'assois. Il me tend son verre.

— À ce week-end et à ton concours !

— Merci !

Je trinque. Je ne comprends pas pourquoi Chloé ne mange pas avec nous. Je poserai la question à Niels dans une minute. D'abord je bois. Ce vin est merveilleusement frais. D'habitude je n'aime pas trop le blanc mais là j'apprécie. Ça me fait du bien de boire ce vin, en fait.

— Bourgogne aligoté, bio, de 2017, cépage minéral et fleuri… c'est excellent avec le ceviche, tu vas voir.

Et merde, il a fait du poisson, j'avais pas vu… Je souris par politesse mais je suis carrément horrifiée face à mon assiette… Quand c'est cru c'est encore pire. J'ai l'impression de voir des petits bouts de cadavre. Ça me dégoûte, c'est horrible. Niels mange avec appétit tandis que je peine à avaler quoi que ce soit. Je regarde autour de nous…

— Chloé ne mange pas ?

— Si on lui en laisse, oui, mais… à mon avis c'est beaucoup trop bon… Je pense qu'on aura tout mangé avant qu'elle arrive mon petit chat… Goûte, tu vas comprendre ce que je veux dire…

Eurk… Je goûte un minuscule bout de poisson cru en retenant mon souffle… en fait ça va, c'est pas dégueu-dégueu… le problème, c'est juste que je trouve ça atroce de manger des animaux… ça me saoule que personne se souvienne jamais que je suis végétarienne.

— Alors ?

Je ne veux pas blesser Niels alors je dis ce qu'il faut dire…

— C'est très bon oui…

Je recrache discrètement un bout de poisson dans ma serviette, comment je vais faire pour me débarrasser de tout ça ? Je regarde autour de moi. Je pourrais peut-être jeter discrètement des morceaux dans les buissons…

— Recette de Mathieu… Il a toujours des recettes toutes simples mais dingues ! Tu coupes le poisson en fines tranches, puis tu arroses le tout de citron vert et d'huile d'olive… Après tu coupes des oignons rouges en lamelles, tu râpes du gingembre que tu mélanges avec du zeste de citron puis tu trempes le tout dans un jus d'oranges pressées… Tu laisses au frigo pendant une nuit et la chair du poisson va absorber toutes les saveurs…

Je me sens pas très bien. Sa description m'écœure. Dès qu'il dit le mot *poisson*, je crois que je pourrais vomir. Faut que j'abrège le supplice, je lui coupe la parole.

— Chloé n'est pas là ?

Niels me regarde surpris.

— T'as pas reçu son message ?

— Non…

— Elle est retenue à Lille la pauvre… Elle avait zappé qu'elle devait rester pour des interviews. Chloé oublie toujours ses interviews… Mais elle sera là demain soir. De toute façon, tu restes jusqu'à lundi, on est d'accord ?

J'ai envie de chialer putain. Je serais jamais venue aujourd'hui si j'avais su que Chloé n'était pas là. J'aurais préféré dormir toute la journée et venir demain avec Édouard. Pourquoi Chloé ne m'a rien dit ? J'aurais dû lui renvoyer un texto. Il faut que j'arrête d'avoir peur de lui écrire. Je lui aurais juste envoyé « En route » et elle m'aurait répondu « Contretemps, je serai là demain soir ». Et j'aurais fait demi-tour. J'aurais été déçue mais, au moins, je serais pas là à me demander ce que je fous sans Édouard ni Chloé, toute seule avec Niels que j'adore mais bon… Je veux pas blesser Niels mais il voit ma tête.

— Oh t'es déçue chaton ?

— Bah un peu…

— Moi aussi je t'avoue… Et Édouard qui nous a lâchés lui aussi… La rançon de la gloire… Ils bossent et nous… on kiffe… Tu vas voir, on va passer un super week-end, OK ?

J'acquiesce mais je suis écœurée. Je pourrais peut-être inventer un prétexte pour rentrer… Mon téléphone vibre dans ma poche, j'espère que c'est Édouard, et qu'il va me dire qu'il arrive… J'ai vraiment envie qu'il soit là très vite tout à coup. L'écran de mon téléphone affiche « appel papa ». Ça me fout un coup au cœur. Six mois que j'ai plus du tout de nouvelles. Il m'appelle à cause du message de Niels, c'est sûr. Je suis incapable de répondre maintenant. J'ai trop peur de sa réaction. J'ai pas envie qu'on s'engueule là maintenant devant Niels. Tant pis, il me laissera un message sur mon répondeur. Je remets mon téléphone dans ma poche. Niels allume une cigarette. Il a fini de manger. Moi, j'essaie péniblement de finir mon assiette.

— C'était qui ?

Je n'ai pas envie de lui dire que c'était mon père. Je veux plus qu'il se mêle. Il a trop déconné de se faire passer pour mon prof d'auto-école tout à l'heure. Je préfère mentir.

— Édouard.

— Et tu lui réponds pas ?

Il est sérieux là ? De quoi il se mêle encore putain !

— Et Chloé, tu lui dis quelque chose quand elle répond pas ?

— La différence c'est que Chloé c'est comme Mick Jagger, elle est débordée… Tu te sens débordée toi aussi ?

— Non… c'est juste que… je mange…

C'est faux. Je ne mange pas. Je fais juste bouger les petits bouts de poisson qui sont dans mon assiette, vers la droite, vers la gauche, en rond, en farandole, comme si j'essayais de le réanimer dans une espèce de danse macabre. Niels fume sa clope, l'air songeur.

— Le ghosting, c'est vraiment un problème aujourd'hui… Comme si le respect de l'autre n'était plus du tout pris en considération. Moi je comprends pas. Les nouvelles technologies étaient censées nous rapprocher et en fait ça crée tout l'inverse, ça rend juste les gens tarés.

Il a raison. Tout le monde ghoste tout le monde aujourd'hui. Je déteste ça moi aussi. Sauf qu'en l'occurrence, c'est ma famille qui me ghoste depuis quelques mois.

— Pourquoi tu réponds pas à Édouard ? Vous avez des problèmes ?

— Hein ? Euh… non pas du tout… C'est juste que je suis en train de manger… Je le rappellerai juste après… Moi aussi je déteste le ghosting si tu veux savoir !

Niels semble rassuré. Il pique un morceau de poisson dans mon assiette. Il voit que je galère à manger, c'est mignon de m'aider. Je vais me rouler une cigarette. J'aime bien rouler mes clopes. Il y a un petit côté atelier qui m'occupe quand je sais pas trop quoi faire avec mes mains.

— Comment ça va la danse ? Tu travailles en ce moment ?

— Ça va…

— Quand on dit « ça va », en général ça veut dire que ça ne va pas… Tu gagnes un peu ta vie ou pas du tout ?

Je voudrais répondre oui, mais vu que Sergio m'a toujours pas payée, je réponds « Un peu ». Niels me fixe. Il a l'air vraiment embêté pour moi.

— Pas facile les métiers artistiques… surtout les arts vivants…

Il recrache sa fumée vers le ciel. Je profite qu'il ait la tête penchée en arrière pour jeter un énième petit morceau de poisson dans le buisson. Merde, on voit que ça, on dirait un sapin de Noël.

— Le principal, c'est que tu finisses ton école et que tu aies ton concours. Après ça va aller, j'en suis sûr. Avec ton physique de panthère, tu vas forcément réussir à bosser.

C'est fou comment Niels dit des trucs vraiment limites parfois. Édouard serait là, il le reprendrait direct, mais moi, ça me laisse sans voix. Niels se penche au-dessus de la table pour allumer ma cigarette.

— De toute façon, Édouard gagne bien sa vie… donc c'est pas grave… À ton âge c'est classique de se faire un peu entretenir… profites-en ! D'ailleurs pourquoi c'est pas Édouard qui te le paye ton permis ?

— Non mais ça va, oublie mon permis…

Je pourrais lui dire que je bosse dans un night-club et que j'ai pas besoin d'Édouard pour gagner ma vie mais je préfère ne pas parler de ça. J'ai beau assumer ce job, j'ai peur que ça change son regard sur moi.

— Édouard est généreux avec toi, j'espère ?

Je déteste la tournure que prend cette conversation. Il me prend pour la pute d'Édouard ou quoi ?

— Tout va bien je te dis !

Je baisse les yeux sur mon téléphone pour éviter son regard. L'écran affiche « appel en absence papa ». Six mois sans nouvelles et il m'a même pas laissé de message. J'aurai dû répondre et lui dire d'aller se faire foutre avec sa tune. De toute façon, il n'en a pas. J'en veux grave à Niels de l'avoir appelé. J'ai envie d'exploser mon assiette de cadavres par terre. Cette clope m'oppresse les poumons en fait, je préfère l'écraser. Niels se lève.

— Tu sais quoi, je pense à un truc. Pourquoi tu danses pas avec Chloé ? Tu pourrais faire partie de sa troupe de danseurs. Non ?

Je suis un peu ahurie par la facilité avec laquelle Niels propose cette idée… du coup, je reste scotchée, je dis rien. Niels prend nos assiettes et retourne dans la cuisine. Entrer dans la troupe de Chloé… ça me semble irréel tellement ce serait un rêve. En même temps, j'ai clairement le niveau. Je prends ce qui reste sur la table et retrouve Niels à l'intérieur. Il vide les restes de mon assiette dans la poubelle. J'ai un peu honte de ne pas avoir tout mangé.

— Ça te plairait d'accompagner Chloé en tournée, non ?

Je voudrais dire oui mais je veux pas sembler trop en demande…

— Faut voir.

— Tu veux que je lui en parle ou pas ? Tu pourrais passer le casting pour sa prochaine tournée… On sait jamais.

Ce serait clairement le meilleur job que je puisse trouver.

— Oui… pourquoi pas.

— Alors, c'est ce que tu vas faire. Tu vas passer le casting.

Niels esquisse quelques pas de danse improbables. Il dessine des grands huit avec son cul dans les airs. Personne ne danse comme ça. Je me surprends à rire. Je me sens mieux tout à coup. Il faut que je me moque de la réaction qu'aura mon père. Je peux pas passer ma vie à avoir peur de ses crises.

— T'imagines, tu pourrais accompagner Chloé partout… à Londres, à New York, à Hong Kong…

Niels allume la radio. Un jazz clair et léger pétille dans la cuisine. On se croirait dans un Woody Allen. Niels me prend la main. Je me laisse embarquer dans une sorte de tango-twerk mélangé à du faux break. C'est n'imp. Je lui fais la démo de tout ce que je sais faire côté new school : walking man, Harlem check, new all men, see walk, moon walk, chicken nake. Je sens que je l'impressionne, là. Le hip hop, ça fait toujours son petit effet sur les gens de sa génération. Ça me fait du bien de danser. Je me sens de nouveau légère, je fais même quelques sauts. Le vin m'a fait du bien aussi je crois. Je dois être plus cool avec moi-même. C'est pas grave si je fais des écarts de temps en temps.

— Attention petit phoque, ouvre grand la bouche !

Niels ouvre un paquet de bonbons et m'en lance un que je parviens à gober au vol…

— Bravo, quelle dextérité !

Je chope le paquet de Tagada et commence à le canarder. Niels m'attrape par le bras et vide le paquet au-dessus de ma bouche. Il y a des bonbons partout. Je ramasse des bonbons et lui balance dans la gueule. On est comme deux gosses hystériques. J'attrape tout ce que je trouve. Du sopalin, des chips, des pommes de terre… Toutes sortes de choses volent à travers la cuisine. On dirait que comme moi, Niels a besoin de se défouler. Il s'abrite derrière des couvercles casseroles. Il me faudrait un bouclier à moi aussi. Je chope le dessus de la poubelle et hop, on se fait un tennis avec une patate. Niels s'étouffe de rire. Il ouvre le frigo, attrape une bouteille de bière et la secoue énergiquement.

Je suffoque tellement je ris. Je veux m'enfuir mais trop tard, Niels me bloque le passage vers la terrasse. Je tente de m'abriter sous la table. Niels décapsule la bière et dirige le jet sur moi. Je sors de sous la table et m'abrite avec un tabouret. Je n'ai pas ri comme ça depuis longtemps. Niels s'arrête soudain. Il me regarde l'air absorbé.

— Viens voir, je voudrais te montrer un truc.

Il part vers le jardin. Je regarde autour de moi. De la bière dégouline de la table. Il y a de la bouffe partout. Le sol de la cuisine est trempé et parsemé de bonbecs de toutes les couleurs. On a pété un plomb. J'ai l'impression que toutes mes angoisses ont jailli de mon bide pour s'étaler là comme une fresque multicolore. Je suis contente de ce moment avec Niels. Et qu'il veuille m'aider à travailler avec Chloé.

11
EDOUARD

J'adore la terrasse de ce japonais de la rue Montmartre. Il n'y a pas de caisses. C'est un des derniers endroits dans Paris où on peut boire un coup sans avoir besoin de hurler par-dessus le bruit des bagnoles. J'ai le visage tourné vers le soleil. Il fait plus chaud que ce matin. Je me détends. J'ai fait exprès d'arriver un peu en avance pour pouvoir profiter d'un temps calme. Mon portable vibre dans ma poche. C'est un message de Chloé. J'ai une pointe au cœur. Putain, je prie juste pour qu'elle ne soit pas au courant pour le post de Diane, ça foutrait un bordel que je peux même pas imaginer. J'hésite à ouvrir le texto, je regarde d'un œil. « Flavien Berger. le 21. Love you my friend. » C'est ça que j'aime avec Chloé. Je lui ai vaguement parlé la semaine dernière du concert de Flavien Berger. Et elle direct, elle exauce mes désirs. Elle partage pas ça avec tout le monde. Juste avec moi. Je repense à notre rencontre, son arrivée en milieu d'année en cours de maths. Sa petite gueule; blonde, ses cheveux en pétard. Très vite, on est devenus amis. Puis, flirt. Mon premier. L'évidence. L'envie d'être toujours collé à elle. Courir le matin pour la retrouver. S'embrasser. Toujours chercher ensemble l'escalade de la connerie. Chercher à être toujours ensemble. Partager les mêmes classes, les mêmes vacances, les mêmes amis, les mêmes envies. À dix-huit ans, la liberté. Enfin, la vie d'adulte. La vie à deux. Le couple. Ce minuscule deux-pièces de la rue Lamarck. La Sorbonne. Notre premier job ensemble chez Ikea. Nos vols à répétition de bibliothèques Billy qu'on revendait moitié prix à nos potes de fac. Nos premiers ecstas. Les boîtes de nuit parisiennes. Les théâtres. Les cinémas. Nos escapades nocturnes dans le parc des Buttes-Chaumont à éviter le gardien pour pas se faire gauler. Les soirées interminables à rêver d'un futur. Et un jour, c'est le drame. Le suicide de ma sœur. Le jour de mon anniversaire. Évidemment que c'était pas un hasard, ça. Elle a voulu dire un truc. À moi et à mes parents. Se venger qu'ils m'aient mis au monde ou je sais pas. Mais moi, je n'y pouvais rien. En se suicidant, ma sœur m'a bousillé. J'ai arrêté mes études. De toute façon, je chialais tout le temps. Et Chloé m'a jamais lâché. Je mangeais plus. Je dormais plus. Des cauchemars. En boucle. Son suicide en boucle, sous toutes les formes. C'est Chloé qui, chaque nuit, venait me bercer inlassablement comme un gosse. Elle dormait contre moi jusqu'à ce que je trouve le sommeil.

Elle savait plus quoi inventer pour me remettre dans la vie. Elle me parlait des heures sans relâche, elle me lisait des bouquins de philo sur le vivant, le deuil, le bonheur. Chloé s'est acharnée, obstinée à ne jamais me lâcher. Elle était là. Toujours. Et puis un jour, elle est rentrée plus tard que d'habitude. Et elle m'a parlé de Niels. Et comme je me sentais plus capable de rien, je l'ai laissée y aller. Il fallait qu'elle vive sa vie. Ça a très vite matché entre eux, mais elle me faisait passer avant. Quoi qu'il arrive. C'était pas évident pour lui, mais c'était comme ça. J'étais là avant, et il a accepté. Compris ma blessure. Compris qu'au-delà d'être des ex, on était devenus une famille. Et puis, à vingt-trois ans, Chloé a fait un tube. Son premier tube. « Life is us ». Des millions de ventes. Chloé a dû partir pour une tournée mondiale avec son premier album. Étant donné mon état léthargique dont je n'arrivais pas à sortir, elle a refusé de m'abandonner. Elle m'a traîné avec elle pendant deux ans. Et deux ans, c'est long. Très long. J'ai parcouru le monde. J'ai découvert tellement de pays : les États-Unis, l'Argentine, le Japon, l'Australie, Israël, la Côte d'Ivoire, le Nigéria, Tahiti, les Bahamas, et j'en oublie sûrement. On me répète toujours que j'ai eu beaucoup de chance de découvrir le monde aussi jeune. Le plus triste dans tout ça, c'est que je ne me souviens de rien d'autre que de ma survie. C'est étrange, tout est flou de cette époque. Aucun de ces souvenirs n'est vraiment palpable. J'ai la sensation d'avoir juste été trimballé d'un point à un autre. J'étais dans un tel mal-être. Bloqué dans mon chagrin. Je peux juste affirmer que Chloé m'a été au-delà de précieuse. Si je suis de nouveau debout, c'est grâce à sa féroce énergie de vie. J'ouvre les yeux. Le soleil éclabousse la rue de ses rayons. Les immeubles scintillent. Le ciel est d'un bleu pur. C'est beau ces couleurs. Je réalise à quel point, aujourd'hui, j'aime de nouveau ma vie. Mes amis. Ma famille. Putain, Diane s'il te plaît, ne vient pas tout foutre en l'air. Je sens une main dans mes cheveux.

— Faudra que tu passes au bouclard. T'as plus de coupe, amour. Je vais te mettre quelques coups de ciseaux dans ce bordel.

Leïla s'installe sur la chaise en face de moi. Elle met ses grosses lunettes rétro et prend la carte des menus.

— T'as bouffé ?

— Je t'ai attendue.

— Tu veux manger quoi ?

— Des rolls saumon-cheese. Et des sashimis thon.

— Je prends comme toi, vendu !

Leïla se tourne énergiquement vers la serveuse en balançant ses cheveux blonds peroxydés en arrière.

— Madame, vous pouvez nous donner deux menus rolls saumon-cheese, des sashimis thon et deux demis… Enfin, non, deux pintes !

Leïla pose sa grosse cigarette électronique sur la table, chope une clope dans mon paquet et l'allume.

— Je croyais que t'avais arrêté de fumer ?

Elle tire une grosse bouffée sur la cigarette, et recrache la fumée au-dessus de sa tête.

— J'ai fermé le salon pour te voir, ça vaut bien une clope.

— Ah merde. Mais fallait pas.

— T'inquiète… Je te préviens, il y a Emma qui va débarquer. On doit aller chez le gynéco après.

— Ah OK, et vous en êtes où pour le bébé ? Ça avance ?

— Mouais, c'est hard. Fucking période ! On est archi claquées. Deux ans que je me gave d'hormones pour rien. Bon, bref.

— C'est dur…

— Ouais… Alors, dis-moi ? Qu'est-ce que tu me veux ?

Je comprends pas qu'elle n'ait pas abordé le sujet direct. Elle est très proche de Diane ces derniers temps. Elle est forcément informée.

— J'imagine que t'as vu la publication de Diane ?

— Oui… bah évidemment… avant qu'elle se décide à faire ce post, on en a longuement discuté. Moi j'étais pas forcément pour balancer un hashtag, je voulais qu'elle aille en justice. Mais bon…

— Mais qu'est-ce que tu parles de justice ? C'est n'importe quoi !

— Tu t'es fait engrener par ce bouffon de Mathieu, toi… C'est ça, c'est lui qui t'envoie ? Il m'a appelé pour me demander d'appeler Diane et de lui faire retirer son statut. Je lui ai dit qu'il pouvait se toucher.

— Oui, bon, Mathieu, il a parfois des discours pas très malins, mais il a pas toujours tort. Tu sais, on a retourné l'histoire dans tous les sens… Diane a eu beaucoup de problèmes d'agressions. C'est pas pour rien. C'est une grande provocatrice, tu le sais aussi bien que…

— Mais merde, arrête de faire ton connard. D'où c'est une provocatrice ? Diane, c'est un avion de chasse, elle est née comme ça. Elle se fait emmerder à longueur de temps parce que c'est notre monde qui tourne pas rond, qui est malade. Mais pas elle. C'est normal, tu crois, de devoir se battre tous les jours contre des remarques sexistes ? D'avoir à recadrer des mecs tous les jours ? Alors, arrête de penser comme les beaufs. C'est de la provocation d'être née belle ? C'est ça ? Putain, tu me fous mal à l'aise.

— Je veux juste te dire que je me suis énormément investi dans cette histoire à l'époque. J'ai passé beaucoup de temps à démêler le vrai du faux.

— Tu me fais rire. Oui, enfin, tu démêlais du côté qui t'arrangeait bien.

— Non, c'est pas vrai. N'oublie pas que je suis le seul à avoir parlé à Niels. Le seul à avoir osé. Tu l'as fait toi ?

— Je voulais juste pas me prononcer à ce moment-là.

— Et bah moi, je l'ai affronté et je te jure que ce jour-là, le jour où je lui ai parlé, son regard ne mentait pas. Cette histoire l'a traumatisé pendant des mois. Il a fait une dépression, il a vu une psy. J'en suis absolument certain, Diane a fabulé.

— Tu me désespères. C'est une super planque pour les pervers, les psys. Tu crois vraiment que ça prouve son honnêteté ?

Je déteste quand elle ricane comme ça. Il y a pas moyen de discuter avec elle. C'est insupportable. Je sens que je deviens nerveux. Il faut que je garde le contrôle. Je fixe ma bière tandis que je rêve d'être avec Ali. D'ailleurs, je vais regarder les billets de train dès que j'aurai un moment. Je vais tout faire pour me barrer ce soir.

— Niels a abusé de Diane, point barre.

Je serre mes poings sous la table pour ne pas exploser.

— T'as conscience de ce que tu dis là ? Toi, t'es vraiment la pire espèce. T'es bizarre, pardon. Si à ce point, Niels est un violeur, mais qu'est-ce que tu fous chez lui tous les week-ends ? À faire des plongeons en string dans sa piscine ?

— Ça n'arrivera plus. Doud, vraiment ce post a changé ma vision. C'est très chelou mais ça a agi sur moi comme un détonateur. Une prise de conscience. Moi aussi, j'ai mon histoire. Moi aussi ça m'a arrangé de fermer les yeux.

— Putain, mais c'est dégueulasse. Du jour au lendemain, tu changes d'avis ! Tu retournes ta veste, juste comme ça. Tu le fous sur le bûcher.

— Non, pas juste comme ça. Ça a été un long processus. Et je me suis refait le fil de l'histoire…

— Mais bordel, sous mes yeux, je l'ai vue. L'histoire, elle s'est faite sous mes yeux. Sous nos yeux à tous. Elle l'a chauffé toute la soirée. Mais c'est Niels qui l'a violée ? J'adore. C'est lui qui n'a pas voulu aller plus loin, parce que c'était ma meuf et que c'était mon pote. Mais c'est lui qui l'a violée ?

— Tu sais quoi, on n'a pas vu la même chose. Ce soir-là, j'ai passé ma soirée sur une chaise longue dans le jardin. Je venais de me faire larguer par Virginie. J'étais complètement déprimée et d'ailleurs Diane c'est la seule qui est venue me consoler. Elle a passé deux heures avec moi à papoter sur les transats. Et je t'assure que pendant deux heures, elle a chauffé personne. Elle était un peu cuite, mais juste ce qu'il faut. À un moment, Niels l'a appelée, il la cherchait. Il s'est approché de moi, il avait la bouche pâteuse, il titubait à moitié. Diane s'était planquée sous la chaise longue parce qu'il la saoulait. Il était beaucoup trop bourré. Et elle savait plus comment s'en débarrasser.

— Bon écoute, tu fais chier, moi je te dis que c'est elle qui l'a chauffé…

— Bon OK, d'accord, admettons, ça a chauffé entre eux et après ? Elle ne voulait pas. Elle lui a dit non, bordel. Ça s'appelle comment ça ?

— Mais ça ne s'est pas passé comme ça. Elle l'a tellement allumé j't'assure. Je vais te dire une chose que j'ai jamais dite. Peut-être parce que je me suis senti un peu humilié j't'avoue ce soir-là. J'ai été jaloux toute la soirée. Jaloux qu'elle ait des yeux que pour Niels.

— Mon Doud, on va pas se tirer les cartes entre gitans. Dis-moi, qui n'est pas fasciné par Niels ? Hein ? Même moi qui suis gouine, je suis subjuguée par son charisme. Parfois, je peux le mater des heures juste parce qu'il a une gueule folle, qu'il a un charme de malade, que c'est un original. Mais, Diane lui a dit non. Fin de la discussion. Non, c'est pas oui. Elle l'allume, c'est une chose, mais il la force ou il la force pas, c'est pas pareil. Allumer c'est pas un crime. Violer, c'est un crime.

— Ah bon ? Tu y étais toi dans la chambre ? Moi, j'y étais pas.

— Doud, je sais que c'est dur à avaler, mais ce qu'elle raconte sonne vrai. Je l'ai beaucoup vue depuis son retour à Paris. Je te jure, je le sens, elle ne ment pas.

— Et moi, je sais que Niels ne ment pas. C'est elle qui a voulu quelque chose avec lui et il a refusé. Elle a pas supporté, elle a pété un plomb, voilà l'histoire.

— Et tu le crois ? C'est lui que tu crois, vraiment ? En tout cas, moi, je trouve que Niels, il a une certaine faculté à ne pas entendre ce qu'on lui dit.

— Qu'est-ce que tu veux dire ?

— Combien de fois on lui a dit d'arrêter de montrer sa bite. D'arrêter de faire des blagues salaces qu'on n'a pas envie d'entendre. De nous coller toutes. Tout le temps. Il est lourd ce mec, en fait.

Pourquoi elle est si sûre d'elle. Pourquoi je suis si sûr de moi. Ce bras de fer commence à me donner envie de gerber.

— Je vois à quel point les années dans la pub te font du mal intellectuellement.

— Putain, c'est bas.

— Ton métier t'est monté à la tête, je te jure, je vois que ça. Pour toi, c'est plus très clair cette histoire de séduction et de consentement. La séduction, c'est détourner les gens de leur chemin. En latin, *seducere*, ça veut dire ça littéralement. Et le consentement, bah, regarde ce que tu fais dans la pub… Les gens, tu crois qu'ils ont besoin de toutes les conneries que tu leur fourgues ? Non, tu leur fais croire qu'ils les désirent, alors qu'en fait, tu as fabriqué de toute pièce leur consentement. Ça s'appelle de la propagande. Il y a un certain niveau où le consentement, c'est juste un abrutissement face à la propagande.

— Oui enfin dans la pub, on force personne à acheter…

— Vous manipulez… donc d'une certaine manière vous forcez un peu le consentement !

— OK, donc tu veux dire qu'on viole le portefeuille des gens ? Super.

— Oui, vous violez le portefeuille des gens.

Leïla est hystérique, elle ne s'arrête plus de tout mélanger. La serveuse dépose nos sashimis. Je suis tellement tendu que je bois ma bière d'un trait. J'en commande une autre direct. Je regarde Leïla. Je ne sais pas quoi dire. Trop. Trop. Trop de choses dans la tête. Je sens que ça bouillonne en moi. Je vais exploser. Je ressens une violence terrible. Une envie de tout péter. Je regarde les gens autour de moi. La terrasse est bondée. Les gens semblent heureux d'entendre Leïla déblatérer ses conneries. J'ai une douleur dans le ventre qui me tord. Je me lève et, sans même la regarder, je marmonne une envie urgente d'aller pisser.

12
ALI

Je n'étais jamais venue dans cette pièce. À vrai dire, je ne savais même pas qu'elle existait vu qu'elle est complètement cachée par les figuiers dans le fond du jardin. On se croirait dans un chalet hors du monde. Il y a une grande bibliothèque, un canapé, des tapis orientaux… Près de la fenêtre, les meubles sont recouverts de bâches et des tubes de peinture traînent un peu partout. Niels sort de grands rouleaux.

— Tu peux attraper ça ?

Il me tend le bout d'une toile. Je la tiens fermement au sol tandis que Niels la déroule avec précaution. Trois mètres sur trois. C'est un lion. Immense. Une explosion de couleurs.

— J'aime bien jouer avec les matières. La craie, la gouache, le feutre.

Malgré ce mélange, son style est hyper réaliste. Je n'y connais rien en peinture mais ça me fait penser à une photo surexposée. Le lion regarde son reflet légèrement déformé dans un ruisseau plein de sang et d'animaux morts. C'est beau et tragique à la fois. Je savais que Niels avait fait les Beaux-Arts quand il avait mon âge mais j'ignorais qu'il peignait aussi bien. Il guette ma réaction.

— Ça te plaît ?

— J'adore… C'est… impressionnant ! Tu prépares une expo ?

Niels a un petit rire nerveux.

— Non, le marché de l'art ne s'intéresse pas à ce genre de chose…

— Ah bon ? Mais pourquoi ?

Niels déroule une deuxième toile à peine plus petite. Explosion de rouges et de bleus. C'est un aigle qui vole sous l'eau comme en apesanteur. Il tient dans ses serres un poisson aux yeux exorbités. Autour d'eux, d'autres poissons continuent de nager sans s'apercevoir de ce qui est en train de se passer. Niels a un talent dingue.

— Je ne comprends pas, pourquoi tu n'exposes pas… c'est quoi le problème avec le marché de l'art ?

— Tu es trop chou… La peinture est un art compliqué, c'est comme la littérature… Il y a une histoire dans laquelle il faut s'inscrire un minimum… Moi je peins mais je ne fais pas vraiment de la peinture. Je peins juste pour me faire plaisir… Tu comprends ?

— Non, je ne comprends pas du tout.

Il déroule une troisième toile. Toute petite celle-ci. Un gorille. Il semble rire mais il a un regard terrible. Il a l'air fou. Cette toile est moins violente que les autres mais elle me fait plus peur étrangement.

— Pour faire carrière en peinture, il faut accepter les compromis, fréquenter les bonnes personnes, peindre des sujets dans l'air du temps… En ce moment, le figuratif n'est pas du tout à la mode… Mais moi, j'aime seulement faire ce qui me plaît… et c'est pas du tout comme ça que ça marche !

— OK, j'ai compris… C'est comme en danse contemporaine ! C'est pour ça qu'on a des cours d'histoire de la danse dans mon école… Je trouve ça complètement con ce diktat de l'histoire de l'art. Si c'est beau, c'est beau, non ?

Niels ne me répond pas. Il fouille dans des pochettes de croquis.

— Tu peins seulement des animaux ?

— Oui ! Les animaux m'inspirent… Les animaux sauvages surtout. Je les trouve incroyablement plus beaux que nous…

Je suis tellement d'accord avec lui. Les animaux sont magnifiques. En même temps, j'ai du mal à comprendre qu'il les peigne comme ça. Féroces et effrayants. Niels allume un nouveau joint et me le tend. Je prends une taffe du bout des lèvres en continuant de regarder le gorille. Le détail de chacun de ses poils le rend ultra réaliste. Niels sort des dessins d'une pochette : un scorpion, une mygale, un cafard.

— Pour moi, l'animal incarne la perfection brute. Peindre des animaux ça m'a… comment dire… ça m'a libéré au niveau de ma technique. Peindre des humains, c'est beaucoup plus compliqué émotionnellement. L'humain est trop hypocrite. D'ailleurs, je n'ai plus aucune envie de peindre des humains depuis que j'ai commencé à peindre des animaux…

Je m'aperçois que je tire sur le joint de façon compulsive. Ça fait longtemps que je n'ai pas fumé de pétard, il faut que je fasse attention, je n'ai pas envie d'être trop défoncée. Ceci dit cette herbe est vraiment bonne et douce. J'ai envie de rire. L'herbe m'est montée à la tête direct. Je ris.

— Quoi qu'est-ce qu'il y a ?

— Rien…

J'essaie de rassembler mes esprits. Je pose le joint dans le cendrier.

— Ce que tu dis sur les animaux, c'est peut-être un peu hors sujet ce que je vais dire pardon mais… c'est pour ça que je suis végétarienne…

— Je sais, tu me l'avais déjà dit, j'ai retenu… c'est pour ça que je t'ai fait du poisson…

— D'habitude je n'en mange pas non plus en fait… Les poissons, c'est des animaux.

— Ah mince, mais tu aurais dû me le dire !

— C'est pas grave… ça va j'ai survécu…

— Tu es marrante…

— Pourquoi ?

— Ça me fait rire que tu aies des valeurs un peu extrêmes comme ça…

— Extrêmes ?

On dirait que quelque chose le perturbe. Il approche sa main de mon visage, la plonge dans mes cheveux et enlève un bonbon qui était resté collé dedans. Il le mange.

— Cette façon que tu as d'essayer d'être toujours parfaite… tu te mets dans un carcan mais ça sert à rien tu sais… La nature humaine est complètement tordue et insaisissable… En fait, il n'y a pas de nature humaine et c'est tout le problème d'ailleurs… Qu'on le veuille ou non, seul l'animal est parfait.

J'explose de rire. Mon cerveau est en mode super-héros, j'ai plein de choses à dire sur le sujet.

— Alors là, je ne suis pas du tout d'accord avec toi. J'aime profondément les animaux mais je pense que l'humain peut se transformer lui même contrairement à l'animal. Regarde-toi, d'où tu viens… ta famille… C'est comme moi, on a réussi à sortir de notre milieu… On est donc sur un chemin de création de notre destin…

Il n'y a que quand j'ai fumé de l'herbe que je m'emballe comme ça. C'est fou comme la weed me libère. J'ai toujours un peu peur d'être hors sujet quand même. Niels me regarde avec un truc bizarre dans les yeux. On dirait qu'il a une pupille plus grosse que l'autre. J'ignorais que c'était possible.

— L'homme est une création monstrueuse qui s'échappe sans cesse à elle-même… Notre destin, c'est d'être devenus des golems…

Je ne sais pas ce que c'est que des golems mais je n'ose pas demander pour ne pas avoir l'air inculte. Niels reprend le joint dans le cendrier et le rallume, pensif. Le silence me met un peu mal à l'aise. Je préfère parler.

— J'ai eu une super prof de philo en terminale… c'était ma matière préférée. Mon sujet du bac, c'était « La perfection comme perfectibilité ». J'ai eu 14. Je ne me souviens plus exactement de ce que j'ai écrit mais cette idée de perfectibilité, ça m'aide dans ma vie. Pour la danse, ma famille, tout ça…

Niels me regarde attendri.

— J'aimerais croire en l'humain. J'aimerais vraiment. Mais on est trop compliqués… c'est aussi simple que ça…

Niels écrase le pétard dans le cendrier. Il semble mélancolique soudain.

— Quand je suis né, ma mère était en dépression, invention extraordinaire la dépression, on peut tout faire au nom d'une dépression… bref… Du coup, je me suis fait enlever par ma grand-mère paternelle qui aurait soi-disant voulu me protéger. Ma grand-mère était très vieille déjà à ce moment-là. Et mes parents… ils étaient tellement dans leurs problèmes personnels qu'ils n'ont rien fait pour me récupérer. Ils ne se rendaient même pas compte que la situation n'était pas normale. Quand ma grand-mère est morte, j'avais neuf ans. Mes parents m'ont repris mais pour moi, c'était presque des étrangers… Un animal, il se serait battu pour pas se faire voler son bébé. Son instinct lui dicte exactement ce qu'il doit faire. Alors que nous, on peut juste viser ce qu'on croit être bien… ce qu'on appelle l'excellence… ce qui n'a rien à voir avec la perfection évidemment.

Je ne suis pas sûre de saisir ce qu'il raconte. Par contre, je suis touchée par son histoire familiale. Je ne sais pas pourquoi j'imaginais qu'il avait eu une enfance heureuse. J'avais tout faux en fait.

— Mais c'est quoi la différence entre la perfection et l'excellence ?

— La perfection, c'est la perfection. C'est ce qui ne peut pas être autrement… L'animal ne peut pas être autrement donc il est parfait…

J'acquiesce en essayant de garder mon esprit focus mais c'est pas évident. Je fixe sa bouche pour m'accrocher à ce qu'il dit. Le pétard me monte trop fort à la tête.

— L'excellence, c'est très différent. C'est la quête maladive de l'humain pour pallier sa nature faible et alambiquée… On se rêve maître et possesseur de la nature, alors que nous ne sommes qu'une anomalie de la chaîne du vivant… Et l'excellence, nous ne l'atteignons jamais puisque nous détruisons tout sur notre passage… sans même nous en rendre compte et alors même que nous souhaitons faire le bien !

Son regard me touche. On est complètement défoncés. J'adore ce moment. J'ai comme l'impression de rencontrer Niels pour la première fois.

— J'ai écrit quelque chose…

Pourquoi j'ai dit ça ? Niels me regarde, intéressé.

— Je sais pas trop ce que ça vaut mais j'aimerais bien avoir ton avis si tu veux bien.

— Bien sûr que je veux ! Je ne savais pas que tu écrivais… Tu fais tout toi, hein ? La danse, l'écriture… C'est beau la liberté de la jeunesse…

Je lui tends mon téléphone avec mon texte mais il ne le prend pas.

— Lis-le-toi, je préfère l'entendre…

Il se laisse tomber dans le canapé et passe ses bras sous sa tête. Les veines de ses muscles apparaissent. On dirait une carte routière en relief. Il me regarde avec un grand sourire.

Je m'installe dans le fauteuil. J'ai le trac mais je me sens quand même assez en confiance. La weed rend tout plus léger, c'est marrant. Je lis.

Wild is your shadow
Uncontrollable are your dreams
Release your black bow
Life is not like it seems
Nothing, nothing happened
I just touched her skin
My hand beside her hand
Our tattoos looked like one being

Je trouve ça complètement nul tout à coup. J'ai aucun recul.

She whispered my name
And I sang her shame
In my dreams only
In my dreams…

Niels se redresse.

— C'est quoi au juste ? Un poème ?

— J'ai pensé que Chloé pourrait peut-être en faire une chanson…

— C'est super mignon ça dis donc… Une chanson lesbienne ?

— Euh… non… enfin juste dans le fantasme peut-être… Mais c'est en travail encore…

— En français ça pourrait être bien ! Faut arrêter avec cette mode de l'anglais ! Tu l'as lu à Édouard ?

— Pas encore.

— Tu parles de qui ? De Chloé ?

Je rougis. Comment a-t-il fait pour comprendre que je parlais de Chloé ?

— Non pas du tout… Je parle de personne… c'est juste sur l'idée d'un fantasme qui ne peut pas se réaliser.

— Pourquoi il ne peut pas se réaliser ?

— Parce que… justement l'idée du texte c'est de dire que l'impossibilité de réalisation de ce désir devient une chanson… En fait, c'est un texte sur la sublimation.

— Oui, mais ça c'est pas du tout ce que les gens veulent entendre…

— Quoi ? Mais pourquoi ?

— Aujourd'hui, on est dans un monde qui nous promet la réalisation de nos désirs. L'écriture doit être en phase avec notre époque, retranscrire quelque chose de la tendance actuelle…

Je ne sais pas quoi répondre.

— Le début de ton texte est parfait… Mais tu dois faire évoluer ton personnage. Elle se dit au début que ce n'est pas possible, très bien, puis le désir devient trop fort et elle sort du fantasme pour entrer dans le réel, et là, il se passe quelque chose… la chanson nous raconte une histoire qui fait bouger les lignes, tu comprends ?

— Je ne sais pas…

Niels me regarde amusé.

— Tu ne sais pas quoi ?

— Je ne sais pas si ce n'est pas mieux que ça reste de l'ordre du fantasme… En fait, c'est ce que dit mon titre « Fantasme Paradise »… Si ce fantasme se réalisait, ce serait forcément moins bien que dans son imaginaire…

— Dans l'imaginaire de qui ? Le tien ?

J'acquiesce, mal à l'aise. J'ai très chaud tout à coup. Je pense à Chloé. Heureusement que je ne lui ai pas fait lire à elle. Comment j'ai pu penser qu'elle pourrait lire ce texte sans y voir une déclaration. En fait, c'est le couplet sur les tatouages qui dit que la chanson parle de Chloé et moi… Je m'en étais même pas rendu compte, je suis vraiment à l'ouest…

Niels se lève, attrape un élastique sur la table et se fait un bun avec ses cheveux. Il allume un clavier.

— Tu avais une mélodie en tête ?

— Non, enfin… Très vaguement…

Je fredonne l'air mais ma voix est un peu coincée. Niels cherche les accords… ça sonne plutôt bien. Il continue de jouer.

— Le réel est toujours mieux que le fantasme… même raté, le réel vaudra toujours plus ! Le fantasme, c'est l'antichambre du paradis, l'antichambre c'est là où on a voulu nous maintenir… alors que le réel, c'est le paradis qui s'offre ! Notre civilisation a cherché à nous faire croire l'inverse mais depuis le siècle dernier ça a changé, les gens ont compris qu'il fallait vivre…

Il me fait délirer avec ses discours. Je connais personne d'aussi bavard. En même temps c'est vrai ce qu'il dit.

— Imagine que la fille dont tu parles, c'est ta chanson… Au départ, il ne s'est rien passé, tu as juste eu envie d'écrire une chanson… Et puis, tu l'as effleurée… et puis, tu l'as attrapée, tu l'as créée, tu es entrée dans le réel. Tu comprends ?

Niels est brillant. Il a raison. Je me dis que le talent de Chloé vient forcément aussi de lui. Il faut que j'ose viser le réel. Je ne me vois pas vivre quoi que ce soit de physique avec Chloé, par contre l'image de la chanson est juste. Je peux être dans le réel avec cette chanson. Niels continue d'enchaîner les accords et se tourne vers moi avec un grand sourire encourageant.

— Tu chantes ?

— Euh… je sais pas…

— Allez !

Je me lance. Je chante. Ma voix tremble légèrement. J'aime pas du tout comment j'ai entamé la chanson. Ça sonne faux. C'est de la merde. Je m'arrête. Niels plante ses yeux dans les miens, il insiste pour que je poursuive. Je sens une énergie intense dans son regard. J'y puise ce qui me manque de confiance en moi. Je reprends. Le démarrage est mieux. Plus fluide. Le passage dans les aigus se fait plus facilement. Le regard fixe de Niels me porte. Je comprends soudain que Chloé bénéficie de ce regard sur elle au quotidien. Édouard ne me regarde pas de cette manière. Édouard me désire, il m'aime, il rêve de faire plein de choses avec moi. Mais étrangement, il ne me porte pas dans mes désirs propres. Certainement qu'il est trop pris par ses désirs à lui. Je sens que Niels veut vraiment que je me réalise moi et c'est comme s'il m'injectait la force de pouvoir le faire enfin. Le début de mon texte fonctionne effectivement mais je dois trouver des paroles pour la suite. J'improvise en français, c'est n'importe quoi. Niels improvise lui aussi.

— Ne réfléchis pas, laisse-toi faire par la musique…

Je décide de chanter sans paroles. Je prends une voix plus grave, plus gutturale, je ne sais pas d'où sort cette voix, c'est assez génial de pouvoir se lâcher comme ça… Je ne sais plus du tout où j'en suis mais la chanson devient complètement dingue, c'est comme si j'étais portée par une force que je ne me connaissais pas… Carrément je me fous les poils, je me fais auto-kiffer. Comme si j'avais ressuscité Janis Joplin et Nina Simone en même temps. Niels arrête de jouer mais il me fait signe de continuer de chanter. Il me filme avec son téléphone je crois. Je ferme les yeux. Je suis tellement inspirée que je continue. Je chante comme une sorte de crooneuse étrange mais ça déboîte, je trouve… j'ai l'impression de vivre un des moments les plus périlleux de ma vie, je suis comme possédée. La note finale s'impose d'elle-même. Je suis à bout de souffle. J'ai la tête qui tourne. Niels m'applaudit. Je tombe dans le canapé. J'ai chaud. Je ne sais pas si j'ai honte ou si je suis fière d'avoir osé me lâcher à ce point. Niels est euphorique. Il ne s'arrête pas de m'applaudir.

— Putain mais c'est quoi cette voix que tu as toi ? … Tu dois oublier la danse Ali ! C'est la chanson ton truc, bordel !

Il ouvre le frigo et sort une bouteille de champagne.

— Sincèrement Chloé peut aller se coucher. Elle n'est pas pour elle cette chanson, elle est pour toi !

Il fait sauter le bouchon et nous sert le champagne dans des mugs. Sur celui qu'il me tend, il est écrit « Muséum de Rouen ». Ça me fait bizarre parce que mon père a grandi à Rouen. Ma gorge se serre un peu. Je ne pense pas que mon père soit capable d'être fier de moi un jour. Niels approche son mug et le fait claquer contre le mien.

— À toi et à tes nouveaux followers…

Je le regarde sans comprendre. Il me montre son téléphone. Il a posté la vidéo sur son compte Instagram. Des milliers de gens le suivent et il me garantit qu'ils vont me suivre moi aussi avec cette vidéo. Je suis très gênée tout d'un coup. Je ne suis pas sûre de vouloir m'exposer sur les réseaux sociaux comme ça. J'aurais au moins aimé voir la vidéo avant. Niels me tend son portable. Je regarde ce qu'il a filmé. Je suis méconnaissable. Je me demande quelle réaction aura Édouard en me voyant chanter de cette manière. J'ai l'air complètement extravertie, c'est comme si ce n'était pas moi.

— Je suis pas sûre que ce soit une bonne idée de mettre cette vidéo comme ça, si vite…

Niels fronce les sourcils.

— Tu dois entrer dans le réel Ali. Et aujourd'hui le réel c'est aussi ça…

Ma tête s'embrouille. Je me sens un peu sonnée. Je voudrais dire quelque chose mais Niels reçoit un appel. Il hésite, se mordille les lèvres puis répond et sort précipitamment. Je le vois parler au téléphone dans le jardin. Il s'éloigne vers la maison. Je pense à Édouard. J'aurais tellement aimé qu'il soit là pendant que je chantais. En même temps, je n'aurais peut-être pas osé me lâcher comme ça devant lui. Peut-être que c'est mieux qu'il n'ait pas été là finalement. Je vais retravailler mon texte. Aller dans le sens de Niels. Sortir du fantasme. Aller vers le réel.

13
EDOUARD

Depuis combien de temps je suis là, assis sur la cuvette des chiottes, à fixer cette tache noire, cette minuscule tache noire au milieu de cette porte bleue face à moi. Je suis fatigué. Cette histoire me mine. Et je trouve que ça met beaucoup trop d'agressivité chez tout le monde. Comme si c'était vital de prendre parti. De choisir son camp. Le camp Niels ou le camp Diane. Il faut choisir. Bah moi, je sais plus. Si je regarde vraiment au fond de moi, jusqu'ici, je défends Niels parce que je l'aime. Parce que avec Chloé, on est comme une famille. Parce que cette famille est un pilier dans ma vie. Que ce pilier me permet de tenir debout et que j'ai l'intime conviction que si ce pilier s'effondre, je m'effondre avec. Mais au fond, je sais pas. Si je suis honnête avec moi, je ne sais pas. Si Leïla avait raison… Et si j'étais en train de faire une connerie en défendant Niels. Il faut que je me souvienne exactement de l'histoire. Que je remette mes idées en ordre. Comment Diane a-t-elle pu en arriver à inventer un viol. À l'époque, j'en avais beaucoup parlé avec Mme Haupe. On en était arrivés à la conclusion que son état psychologique était tellement fragile qu'elle cherchait n'importe quel moyen pour exister. Pour attirer l'attention sur elle. Être au centre, à n'importe quel prix. Pour qu'on la regarde comme une victime dont il faut prendre soin. Un besoin de reconnaissance tordue. Malade. Il ne faut jamais que j'oublie que Diane est tordue. Je l'ai connue suffisamment bien pour savoir qu'elle est fucked-up. Elle fait partie de ces gens qu'on ne comprendra jamais. De ces gens mal construits. Faut pas que je me laisse déstabiliser. C'est lui la victime, autant que moi j'ai été victime de Diane. De sa séduction maladive. De son mal-être. Et aujourd'hui, je ne veux plus être une victime. Je secoue ma tête comme pour m'aider à sortir de mes pensées. Je cherche le rouleau de papier toilette autour de moi. Rien. Je peux pas le croire. Pas de papier. À part un bout de PQ collé à la semelle de ma pompe, rien. J'ai quand même pas de bol. Je ne peux décemment pas ne pas m'essuyer. J'examine autour de moi dans l'espoir de trouver une idée. Sur ma droite un portemanteau, et à mes pieds une vieille poubelle à la peinture écaillée. Je fouille dans mes poches, et sors un ticket de carte bleue. Je regarde un instant le ticket, pensif. Mais non, je le froisse et le range dans ma poche. Je baisse la tête, et fixe mes chaussures, puis mes chaussettes, puis mon pantalon puis mes chaussettes. Un rire nerveux s'empare de moi. Je crois même que je ris tout haut. Il me semble que c'est mon premier rire de la journée. J'enlève ma Vans déterminé. J'enlève une de mes chaussettes. Je lui jette un coup d'œil désolé. Pas le choix. Il me semble que ma pauvre chaussette a le même destin que moi soudain. Je tire la chasse et la regarde disparaître dans les ténèbres de la tuyauterie. Je m'observe dans le miroir, je suis aussi blanc que le lavabo. Je me passe de l'eau sur le visage.

Je retourne en terrasse pour retrouver Leïla. Je me sens un peu ridicule avec une seule chaussette. J'aurais peut-être dû enlever les deux. Emma est arrivée. De loin, je comprends qu'elles sont en pleine conversation. J'embrasse Emma sur la tête. J'ai une vraie tendresse pour elle. Avec son crâne rasé. Son espèce de dégaine à la Gainsbarre. Son attitude de dandy décadent avec sa vieille clope roulée toujours coincée entre ses lèvres. À prendre des attitudes de bonhomme. Ça me fait sourire ce besoin qu'elle a, de vouloir à tout prix ressembler à un mec. À un certain type de mec. Je m'assieds à ma place, m'enfile un sushi et tourne la tête vers le soleil en mâchant bruyamment comme pour être insolent. Insolent, face à Leïla qui m'agace à se ranger du côté de Diane comme par une solidarité féminine débile. Je les écoute avec un léger sourire aux lèvres. Un sourire qui dit : « T'es tellement à côté de la plaque, meuf ! » D'ailleurs, Emma semble la recadrer.

— Mais non, la drague insistante et maladroite c'est pas une agression machiste… C'est la vie, c'est comme ça que ça marche. Tu crois quoi ? Moi, je t'ai pas draguée ?

— Mais moi, je voulais bien que tu me dragues.

— Et alors, je pouvais pas le savoir à l'avance ?

— Tu me saoules là. Faut faire la différence entre la drague et le harcèlement…

— Oui bon et quand un mec est trop relou, pas besoin d'être traumatisée. Tu le recadres et s'il insiste tu lui fous une baffe et c'est réglé.

— Ah ouais, et toutes les fois où on se fait coller dans le métro par des sales types, qu'on se fait mater chelou et qu'on se fait suivre dans la rue… Et que je flippe.

— Mais ça n'a rien à voir avec de la drague ça… Je suis pas traumatisée parce qu'un bouffon dans le métro va me dire qu'il a envie de me baiser. C'est un non-événement dans ma vie. Merci au revoir.

— Bah pas pour moi. Ça me saoule. Je trouve ça violent. Tout le monde n'a pas ton courage.

— Tu veux quoi, tu veux qu'on interdise la drague, mais c'est ridicule. C'est magnifique la drague.

— Vas-y laisse tomber. Tu défends la liberté de faire chier, quoi. Pardon, mais t'es dangereuse, en fait. Je suis plus certaine de vouloir faire un gamin avec toi. On se bat depuis des années pour faire avancer les choses et toi tu recules en disant de la merde.

— Putain, mais on n'est pas des victimes. On peut encore se défendre.

— Mais moi, quand je me fais emmerder, je suis pas comme toi. Moi, je flippe, je suis en état de sidération, je ne peux pas bouger. Ça me tétanise.

Leur discussion m'emmerde. Je n'en peux plus d'entendre les mêmes phrases. En boucle. Dans le métro. Chez les potes. Sur Facebook. Twitter. Dans les médias. On parle que de ça. Je sais plus quoi penser. En fait, ça ne me laisse plus le temps d'avoir mon propre avis. Ma pensée est comme anesthésiée. Mon portable vibre. Le nom de ma psy s'affiche.

— Allô madame Haupe ?

— Édouard, vous pouvez être là dans dix minutes ?

— Euh… Bah oui, OK. Je suis à Montorgueil. Laissez-moi le temps d'arriver.

Je raccroche et me tourne vers Leïla.

— Je suis désolé, faut que j'y aille.

— Tu te fous de ma gueule. J'ai fermé la boutique pour ta tête et toi tu te casses.

— Je t'ai dit, je suis speed aujourd'hui. Tu sais pourquoi je voulais te voir. Si t'appelles pas Diane, c'est moi qui vais le faire.

Je chope les trois derniers sushis dans mon assiette et les fourre dans ma bouche avec une indélicatesse qui ne m'est pas du tout habituelle. Je vais pour embrasser Leïla la bouche pleine mais elle a un mouvement de recul, agacée. Emma se lève et me regarde bien en face, l'air sérieux.

— Bon par contre, prends soin de toi quand même…

— OK… OK… t'inquiète pas.

Emma m'embrasse avec tendresse sur la joue. Je chope mon paquet de cigarettes au vol et je pars en courant.

Je m'éloigne à vive allure dans la rue Montorgueil. J'hésite : prendre un Uber, le métro, ou courir. Je vais courir. Il faut que je coure. Que j'expulse. J'ai trop de choses qui vacillent dans ma tête. Il faut que je prenne plus de recul avec tout ça. Mon portable vibre dans ma poche. C'est un texto d'Arielle. Un lien d'une chronique radio de Raphaël Enthoven. Ça me touche, mais je n'ai pas le temps pour ça. J'ai même pas le temps d'appeler Ali. Je pense à Chloé. Je pense à Niels. Niels putain. Peut-être qu'il faudrait que je le prévienne. Que je l'alerte de ce qui est en train de se passer. Non, c'est pas le bon moment. Il est avec Ali et Chloé. Je veux surtout pas qu'Ali soit au courant de tout ça. Je veux la protéger de cette histoire sordide. Ça ne sert à rien de mettre une ombre sur Niels. Je veux pas pourrir leur week-end. Diane vient de remuer un sacré bordel avec son statut. C'est fou de faire ça. Est-ce que je suis vraiment capable de l'appeler ? J'ai dit à Leïla que j'allais le faire, avec cet air supérieur, hyper sûr de moi, mais je crois bien que je n'y arriverai pas. Ce n'est plus mon histoire. Merde. Ce n'est pas mon histoire. Je cours en direction de République. Je n'avais pas couru comme ça depuis au moins deux ans. L'endorphine fait clairement disparaître les symptômes de stress. Je le sens. Putain, c'est bon pour le moral. Je le sens. Au fur et à mesure de ma course, je me sens plus léger. Moins stressé. Je regarde l'heure sur mon portable. J'ai mis neuf minutes exactement pour arriver à République. Je suis impressionné. Je tape le code de chez ma psy. Je prends l'escalier ou l'ascenseur ? Je me lance dans l'escalier. Quatre étages en courant. Je suis devant la porte de chez ma psy. Je prends quelques grandes inspirations pour retrouver mon souffle. J'essuie mon front avec la manche de ma veste en jean. Je sonne puis entre. Je vais directement dans la salle d'attente. Je m'installe dans le grand canapé face à la bibliothèque surchargée de bouquins. *Mon patient Sigmund Freud. Et Nietzsche a pleuré. Les Mots pour le dire. L'Analyste. Le Jardin d'Épicure. Elle, tant aimée. Le Pervers narcissique et son complice. Séduction. René Girard et le désir mimétique.* J'aime bien lire les titres des bouquins chez les gens. Ça raconte toujours quelque chose sur ce qui les intéresse. J'étire mes membres un à un, ça me fait du bien de sentir mon corps. Qu'est-ce qu'elle fout ? Pourquoi elle me reçoit pas ? J'ai hâte d'avoir son avis. Je sais que je peux avoir confiance dans son jugement. Déjà à l'époque, elle avait conclu à une certaine folie chez Diane. Et à une certaine emprise qu'elle avait sur moi et sur les gens. J'espère qu'elle va pas me faire poireauter trop longtemps, je ne peux pas me permettre d'arriver en retard à ma réunion. Mon portable vibre, texto d'Arielle. « Alors, t'as écouté ? » J'appuie sur le lien qu'elle m'a envoyé de Raphaël Enthoven. Je mets mes AirPods dans mes oreilles. « Et depuis deux jours la parole se libère, enfin ! Le voile se lève sur les saloperies quotidiennes dont les femmes sont victimes : les gestes, les chantages, les humiliations, les viols… Les patrons libidineux, les voyous… »

Je glisse le curseur sur la vidéo pour avancer.

« … la liberté est accrue dans un monde où la loi remplace la loi du silence. Mais une chose est de dire ce qui s'est passé. Tout autre, est de "balancer" les gens…

« Il faut comprendre que la justice met des années à condamner, alors que le tribunal Twitter met dix minutes. Sur Twitter, tout va plus vite, mais votre dossier n'est jamais examiné, un seul témoignage suffit à vous condamner, les condamnations sont sans appel (puisque les réseaux sociaux n'oublient jamais) et enfin vous êtes condamné au détriment du doute, et non à son bénéfice. Et s'il est urgent que la loi change, c'est aussi pour éviter qu'une justiciable se prenne pour une justicière*. »

— Édouard ?

* Extrait de la chronique de Raphaël Enthoven diffusée le 16 octobre 2017 sur Europe 1.

Je sursaute et relève la tête. Mme Haupe est devant moi. Droite. Impeccable. Une chemise bouffante à pois rentrée dans sa jupe à rayures. Des tenues jamais trop assorties mais j'aime bien son originalité. Son espèce de choucroute sur la tête hyper structurée à la Amy Winehouse. Une Amy Winehouse dans un style de bourge qui serait allée jusqu'à soixante piges. Un truc comme ça.

J'enlève mes écouteurs et me lève d'un bond. Je lui serre la main, d'un geste franc. Je me dis toujours que la poignée de main révèle beaucoup sur la personne et qu'un psy doit y être très attentif. Donc moi, j'hésite pas à faire une bonne poignée de main du mec bien dans sa peau. On traverse le couloir de son grand appartement. Elle a une façon de marcher bizarre. J'ai le sentiment qu'à chacun de ses pas, elle va se péter la gueule. Je baisse le regard sur ses pompes. Elle porte des talons aiguilles. Ils ont l'air super instables. Le talon est tellement fin, ça doit être un véritable supplice de passer ses journées là-dessus.

Comme d'habitude, je vais m'installer sur le gros fauteuil club face à elle. Je frotte mes mains sur la toile de mon pantalon, comme pour rassembler mes esprits. Je vois bien qu'elle fixe mon unique chaussette. Elle doit certainement se demander pourquoi j'ai décidé de ne mettre qu'une chaussette aujourd'hui. Je peux pas lui expliquer. Je ressens en moi un léger malaise. Elle relève la tête et me regarde sans rien dire, avec ce sourire qui invite à la discussion. Je l'imite en forçant un sourire moi aussi. Chaque séance commence de la même manière. On peut rester comme ça des minutes entières à se fixer et puis, à un moment donné, l'un des deux craque.

— Est-ce qu'il y a eu du nouveau du côté de la famille d'Ali ?

C'est elle qui a craqué. C'est tellement le bordel dans ma tête que je ne savais pas bien par où commencer de toute façon. Je sais pas bien non plus si j'ai envie de parler de ça. Là, maintenant. Aujourd'hui. C'était pas ça l'urgence. J'avais prévu de parler de Diane. Mais est-ce que mon angoisse généralisée ne vient pas d'Ali, finalement. Si ça se trouve, Diane n'a fait que réveiller l'angoisse de ce qui se passe avec la famille d'Ali… On sait pas. Si je ne vais pas voir, je peux pas savoir.

— On a décidé avec Ali de laisser un peu ça de côté cette semaine. Ça nous a trop pourri la vie. On en parle plus du tout.

— Et la vie commune, comment ça se passe ?

— Je pense que le fait d'emménager avec moi, ça lui fait du bien. Après, ça change la donne d'habiter sous le même toit. Je trouve juste un peu triste qu'on n'ait pas choisi de vivre ensemble mais qu'on y ait été contraints. Je m'attendais tellement pas à ce revirement. Si rapide. Elle me le dit pas, mais je sens bien que ça la fragilise beaucoup. Elle a perdu beaucoup de repères.

— De repères ?

Je fronce les sourcils. Je comprends pas. Ah si ça y est je capte. Repère, père. Putain c'est génial. Ça me fait sourire. Elle a ce truc de toujours entendre les mots dans les mots.

— En fait je trouve ça dommage qu'elle n'écrive pas une lettre à son père.

— Vous voudriez qu'elle lui écrive quoi ?

— De toute façon, Ali ne veut pas. Pour l'instant, elle ne veut plus le voir. Il a été trop loin. Elle préfère ne plus l'inclure dans sa vie. Et puis il lui a coupé les vivres. Elle me dit qu'elle se sent mieux sans lui. Elle me semble assez à l'aise avec cette décision.

— Et vous ? Comment vous vous sentez au milieu de tout ça ?

— C'est sûr que, moi, ça me colle un peu la pression. Ali est jeune. Depuis qu'elle s'est barrée de chez elle, elle a cumulé des tas de petits boulots sans jamais tenir très longtemps… et puis là, elle a trouvé ce job dans ce club pour bobos parisiens. Tout ça, pour partager les frais avec moi. Moi, je m'en fous de l'argent, j'en ai, c'était pas un problème en soi.

— Elle fait quoi dans ce club ?

— Elle danse. Le problème c'est que c'est la nuit. Je flippe toujours qu'il lui arrive un sale truc. Je pense pas que ce soit un endroit très sain pour elle. Mais elle semble savoir ce qu'elle fait. Elle tient absolument à gagner sa vie. J'espère qu'elle se met pas en danger, c'est tout. En fait, je crois que j'en veux à son père. Il abandonne sa fille, tout ça parce qu'elle vit une histoire d'amour qui ne lui plaît pas. C'est peut-être con mais je peux pas m'empêcher de me dire que je me retrouve à devenir l'unique responsable d'elle.

— Ça, c'est votre angoisse. Mais Ali a des amis. Elle n'est pas seule.

— Oui, enfin, la plupart de ses amis vivent encore chez leurs parents et sont à la fac. Je prends un peu le rôle du père depuis quelque temps. Je le sens. Bon c'est peut-être de la projection de ma part. Elle pense peut-être pas à ça, elle. Mais moi, j'ai un peu l'impression de devoir la protéger. Et je sens que ça déstabilise un peu la relation… Je vous le dis, j'ai un peu honte, mais la semaine dernière, j'ai hésité à écrire à son père. Pour lui dire qu'il a jugé trop violemment notre différence d'âge… Enfin, je voudrais qu'il sache un peu qui je suis. Je voudrais qu'il soit fier que sa fille sorte avec moi… lui dire que je suis un chic type et pas un…

J'ai la voix étranglée par l'émotion. J'arrive plus à parler. Mme Haupe arrache un kleenex d'une boîte XXL et m'en tend un avec douceur. Je prends le mouchoir, tente un sourire tremblant mais j'explose en sanglots. Je ne contrôle plus mes larmes. Je suffoque presque. C'est fou, moi qui ne pleure jamais. Je fais que chialer depuis ce matin.

— Je vous écoute. Vous vouliez dire au papa d'Ali que vous étiez un chic type et pas un quoi ?

— Bah pas un pédophile, putain. C'est horrible de se prendre ça dans la gueule. Il a dit ça de moi !

Je suis pas un pédophile, bordel. On a quinze ans d'écart, OK, mais je l'ai rencontrée elle avait vingt ans. Elle était majeure. Mais c'est quoi ce monde de merde. Pourquoi on laisse pas les histoires d'amour en paix. Au moins ça. Juste ça. C'est mon seul endroit de repli. Mon seul endroit où j'arrive à me sentir bien. À me sentir moi-même. Et même ça, on vient me le pourrir. Qu'est-ce que ça peut lui foutre qu'on s'aime ? On a pas le droit de s'aimer ? Ça nous dépasse l'amour. Quel qu'il soit. C'est pas raisonné l'amour et puis tant mieux.

— C'est l'amour qui n'est pas raisonné ou bien c'est le désir ?

Pourquoi elle me dit ça. Mme Haupe se lève.

— Réfléchissez-y. On se voit mardi.

Pourquoi elle me parle du désir ? Est-ce qu'elle aussi veut dire qu'Ali est trop jeune pour moi ? Que je me persuade que je l'aime, mais qu'en fait c'est juste que je la désire ? Non, j'aime Ali. Je l'aime. J'aime pas cette question. Pas envie de réfléchir à ça. Je me lève. Je prends la direction de la sortie.

— Édouard ?

Je me retourne et remarque que j'ai laissé mon téléphone sur le fauteuil. Je force un sourire gêné et le récupère. Mme Haupe me tend la main. Je lui tends la mienne qui est irréductiblement molle et moite. Impossible de faire autrement. Je sors du bureau sans rien dire. Je regarde l'écran qui affiche une vingtaine d'appels en absence et une dizaine de textos. J'ai un message vocal de Marie qui me demande de la rappeler. Un texto de Yanouv : « Marie, m'a montré le statut de Diane. Sous le choc. Ça va toi ? C'est quand même bizarre, non ? C'est super trash. » Un texto de ma mère « Mon poussin, vraiment préserve tes amitiés. Ne te mêle pas de tout ça. Cette fille t'a assez empoisonné la vie. Tes parents qui t'aiment. » Trois messages de Mathieu. Le premier qui me demande si j'ai appelé Diane. Le deuxième « Est-ce que tu peux me répondre, bordel. » Le troisième : « Magne-toi, on t'attend. » Putain, l'enfer. Ce téléphone c'est la prison de ma vie. C'est la contagion de l'urgence. L'aliénation. Il te relie à toutes les angoisses de tout le monde, comme si t'avais pas déjà assez des tiennes. Ta mère. Tes amis. Ton boulot. Instagram qui te montre toujours mieux que toi. Facebook qui te rappelle que le monde va vite, alors que toi tu sembles aller trop lentement. Twitter, l'endroit de toutes les injures. WhatsApp qui te surveille. À te dire qui est en ligne. Et puis les pop-up. Les infos qui jaillissent sur ton écran. Que Trump… Que la Corée du Nord… Que le nucléaire… Que les explosions. Que les guerres. Que les présidents. Que l'ONU. Que le cancer. Que les cigarettes électroniques. Que l'écologie. Que la disparition des espèces. Que la faune. Que l'industrie. Que les bactéries. Les incendies. La ferme. Ferme ta gueule. Lâche-moi. Tu me pollues. Juste envie d'un massage et de ne penser à rien. De me mettre sur off. De déconnecter. Mais non, je ne vais pas pouvoir parce que je dois répondre. Ça m'aurait peut-être fait du bien d'oublier mon téléphone. Un vrai acte manqué réussi. Je serais juste parti à la gare et j'aurais passé mon week-end juste avec Ali, Chloé, Niels et les enfants, sans portable. Sans avoir à me justifier de rien. Sans me soucier de toute cette merde. Et j'avais l'excuse parfaite. L'excuse idéale. Mais en fait, je peux le faire. Je vais le faire. Qu'est-ce qui empêche ? Je vais le faire. Maintenant. Tout de suite. Je vais couper mon portable et le foutre dans le fond de mon sac. Tout au fond. Plus de Diane, plus de Marie, plus de Mathieu, plus de Leila, plus personne, plus de soucis. La paix. Torcher ce rendez-vous client et me barrer direction la gare de Lyon.

14
ALI

Je n'ai jamais écrit aussi vite. En français, ça sonne pas si mal finalement. Je crois que je suis contente. Je pense que mon texte est plus impertinent, plus rythmé, plus inattendu aussi. C'est pas évident à relire en fait. Ça faisait longtemps que je n'avais pas écrit avec un vrai stylo sur une vraie feuille de papier. J'ai écrit dans tous les sens. Mes phrases partent sur les côtés de la feuille, remontent vers le haut, longent le bord pour repartir la tête en bas. Heureusement que j'ai dessiné des flèches pour indiquer le sens de la lecture.

Sauvage est ton ombre
Indomptables sont tes rêves
Oublie les heures sombres
La vie c'est marche ou crève
Il ne s'est rien passé
On s'est juste effleurées
Sa main contre ma main
Nos tatouages ne faisaient qu'un

Elle a soufflé mon nom
Et j'ai crié le sien
Dans mes rêves attention
Dans mes rêves…
Mais j'en ai marre d'être sage
Je dois sortir de ma cage
Trop d'imagination
C'est la damnation
Je veux toucher les étoiles
Et il n'y a aucun mal
Je la regarde bien en face
Je l'attrape par les cheveux
Et ma langue part en chasse
Elle panique un peu
Mais je lui dis viens là
Ne réfléchis pas
C'est maintenant attention
C'est l'heure de l'action
Alors fais pas ta pétasse
Putain de bitch rapace…

J'ai complètement tripé ! C'est n'importe quoi en fait. Mon esprit a tellement focalisé sur le rythme et les rimes que j'ai perdu mon cerveau. Impossible d'assumer un millième de ce que j'ai écrit. J'ai bu la moitié de la bouteille de champagne. Je suis clairement pétée, je me fais rire. L'odeur de peinture m'est montée à la tête aussi peut-être. J'adore cet endroit. Les poutres de bois clair, les tableaux, le canapé avec la peau de lama. Pauvre lama. Le piano électrique. Le petit frigo. Le billard. Le vieux flipper. La verrière avec vue sur la campagne. C'est génial d'avoir un grand atelier comme ça. Il y a une pile de magazines sur la table. *Elle*, *Grazia*, *Marie Claire*... que des magazines people. Chloé et Niels sont en couverture. Ils sont vraiment sexy en photo tous les deux. Niels est très beau. Ses muscles sont fins mais très dessinés... On dirait une statue grecque version manga. Ses cheveux blonds et bouclés en bataille lui font vraiment une gueule. Je me demande ce qu'il fait. Ça doit faire presque une heure qu'il est parti. Pourquoi il revient pas ? Je devrais peut-être le rejoindre dans la maison. Je me sens tellement bien dans son atelier que je pourrais y passer ma vie, je crois. J'imagine Chloé allongée dans le canapé tandis que Niels joue du piano... Je n'avais jamais vraiment réfléchi à leur couple. Ils vont tellement bien ensemble. Je les imagine en train de faire l'amour sur la peau de lama. J'ai envie de passer mes doigts dans la fourrure de cette pauvre bête. Quelle tristesse. Elle est morte d'avoir été trop belle. J'ai envie de sentir son odeur. Je me penche et pose ma joue dessus. Ses poils sont si doux. Cette fourrure est d'un érotisme absolu. Je pourrais écrire une chanson qui parlerait de la vie de ce lama. De son innocence et de comment on lui a fait la peau. Comment sa beauté sert d'autel aux ébats de Niels et Chloé. Son sacrifice aura eu une vocation sublime. Accueillir les fesses de Niels et de Chloé... Je délire. Il faudrait que je dorme un peu. J'ai un sentiment d'irréalité. Le champagne et le pétard par-dessus ma nuit blanche ça fait beaucoup. Retrouver Niels. Retrouver Niels et boire un peu d'eau pour faire passer le champagne. Personne dans le jardin. Personne sur la terrasse.

— Niels ?

Il n'est pas au rez-de-chaussée. Pourquoi il répond pas ? Peut-être qu'il est toujours au téléphone ? Ou bien il dort ? J'hésite à monter à l'étage. Je monte. Toutes les portes sont ouvertes. C'est une manie dans cette maison. Les murs de la chambre de Max sont couverts de posters de films de monstres. Des zombies, des momies, Frankenstein… La chambre de Zoé est plus douce, toute violette, mauve, rose, avec des fées… Vraiment une chambre de petite fille. Je préfère la chambre de Max. Je m'y sentirais moins vulnérable. Quand j'étais petite, je voulais toujours des trucs de garçons. Ce qui me faisait flipper c'était les trucs de filles en fin de compte. Là où j'ai grandi, fille voulait dire embrouilles. Être repérée comme fille, c'était être désignée comme victime. C'est pour ça que je me suis fait tous ces tatouages. Mes tatouages, c'est ce qui me permet de danser sans jamais me sentir trop fragile ou trop nue. Et puis avec ma cicatrice, ça crée quelque chose qui impressionne un peu quand on me connaît pas. Quand on me connaît, c'est différent. J'ai du mal à cacher mon côté sensible très longtemps. J'avance doucement vers la chambre de Niels et Chloé… Niels est là. Qu'est-ce qu'il fout ? Il est assis en tailleur sur l'épaisse moquette blanche. Il semble méditer. Il a les yeux fermés mais ses sourcils sont froncés. Pas vraiment serein pour quelqu'un qui médite. Je ne sais pas quoi faire. J'ai peur de le déranger. Je ferais mieux de retourner en bas. Je fais demi-tour. Sur la pointe des pieds.

— Viens t'asseoir !

Il m'a vue sans ouvrir les yeux. Trop fort. Je n'ai jamais médité mais il faut bien un début à tout, et puis j'aime bien les nouvelles expériences. Je retire mes baskets par respect pour la moquette blanche. Je m'installe en tailleur face à Niels. Le dos bien droit comme lui.

— Ferme les yeux !

Il me fait rire. Comment peut-il savoir si j'ai les yeux ouverts ou fermés vu que lui il a les yeux fermés ? Son visage est vraiment tendu. On dirait qu'il fait la gueule. Peut-être que je l'ai contrarié à propos de la vidéo qu'il a postée sur Instagram. Ma réaction était un peu nulle. C'était hyper gentil de sa part de vouloir partager ses followers avec moi… Je lui demanderai pardon tout à l'heure. Ou mieux, je lui dirai merci… Merci de m'avoir permis de faire de mon texte une vraie chanson.

— On va faire trois cycles de trente respirations. Tu inspires à fond mais lentement et tu expires sans forcer, tu laisses juste l'air sortir brièvement. Fais comme moi.

Niels inspire et expire. Il est particulièrement concentré. J'essaie de faire comme lui. Je ferme les yeux et me laisse guider par son souffle. J'ai l'impression de prendre trop d'air. On dirait un exercice d'hyperventilation. J'ai la tête qui tourne. Heureusement que je suis assise par terre. J'hésite à poursuivre.

— Après ta prochaine expiration, tu ne reprends pas d'air, tu restes en apnée poumons vides pendant une minute.

Je fais ce qu'il me dit. Je me demande à quoi sert cet exercice. Je compte dans ma tête pour m'aider.

— Quand tu reprendras de l'air, tu bloqueras ta respiration poumons pleins pendant vingt secondes.

J'ai l'impression de crever, c'est trop long pour moi une minute sans respirer. Je suis contente d'inspirer à nouveau. Tenir vingt secondes poumons pleins cette fois ça devrait être plus facile. Je sens des picotements dans tout mon corps. Et j'ai comme chaud dans ma poitrine, c'est plutôt agréable.

— OK, maintenant tu peux expirer et respirer normalement pendant quelques secondes.

La voix de Niels se déplace dans la pièce. Il s'est levé. Je voudrais ouvrir mes yeux mais il me dit d'entamer mon deuxième cycle de trente respirations pour faire ma deuxième apnée. Je l'entends ouvrir un frigo. Ils ont un frigo dans chaque pièce, c'est marrant. J'essaie de me concentrer mais je ne sais plus à combien de respirations je suis. J'entends des bruits étranges dans la salle de bains. Niels semble faire tomber des choses dans de l'eau… Je me demande ce qu'il fabrique. Je décide d'entamer ma deuxième apnée. Je ne pense pas pouvoir atteindre une minute cette fois. Je compte en accélérant un peu. Je reprends de l'air beaucoup plus tôt que prévu. Je respire n'importe comment. J'ai l'esprit un peu embrouillé. Mon cerveau manque d'oxygène. Je m'allonge sur la moquette.

— Ça va ?

J'ouvre les yeux. Niels est au-dessus de moi en peignoir.

— Tu te sens bien ?

— Ça va… j'ai juste eu très chaud tout d'un coup.

— Ah bah tant mieux ça veut dire que ça a marché alors… viens voir.

Il me tend la main et m'aide à me relever. Je le suis vers la salle de bains. Il a rempli le jacuzzi d'eau et de glaçons. C'est absurde. Pourquoi il a mis des glaçons ? Je dois avoir l'air consternée.

— C'est pour faire quoi ?

— C'est un exercice de faculté adaptative. Tu vas atteindre un état de bien-être et de plénitude totale… ne plus ressentir aucune peur, aucun stress, aucune anxiété. Tu vas vivre l'expérience de la liberté absolue.

Il me montre du doigt le jacuzzi.

— Après vous.

J'éclate de rire.

— Je ne mettrai pas un orteil là-dedans, je te le dis tout de suite, je suis la fille la plus frileuse de la Terre…

Niels pose ses mains sur mes épaules et me fixe.

— Tu étais frileuse mais c'est en train de changer… Tu me fais confiance ou tu me fais pas confiance ?

Merde, pourquoi je fais oui de la tête ? Niels me sourit, visiblement satisfait. Il enlève son peignoir. Il porte un caleçon avec des éclairs dessinés dessus. Il entre dans le jacuzzi glacé en respirant lentement. Je me sens vraiment pas du tout capable de le suivre.

— Allez, allez, viens… juste une minute ou deux ! Tu vas voir, c'est magique.

Il me regarde en souriant. Il a l'air bien. J'ai le cœur à dix mille et tout mon corps qui dit non mais je ne veux pas passer pour une flippette. Je me déshabille. J'hésite à garder mon soutien-gorge. Je le garde, je suis pas spécialement pudique mais ça me semble plus approprié. J'entre un premier pied dans l'eau et je crois presque que l'eau est chaude tellement elle est froide. J'entre mon deuxième pied. Je m'assois en face de Niels au milieu des glaçons. Je cale ma respiration sur la sienne. J'ai l'impression que tout mon corps est en train de brûler. Comme avec la neige. En même temps, c'est moins difficile que ce que je pensais.

— Ça va ?

— Ça va.

Je n'en reviens pas moi-même. J'ai l'impression que ça va vraiment.

— Les respirations qu'on a faites juste avant, c'est la méthode des moines tibétains pour supporter de très basses températures.

— Ça sert à quoi de faire ça ?

— À sortir de ta zone de confort... tu vas voir, ça permet de se renforcer mentalement et physiquement... c'est l'idée que ce qui ne nous tue pas nous rend plus forts... respire bien à fond encore.

Le froid me saisit soudain. Je voudrais sortir maintenant mais je n'arrive presque plus à bouger. Mon cœur s'accélère, ma respiration s'accélère. J'ai l'impression que je vais mourir. Je sors de l'eau d'un bond. Je tremble de tout mon corps, mes dents claquent, je ne contrôle plus rien... Je m'enroule dans le premier peignoir qui me tombe sous la main...

— Respire lentement...

Niels sort du jacuzzi et me frotte le dos pardessus le peignoir. Il me frotte les bras, les jambes, je grelotte comme je n'ai jamais grelotté de ma vie. Il me prend dans ses bras. Son corps à lui est chaud, comment est-ce possible ?

— Respire lentement Ali, lentement...

Je n'arrive pas à respirer lentement. J'essaie mais je n'y arrive pas. Niels m'enlève le peignoir et me pousse sous la douche. Il m'arrose d'eau chaude. Il me tend le pommeau de douche et disparaît dans la chambre. L'eau chaude me fait du bien, mais elle reste trop en surface, j'ai l'impression d'être gelée de l'intérieur. Niels est au téléphone dans la chambre. Je n'entends pas ce qu'il dit. J'entends juste qu'il parle de deux heures. Il répète plusieurs fois deux heures. C'est tout ce que j'entends. Je réalise que je n'ai aucune idée de l'heure qu'il est. Peut-être qu'il est deux heures. Je ne sais même pas où est mon portable. J'ai dû le laisser dans l'atelier. Niels revient dans la salle de bains. Il me tend une grosse serviette et coupe l'eau de la douche. Mon cerveau fonctionne au ralenti. Il est embrumé et embué. Comme la salle de bains. Je me sèche lentement tandis que Niels ouvre un placard et sort un peignoir sur lequel il est écrit « Chloé » en énorme dans le dos. Ça me fait un truc bizarre de me dire que je vais porter son peignoir à elle. Il m'aide à l'enfiler puis il me porte en mode princesse jusqu'à la chambre. Il m'allonge sur le lit, m'enroule dans la couette comme un gros rouleau de printemps et s'allonge sur moi. Je ris. Il me regarde, particulièrement sérieux. Il a l'air inquiet.

— Est-ce que tu veux un thé ?

— Ça va.

— Un whisky ?

— Non, ça va, merci, vraiment.

— Qu'est-ce qui te ferait plaisir alors ? Très plaisir ?

Je ne sais pas quoi répondre… Niels se relève d'un bond. Il ouvre le tiroir d'une commode. Je remarque qu'il est complètement nu. Niels n'est pas pudique lui non plus. C'est son petit côté danseur. Aucun problème avec la nudité. En deux ans, je l'ai déjà vu nu pas mal de fois. Il a une bite un peu plus petite qu'Édouard mais très jolie. Très propre sur elle. Il a très peu de poils. Peut-être parce qu'il est blond. À moins qu'il s'épile ? Il enfile un caleçon arc-en-ciel. J'aime bien ses caleçons.

— Je sais ce qui va te faire du bien… C'est le truc qu'on adore s'offrir de temps en temps avec Chloé…

Niels revient vers le lit, il ouvre la couette et me frotte énergiquement les jambes avec un gant de crin. La sensation est atroce.

— Niels, arrête ! C'est quoi ce truc…

— Courage, le meilleur reste à venir. Ça c'est juste la préparation…

— La préparation de quoi ?

— Est-ce que tu connais les massages aux huiles chaudes ?

— Non…

— Tu vas adorer… Tu vas voir…

Niels me retourne sur le ventre tout en continuant de me frotter le corps. Il dégrafe mon soutien-gorge et me frotte le dos énergiquement : la sensation est bizarre limite désagréable, mais en même temps, je sens que ça me réchauffe vraiment. Je réalise qu'il est assis sur mes fesses. Plus précisément sur ma culotte. Je crois que je sens ses couilles à travers son caleçon. Cette idée de massage aux huiles chaudes me stresse, tout à coup. Cette situation me gêne grave en fait. Il faut que je dise quelque chose. En même temps j'ai peur de le froisser. Non mais tant pis je veux pas qu'il me masse, là.

— Niels… Je suis pas sûre que ce soit…

Il se relève.

— Habille-toi, on y va !

Je ne comprends plus rien.

— On va où ?

— Dans le meilleur spa de France, c'est à cinq minutes d'ici… On va s'offrir une pure folie, tu vas adorer beauté…

C'est la première fois que Niels m'appelle « beauté ». Je sens que quelque chose a vraiment changé entre nous. Une proximité nouvelle et complètement inattendue. Il s'habille à toute vitesse. Je suis soulagée que ce ne soit pas lui qui me fasse ce massage. Je me lève un peu sonnée. Je vais m'habiller moi aussi.

15
EDOUARD

Je trace sur mon Vélib' dans les couloirs de bus du boulevard Magenta, direction la rue Condorcet. Je me prends dans la gueule toutes les vapeurs toxiques des pots d'échappement. Ça daube. Je mets mon foulard sur mon nez. Je regrette quand même de pas avoir touché un mot sur Diane à ma psy. Ça m'aurait peut-être aidé à prendre une décision. Je suis super à la bourre. Ces rendez-vous clients m'emmerdent je supporte plus de me les fader. Il va falloir être efficace. Ils vont être dix sur ma gueule à me harceler de questions. Avec leur discours méprisant envers le consommateur. Et moi, je vais devoir défendre mon concept pour vendre leur marque débile de bagnole. En plus, je hais les voitures. Ça pue les voitures. Et surtout ça ne m'intéresse tellement pas. Ou si, seulement pour fuir Paris. C'est le seul moment où j'ai un peu de reconnaissance pour l'objet. Pas une place pour garer mon Vélib'. Tant pis, je vais le laisser dans le hall, je le garerai plus tard. Les portes de l'ascenseur s'ouvrent. J'appuie sur le bouton du sixième étage. L'ascenseur commence sa douce montée avec ce ronron qui pourrait m'endormir tellement je suis claqué par mon stress. Je fixe un chewing-gum collé au sol. Avec le bout de mon pied, je tente de le décoller. Je me dis que le type qui a fait ça pense pas plus loin que sa gueule. J'aime pas les gens qui détériorent les choses. Je ne les comprends pas. Le mec a quand même craché son chewing-gum par terre. Rien à foutre. Tiens, si je crachais mon chewing-gum pour bien faire chier. Il aurait chié dans l'ascenseur que c'était pareil. Bah ouais, pourquoi pas. On a qu'à tous chier partout. Et puis, on vivrait dans un monde infect où les rues ressembleraient à de gigantesques déchèteries pleines de merde. Qu'est-ce qui se passe ? L'ascenseur fait comme un bruit de tuyauterie de chiotte, accompagné d'une sensation de brusque décrochage de la cabine et puis maintenant l'arrêt. Net. Je tente d'ouvrir les portes, mais elles sont bloquées. Rien à faire. Il manquait plus que ça à ma journée. J'appuie plusieurs fois sur le bouton. Rien ne se passe. Je panique même pas. Je suis comme blasé par tout ce qui m'arrive depuis ce matin. J'ai remarqué que quand une journée est merdique, elle est merdique jusqu'au bout. Ce truc de loi des séries, souvent je me dis que c'est pas faux. Ce truc de « un malheur, n'arrive jamais seul ». Ou « jamais deux sans trois ». Quand le sort s'acharne, il s'acharne jusqu'au bout. Pour te dire que quand tu crois que t'es au bout, tu peux toujours aller plus loin. Quand tu crois que tu y es, en fait, tu n'y es pas encore complètement. Il y a un gros bouton rouge sur lequel il est inscrit : ALARME. Sauf qu'évidemment, le bouton ne fonctionne pas. Évidemment. J'ai beau appuyer, rien ne se passe, il reste enfoncé. Loi des séries. C'est pas possible. Je suis vénère. C'est quand même fou, il y a toujours une bonne raison qui fait qu'aujourd'hui, on peut plus vivre sans son portable. Le mec a quand même créé du besoin qui est devenu vital. J'appelle le numéro d'urgence. Assez rapidement, une nana me répond et me suggère plusieurs manipulations vaines tout en me promettant de faire intervenir un réparateur au plus vite. Maintenant, je sais que j'ai au moins une bonne demiheure à poireauter. Je m'assieds sur le sol à côté du chewing-gum, qui, étant donné sa place, m'en laisse peu pour être assis confortablement. Bref, je me contorsionne légèrement et adopte finalement une position que je trouve plutôt pas mal. Sur une fesse, les pieds en l'air. C'est la première fois que je me retrouve bloqué dans un ascenseur. Étrangement, je ne me sens pas oppressé. Pourtant, être coincé, c'est pas une situation que les gens adorent en général. Eh ben moi, là, c'est tout l'inverse. Ça me détend. Je kiffe. Je suis bloqué. Et je n'ai pas d'autres choix que celui d'attendre. Ça fait du bien. C'est un peu comme quand on est malade et qu'on n'a pas d'autre choix que de rester au pieu. L'excuse parfaite. On déculpabilise de rien foutre.

J'envoie un texto à Mathieu : « Mec, je suis bloqué dans l'ascenseur des bureaux. Le temps que le réparateur déboule. Galère. Dis aux clients que j'arrive. » Je retourne sur le profil Facebook de Diane. Trois cents likes. Cent dix commentaires. Trente partages. Je la maudis. C'est une catastrophe. Ça commence à prendre beaucoup trop d'ampleur son délire.

Je parcours les commentaires de son statut. Paquita, une Australienne que je ne connais pas, écrit : « Merci pour ton message. Merci pour ton courage qui nous pousse toutes à parler, à combattre ces démons qui pourrissent nos cœurs et nos vies. Arrêtons de vivre dans le silence avec nos traumatismes. »

Harold, Toulousain que je ne connais pas, écrit : « Merci de parler et de nous rendre un peu moins cons. »

Julie, une Parisienne que j'ai croisée parfois dans des soirées avec Diane, écrit : « Courageuse de le dire et tellement utile. »

Kahéna, une amie sympa de Diane avec qui on s'est barrés quelques fois en vacances, écrit : « Moi aussi j'ai été victime dans mon enfance et je n'ai pas honte. Mettons la honte sur nos agresseurs, nous sommes les victimes et nous pouvons enfin le dire. »

Kim, que je ne connais pas : « C'est qui la célébrité ? Une actrice ? »

Gladys, une fille que je ne connais pas, partage un texte de Françoise Héritier : « Que la honte change de camp est essentiel. Et que les femmes, au lieu de se terrer en victimes solitaires et désemparées, utilisent le #MeToo d'Internet pour se signaler et prendre la parole me semble prometteur. C'est ce qui nous a manqué depuis des millénaires : comprendre que nous n'étions pas toutes seules ! Les conséquences de ce mouvement peuvent être énormes. À condition de soulever non pas un coin mais l'intégralité du voile, de tirer tous les fils pour repenser la question du rapport entre les sexes, s'attaquer à ce statut de domination masculine et anéantir l'idée d'un désir masculin irrépressible. C'est un gigantesque chantier*. »

Je lis tout ça avec un goût amer, je vis tout ça comme une injustice. Trop de haine. Diane. Je te déteste. Je voudrais t'éradiquer de ma mémoire. Et en même temps, comment effacer tous les souvenirs que j'ai avec toi. J'ai du mal à me dire qu'on s'est séparés il y a presque six ans. J'ai l'impression que c'était hier tellement je me sens encore marqué par ce qu'on a vécu. Je peux dire que c'était une histoire d'amour à deux temps. La première année et demie est digne d'un conte de fées, les six derniers mois sont plutôt dignes d'un thriller psychologique. En fait, quand j'y repense peut-être que j'ai souffert tout du long. Je sais plus très bien. De toute façon, Diane, c'est le style de nana qui fait flipper.

* Extrait d'une interview de Françoise Héritier par Annick Cojean publiée dans *Le Monde* le 5 novembre 2017.

Une créature. Trop belle. Trop sûre d'elle. Je me suis instantanément dit qu'elle n'était pas pour moi. Si ça n'avait pas été une bonne copine de Marie, j'y serais jamais allé. Je l'avais repérée déjà depuis pas mal de temps, mais elle m'impressionnait trop. J'osais pas. Et puis, un soir à la campagne chez Niels et Chloé, grâce à un action ou vérité à la con, lors d'un gage, on a dû se rouler une pelle. C'est comme ça que tout a commencé. Sur un gage. On a aimé s'embrasser. C'était comme une évidence. Une évidence chimique. L'histoire s'est vite emballée. Elle était fan de musique et ses goûts musicaux sont vite devenus les miens : Bob Dylan. Gonzales. Marvin Gaye. Les White Stripes. Grizzly Bear. Rufus Wainwright. Nina Simone. Stevie Wonder. Gainsbourg. Radiohead. Chet Baker. Nos moments étaient toujours accompagnés de musique. J'ai tout de suite emménagé chez elle dans son deux-pièces de la rue de Lancri. On a très vite parlé de faire des enfants. De fonder une famille. On adorait parler de l'avenir pendant des heures. On adorait imaginer qu'on allait s'acheter une baraque à la campagne juste à côté de celle de Niels et Chloé. Imaginer qu'on allait monter une espèce de kibboutz géant. Imaginer qu'on allait vieillir ensemble. On était deux inséparables. On était littéralement fous l'un de l'autre. Ce que j'aimais plus que tout chez Diane au départ est devenu avec le temps le plus dur à vivre : sa beauté. De dos, elle est belle. De face, elle est belle. De profil, elle est belle. Par en dessous. Par au-dessus. De traviole. Le soir, le jour, dans la pénombre. Au réveil, putain ce visage au réveil qui me rendait fou. Cette petite gueule adorable gonflée par le sommeil, je trouvais ça merveilleux. Diane est la plus belle fille que je connaisse. En plus de ça, elle est explosive, intelligente, tout le monde l'aime. Tout le monde veut son amitié. Où qu'elle soit, elle attire les regards. Les vieux, les commerçants, les mères de famille, les retraités, les mannequins, les étrangers… Il émanait d'elle une beauté qui forçait l'attention et l'admiration des hommes aussi bien que des femmes. Au départ, c'est ce qui m'a plu. Ma meuf, c'était la plus renversante, la plus bouleversante et elle m'avait choisi, moi. Édouard. Moi, Édouard, je sortais malgré mon chagrin, ma fragilité et mon manque de confiance en moi avec la bombe, avec la fille que tous les hommes désiraient, pour qui toutes les femmes étaient prêtes à être lesbiennes le temps d'une soirée. Juste pour l'expérience. Au départ, quand je sortais avec elle dans la rue, je me sentais galvanisé, fier. Sa beauté m'éclaboussait et me rendait plus beau, plus fort. Quand les gens nous voyaient, systématiquement, on avait le droit à un « vous allez si bien ensemble ». On éblouissait les gens avec notre complicité. Nous étions heureux d'être heureux. Sexuellement aussi c'était fou. Sans tabou. Il y a eu pour moi l'avant-Diane et l'après-Diane. Elle m'a ouvert la voie, elle m'a tout expliqué jusque dans le moindre détail. Qu'est-ce qu'une femme. Comment fonctionne le corps d'une femme. Tout. Elle adorait m'expliquer chaque point de son corps qui actionnait chez elle le moindre frisson. Le moindre désir. Les zones insoupçonnables qui la faisaient mouiller. Elle aimait le cul comme personne. Ou si, comme moi. Avec la même fréquence que moi. Pendant plus d'un an, nous avons fait l'amour tous les jours, quoi qu'il arrive. Le matin, le soir, l'après-midi, le midi parfois. La nuit. On le faisait partout. Parfois, même, le cul c'était thérapeutique. Au moindre coup de stress, on baisait. À la moindre bonne nouvelle, on baisait. Aux moindres engueulades, on baisait. On adorait se mettre en danger aussi. Faire l'amour dans des lieux insolites. Tout ce qui était palpitant nous rendait accros. L'interdit nous rendait fous de désir. Le ciné. Les ascenseurs. Les cages d'escalier. Baiser en pleine soirée de potes. On se planquait dans les chiottes. À se faire jouir le plus rapidement possible. Dans les églises aussi, on aimait baiser. Saint-Eustache, Saint-Ambroise, Notre-Dame… Diane aimait les décors grandioses des églises. Moi, au départ, j'étais réticent, gêné et puis j'ai commencé à trouver ça politique de baiser dans des églises. Parce que la religion m'emmerde. Et puis, c'est pratique les églises, il y a jamais personne. On baisait dans les concerts aussi. La chaleur des concerts nous mettait en transe. Elle mettait une jupe courte. Me demandait de foutre un pantalon ample, et pendant le concert, perdu, fondu dans la foule, je me plaçais derrière elle, je me faufilais sous son tee-shirt pour prendre ses seins dans chacune de mes mains, tandis qu'elle, elle me branlait discrètement sous mon fute en rythme avec la musique. On ne voyait plus les autres. Je me souviens seulement que le battement des basses accompagnait nos mouvements. Ça nous rendait fous. Diane pour moi, c'est certainement l'histoire de cul qui a bouleversé ma vie. Et puis au bout d'un an, du jour au lendemain l'histoire a basculé à cause de son job d'infirmière. Ce jour-là, Diane bossait aux urgences, elle a vu trois suicidés dans la même journée. J'avoue que quand elle m'a raconté ce qu'elle avait vu, j'ai failli perdre connaissance. D'ailleurs, j'étais fou de rage qu'il n'y ait pas de suivi psychologique pour des situations aussi extrêmes. Diane ne dormait plus. Elle faisait des cauchemars toutes les nuits et se réveillait en hurlant la plupart du temps. Elle avait totalement perdu l'appétit. Les rares fois où elle avait faim, elle se faisait vomir après. En très peu de temps, elle est devenue rachitique. Elle faisait de la peine à voir. Elle avait de plus en plus de difficulté à aller au travail et n'hésitait pas à se faire arrêter des semaines entières. Elle se plaignait quotidiennement de douleurs dans le corps. Une fois, c'était les genoux qui trinquaient. Une autre, des douleurs dans le bras. Parfois, des maux de tête qui l'empêchaient d'ouvrir les yeux pendant des heures, elle plongeait alors notre appartement dans un noir absolu. Puis sont arrivées ses douleurs dans le dos. Chaque pas était une souffrance. Elle passait ses journées avec une bouillotte sur les lombaires. Assez rapidement, face à son état qui se dégradait, je l'ai poussée à aller se faire soigner. Mais à partir de là, elle ne s'est plus levée de son lit. Du tout. Jusqu'à s'exclure totalement de sa vie. Son boulot. Sa famille. Ses amis. Elle a commencé à haïr notre monde. Tout l'irritait. Tout était prétexte à la haine. Elle a commencé à dire tout haut ce qu'elle pensait de Chloé. Elle était persuadée que j'aimais plus Chloé qu'elle. Chloé est devenue le point noir. Notre sujet de dispute permanent. Elle me faisait l'enfer avec elle. Et puis après, ça a été le tour de Niels. De Mathieu. De Magali. De Yanouv. Elle refusait de les voir. Elle m'interdisait d'en parler. Et puis, tout est allé très vite. Trop vite. J'étais totalement désarmé. J'avais beau essayer de comprendre. De la rassurer. Je n'avais plus de prises. Elle ne m'en laissait plus. Enfin, peu à peu elle m'a rejeté comme les autres. De la même manière que les autres. Je ne pouvais plus rien dire. Plus rien faire. Elle refusait que je lui parle. Que je la touche. Que je dorme avec elle. Pendant plusieurs semaines, j'ai tout tenté pour la faire remonter à la surface, et c'est un matin qu'elle m'a vaguement parlé de cette soirée dont je me souvenais très bien. Cette soirée où nous étions partis à la campagne avec tous les potes. Je me souviens que ce soir-là, je n'avais pas aimé la façon qu'elle avait de regarder Niels.

La même façon qu'elle avait de me regarder quand elle avait envie de moi. Le même signal dans les yeux qui voulait dire « j'ai envie de te baiser ». Mais nous étions totalement bourrés. J'avais mis ça sur le compte de l'alcool. Et puis un peu plus tard dans la soirée, je l'avais surprise à faire une danse très collée avec Niels. Qui lui, de son côté, m'avait totalement rassuré d'une petite tape amicale dans le dos. Et d'une petite phrase à la con du genre : « Elle est cuite. Va falloir que tu la ramènes. » Ce soir-là, j'avais été jaloux. Comme souvent d'ailleurs dans les derniers mois. J'avais, de plus en plus, le besoin vital qu'elle ne s'expose plus autant. J'avais, de plus en plus, besoin qu'elle garde ses secrets juste pour moi. Que son corps soit moins moulé. Que son rouge à lèvres soit moins vif. Qu'elle soit plus discrète dans sa façon de rire. Son rire tellement unique me faisait l'effet de coups de poignard dès que je voyais des hommes autres que moi se figer face à son élégance. Je ne supportais plus le regard des hommes sur elle. Je ne supportais plus les hommes et leur insolence. Je les trouvais mal élevés. Ce soir-là, j'avais envie de danser avec elle. D'être en fusion avec elle. Que les regards qu'elle lançait aux autres ne se portent que sur moi et rien que sur moi. Je voulais être le centre de son monde. Mais elle semblait m'éviter. Elle ne voulait que jouer, rire, mais avec les autres. L'action ou vérité que Chloé avait lancé était le prétexte à ce que sa bouche devienne le lieu de passage de tous les amis qui jubilaient de l'embrasser chacun leur tour. Hommes comme femmes. Pourtant, avant j'adorais jouer, la partager juste pour des baisers, rien de plus, mais ce soir-là, je me souviens que je voulais être seul avec elle. Alors, j'ai bu. J'ai trop bu. Parce que je n'en pouvais plus de l'obsession que ça générait en moi. J'étais épuisé de ne jamais me sentir à la hauteur. D'avoir une peur permanente de la perdre. Est-ce que cette peur panique de l'abandon était due au suicide de ma sœur ou était-ce vraiment ce comportement qui déclenchait cette angoisse chez moi ? Un peu les deux sûrement. Et puis, plus tard dans la soirée, je me suis endormi dans un canapé. C'est à ce moment-là, selon Diane, que Niels aurait abusé d'elle. Le matin où elle m'a avoué cette histoire, j'étais pressé. J'étais déjà en retard pour un tournage et je n'ai pas cru un mot de tout ce qu'elle me racontait. Pourquoi elle avait mis six mois à me le dire ? D'autant que je me souvenais très bien de son comportement pendant cette soirée. De l'état dans lequel elle m'avait mis. D'abord, je me suis énervé. Je l'ai accusée à juste titre d'avoir chauffé Niels et d'avoir chauffé tout le monde d'ailleurs ce soir-là. Ensuite, je me suis calmé, on venait de se réveiller et elle avait eu une nuit agitée alors je lui ai dit quelque chose comme : « T'es certaine que t'as pas fait un cauchemar ? » Elle s'est enfermée dans la salle de bains, j'ai attendu quelques minutes, et puis, je me rappelle être parti. J'ai tourné ma pub sans même y repenser. C'est le soir que j'ai voulu en reparler. Mais elle n'a pas voulu. Elle m'a jeté un oreiller dans la gueule et m'a hurlé de me casser. Ce soir-là, j'ai appelé Niels pour le confronter. Il a accepté de me voir la nuit même. On s'est retrouvés au Tambour, rue Montmartre, il était peut-être une heure du matin. Assez vite, je lui ai posé la question. Je me souviendrai toute ma vie de son visage. Il s'est comme vidé de son sang. Ses lèvres sont devenues d'une blancheur que je n'avais jamais vue auparavant, à part sur le corps de ma sœur. Ses yeux se sont remplis de larmes et il m'a dit : « Édouard, elle est folle. Tu ne peux absolument pas rester avec une fille comme ça. Elle va te bousiller. Regarde-toi… » Et puis, je lui ai demandé de me jurer qu'il ne s'était rien passé. Niels s'est levé avec une froideur que je ne lui connaissais pas et il m'a dit quelque chose comme : « Tu sais pas comme tu me déçois. » J'ai vu dans les yeux de mon ami le désarroi, et la vérité. Ensuite, il est parti. J'ai eu honte. Honte d'avoir osé douter de lui. Tard dans la nuit, quand je suis arrivé en bas de notre immeuble, il y avait des fringues étalées un peu partout sur le trottoir. C'était les miennes de fringues. Diane m'avait tout simplement foutu dehors. Elle avait balancé toutes mes affaires sur le trottoir. Sans explications. Sans raison. J'étais à la rue. Je suis allé dormir chez Marie. Elle était apparemment au courant depuis plusieurs semaines. Diane lui avait déjà tout raconté. En fait, tout le monde savait, j'étais le dernier à l'apprendre. Les débats autour de cette histoire ont duré un moment. La seule personne qu'on a tous voulu protéger, c'est Chloé. Elle n'en a jamais rien su. Sans qu'elle le sache, le groupe d'amis s'est divisé en deux groupes. Les pro-Diane, et les pro-Niels. Moi, j'étais sous le choc de cette rupture si violente. Diane m'avait jeté comme une merde, elle voulait plus me voir, j'étais blessé, j'ai défendu Niels. Et puis, l'histoire s'est tassée. Chacun a repris le cours de sa vie. Pour moi, chaque jour était un véritable calvaire. Je ne pensais qu'à elle. Malgré tous ses mensonges, sa folie, je l'aimais. J'étais sous son emprise. Je n'arrivais plus à me concentrer sur rien. Je voulais encore toucher ce corps. Sentir cette peau. Un jour, je suis allé sonner chez elle dans notre ancien chez-nous et c'est une voisine qui m'a appris qu'elle avait loué son appartement. Quelque temps plus tard, j'ai appris par son Facebook qu'elle avait changé de boulot et qu'elle s'était lancée dans l'humanitaire. Elle s'était barrée vivre à l'étranger.

Je m'étais finalement persuadé que c'était la meilleure chose pour elle. Être loin. Un jour, un an plus tard, quelque chose comme ça, c'était un mois de septembre, Diane m'a rappelé. Nous nous sommes revus. Elle avait retrouvé sa fraîcheur. Mais elle avait beaucoup changé, elle s'était coupé les cheveux, avait changé de look… Plus simple, moins sexy. Elle s'est excusée mille fois et a même regretté notre rupture. Elle ne m'a pas reparlé de cette histoire avec Niels.

De mon côté, je n'ai pas osé. Nous avons recouché ensemble parfois. Pendant quelques mois. Mais ça n'avait plus la même saveur. Plus le même goût. L'histoire n'était plus là. La magie du désir s'était envolée. Aujourd'hui, ça doit bien faire trois ans que je n'ai pas revu Diane. Seules Marie, Leïla et Emma continuent de la fréquenter. Seule Leïla me permet de garder le lien en prononçant son prénom parfois. Je regarde la photo de Diane sur son profil Facebook. C'est une photo d'elle en combinaison de plongée dans une eau turquoise. Une photo d'elle quelque part en Australie. J'observe son visage dans ses moindres détails. Chacun de ses traits. Je me rends compte que Diane est une fille que j'aimais tellement. Complètement azimutée, mais une vraie vivante. Une fouteuse d'ambiance. Une fille sans limites. Toujours prête à rire. À vivre. Je suis certain que si je la revoyais, j'aurais malgré tout une espèce de mélancolie. Quand j'ai cessé de la voir, je me souviens d'avoir été envahi d'une grande vague de tristesse. La sensation d'une page qui se tourne. Peut-être la sensation d'abandonner quelque chose qui appartenait à ma jeunesse.

Je glisse mon doigt sur l'écran de mon iPhone : Mathieu n'a pas tort, je suis certainement le seul à pouvoir faire reculer Diane. Je connais ses failles, ses faiblesses. Je vais trouver les mots justes. Je vais l'appeler. Je ne sais pas bien par où commencer. Je vais commencer par le commencement. Lui dire que je suis heureux de l'entendre. Parce que c'est vrai, je suis heureux de l'appeler. Malgré toute ma colère et mon incompréhension, j'ai un attachement mystérieux pour elle. Je compose son numéro. Je me sens nerveux. Ça sonne. Ça décroche. J'entends une petite voix fébrile que je reconnais à peine.

— Allô ?

— C'est moi. C'est Édouard.

Je sens une respiration saccadée à l'autre bout de la ligne, mais elle ne dit rien. Je crains qu'elle raccroche. Je suis fébrile moi aussi.

— Diane ?

— Oui.

— Tu veux bien me parler ?

— Édouard…

— Dis-moi ?

J'entends soudain comme un sanglot mais peut-être que je me trompe.

— Diane, dis-moi ?

Soudain, des bruits sourds au-dessus de ma tête. Il me semble qu'il y a un tremblement de terre.

— Il y a quelqu'un dans l'ascenseur ?

Putain, non, c'est pas le moment. Ce n'est absolument pas le moment. Le réparateur devait arriver dans trente minutes, il est arrivé en dix minutes. Ça n'existe pas d'être en avance dans des situations pareilles. La loi des séries encore.

— Oui, bonjour, je suis enfermé dans l'ascenseur.

— D'accord. Vous êtes seul ?

— Oui. Attendez une seconde.

Je remets mon oreillette. Je dois proposer à Diane de la rappeler plus tard.

— Diane, pardonne-moi, je suis coincé dans un ascenseur. Le type vient d'arriver pour me faire sortir. Laisse-moi te rappeler dans cinq minutes.

— C'est incroyable. Tu ne changes pas.

Putain, mais elle m'a raccroché au nez. Quand elle est comme ça, il n'y a rien à faire. Je tente de la rappeler, mais elle m'a bloqué. Putain. Elle était là à l'autre bout de la ligne. Je la tenais.

— Monsieur, est-ce que vous voyez la petite trappe au-dessus de votre tête ? C'est par là que vous allez sortir.

16
ALI

Ça fait au moins trente minutes qu'on roule. Pourtant Niels m'avait dit que le spa était à cinq minutes. Aucun sens de l'espace-temps. Il semble tendu encore. Je comprends pas ce qu'il a. Peut-être que ça l'a remué de me parler de son enfance tout à l'heure. De sa grand-mère, de ses parents tout ça. Je ne soupçonnais tellement pas cette blessure… En fait, il a une grande faille lui aussi. Je me demande si Édouard ne m'avait pas raconté une autre histoire au sujet de la famille de Niels. Qu'il aurait eu une enfance de gosse de riches avec Mathieu à Neuilly. Peut-être que je confonds ou que j'ai mal compris. Ou alors Niels a eu plusieurs vies. Une vie avec sa grand-mère, une avec ses parents, une avec son cousin à Neuilly… et puis une autre encore avec Chloé. Remarque, on a tous plusieurs vies, si on y réfléchit bien. Je ne suis pas la même qu'avant mon œil, ni la même que juste après, ni la même qu'avant d'entrer dans mon école de danse, ni tout à fait la même depuis que je suis avec Édouard… En fin de compte, je ne suis peut-être personne d'autre qu'une somme de tout ce qui m'arrive et de ma réaction à l'instant t. Comme une alchimie qui se renouvellerait sans cesse à chaque nouvel événement. Ce qui voudrait dire que je n'existe pas vraiment ? C'est un peu badant comme pensée. Je me sens comme dans du coton. Vivement ce soir que je puisse dormir. « Paris – 55 km ». On quitte l'autoroute. Niels rallume le joint. Me le tend. Je fume encore. Je fais n'imp' aujourd'hui. Peut-être que j'en avais besoin. Le problème avec la fumette, c'est que ça me ramollit les neurones au bout d'un moment. Mon cerveau carbure dans tous les sens et puis quand j'essaie de faire une synthèse, tout part en fumée… J'en suis exactement là. Du coup, je n'ose pas trop parler. Trop peur de dire des conneries. Comment on fait pour avoir une pensée cohérente en fumant de la weed ? Heureusement, on n'a pas besoin de parler vu que Niels a mis la radio. Nova. « Dans le genre de… » Virginie Despentes. Une émission sur le genre. C'est à la mode en ce moment. Je repense à une vidéo que j'avais vue sur YouTube. C'était avec Amel Bent. Elle se baladait déguisée en mec dans une cité. Une expérience. Elle voulait retourner là où elle avait grandi quand elle était petite mais travestie en mec pour voir ce que ça changeait. J'aurai kiffé de faire ça moi aussi. Dans le bar où mon père m'embarquait pour jouer au poker avec ses potes. Je passais des heures à dessiner par terre derrière le comptoir. Personne ne faisait jamais attention à moi. Est-ce qu'ils m'auraient adressé la parole si j'avais été un garçon ? Aujourd'hui, je serais curieuse de savoir ce qu'ils se racontaient. Niels change de station de radio mais on ne capte rien. Il revient sur Nova. Ça n'a pas l'air de l'enchanter d'écouter cette émission. Je connais mal Virginie Despentes. Je n'ai rien lu d'elle. Je sais juste qu'elle a l'âge de ma mère et qu'à mon âge elle était punk. Elle parle de ses parents… c'est fou comme on est marqué à vie par nos parents. J'aime bien comment elle parle, pas du tout comme quelqu'un de cinquante piges… La journaliste passe une musique d'un groupe punk que je ne connais pas. Les Béruriers noirs. J'imagine des punks noirs. En même temps, ça n'a rien à voir avec l'afropunk. Niels chante avec eux en mode bien vénère. Il connaît les paroles par cœur.

— Salut à toi l'Amérindien, salut à toi le Mexicain*…

En musique, Niels est un vrai juke-box. Il connaît tout. D'ailleurs, de manière générale, quel que soit le sujet abordé, il donne l'impression de tout connaître. Il a toujours quelque chose à dire en tout cas. Je ne sais pas comment il fait pour savoir autant de choses. Même en danse il sait des trucs que j'ignore. Une fois, il m'a raconté en détail la vie d'Isadora Duncan pour m'expliquer la nécessité de s'émanciper de ses maîtres pour devenir soi.

* Paroles extraites de la chanson « Salut à toi » des Béruriers noirs.

J'ai retrouvé exactement le même discours chez mon prof de contemporain. Sauf que mon prof dit toujours que l'émancipation c'est l'étape d'après. Il insiste pour qu'on apprenne d'abord. Pour lui, on ne peut pas s'émanciper de quelque chose qu'on ne connaît pas.

— Salut à toi ô mon frère, salut à toi peuple Khmer.

Niels est survolté. Il ouvre la fenêtre. Il hurle.

— Salut à toi le Polonais, salut à toi le Taïwanais.

Nous arrivons devant une espèce de château. Deux grandes grilles en fer forgé s'ouvrent sur notre passage. Royal. Avec la musique punk à fond, et Niels qui s'explose les cordes vocales, ça envoie. On peut dire qu'on fait une arrivée fracassante.

Une grande femme très chic d'une cinquantaine d'années s'avance vers nous sur le parvis. Elle nous fait signe de la main. Niels se met à tourner autour d'elle avec le 4 × 4. Il monte le son encore d'un cran.

— Salut à toi le Coréen, salut à toi l'Algérien, salut à toi petit Indien, salut à toi punk Iranien.

La dame attend patiemment en souriant. Elle semble bien connaître Niels car elle n'a pas l'air spécialement choquée de nous voir tourner encore et encore autour d'elle. Elle est au beau milieu d'un nuage de poussière mais elle continue de sourire bêtement. Elle est comme figée, statufiée. C'est ça d'être le mari d'une célébrité. On te passe tout. Toujours. Même si on ne peut décemment pas être d'accord avec ton comportement, on te sourit.

L'émission de radio reprend. Niels fait un dérapage sur les graviers et freine enfin. Il coupe le moteur. Silence. Ça fait du bien. Je commençais à avoir sérieusement le tournis. Niels sort de la voiture en me faisant un clin d'œil chelou. Il essaie de paraître cool mais il a l'air préoccupé en fait. Je le retrouve dehors tandis qu'il fait la bise à la grande dame qui sourit toujours.

— Bonjour Niels ! Quelle arrivée ! Très heureuse de vous voir. Chloé n'est pas là ?

— Eh non, Catherine, pas aujourd'hui…

Pourquoi elle sourit autant ? C'est complètement con ce code du sourire obligatoire. Elle a la gueule pleine de poussière mais elle a l'air heureuse.

— Catherine, je te présente Ali, la coach vocal de Chloé !

— Bienvenue mademoiselle… Et ravie de vous rencontrer…

— Merci.

Elle a vraiment cru que je pouvais être la coach vocal de Chloé à mon âge. On dirait que oui. C'est absurde. Les gens gobent n'importe quoi. Niels m'attrape par la taille. Il me pince. Ça me chatouille. Je m'écarte en me retenant de rire. Maintenant que je sais d'où il vient, j'ai l'impression qu'on est comme deux imposteurs, c'est marrant. Nous suivons la dame à l'intérieur du château. Cet endroit est dément. On se croirait au temps de Louis XVI ou Louis XIV, je sais pas, un truc comme ça. On prend un ascenseur. Immense. Il est plus grand que notre chambre à Édouard et moi. Les portes s'ouvrent sur une jungle. Une grande véranda pleine de plantes exotiques. Deux femmes en kimono nous accueillent. Elles ne sont pas du tout asiatiques mais elles ont de grands traits d'eye-liner qui remontent vers les tempes. Genre elles ont les yeux bridés. Genre. Niels s'accoude nonchalamment au comptoir.

— Comment allez-vous mesdemoiselles ?

— Très bien, merci, et vous ? Ça faisait longtemps…

— Je vous présente Ali. C'est son enterrement de vie de jeune fille aujourd'hui… !

C'est fou cette habitude qu'il a de toujours dire des conneries. Il adore dire n'importe quoi, comme si la réalité n'était jamais suffisante. Ça a l'air de faire son petit effet. Les masseuses me regardent enthousiastes.

— Félicitations, vous vous mariez quand ?

Je suis nulle en mensonge, mais comme tous les regards sont braqués sur moi, je me sens obligée de répondre quelque chose.

— Demain…

Niels se penche vers les masseuses par-dessus le comptoir.

— Elle a vraiment besoin qu'on la chouchoute, demain, ce ne sera plus une enfant.

J'ai envie de taper Niels, ou de le pincer, mais il a l'air tellement sérieux que je ne sais plus trop s'il rigole. Il semble croire vraiment à ce qu'il dit. Niels se tourne vers moi.

— Laquelle te plaît le plus ?

— Comment ça ?

— Il faut que tu choisisses ta masseuse… est-ce qu'il y en a une qui t'inspire en particulier ?

Il a parlé fort et sa question me met hyper mal à l'aise. Je suis incapable de répondre devant elles. C'est hyper impoli de faire ça.

— Bah je sais pas… je les connais pas… peu importe…

— Tu veux les deux ?

— Euh… non… je sais pas…

Niels fait un petit tour sur lui-même, les mains dans les poches.

— Aux huiles chaudes et à quatre mains… deux heures, ça va ?

Elles acquiescent poliment.

— Deux heures, oui, on avait bien noté.

Niels me fait un sourire étrange. Complètement ailleurs, comme perdu dans ses pensées.

— Enjoy beauté ! On se retrouve tout à l'heure…

Je le remercie d'un sourire légèrement crispé. Je me rends compte que je ne suis pas très à l'aise avec les trucs de riches. Peut-être parce que je n'ai pas trop l'habitude d'être de ce côté-là. C'est certainement ce qui est le plus étrange pour moi depuis que je suis avec Édouard. D'un côté, ça me plaît, mais en même temps, je ne me sens jamais complètement à ma place. Les deux masseuses m'entraînent dans un petit salon légèrement tamisé. Les murs sont couverts de fresques japonaises. Il y a une musique légèrement agaçante : un mélange de bruits d'eau, de vent, et de petits ding-ding. Avec la danse, j'ai plutôt l'habitude des cabinets blancs et silencieux des kinésithérapeutes et des ostéopathes. Rien à voir. Les massages de détente, je n'en ai fait qu'une seule fois dans ma vie. C'était au ski avec Édouard. J'avais trouvé ça un peu chiant mais je n'avais pas osé le dire vu le prix. Deux heures, ça a intérêt à être bien… Je me déshabille derrière un paravent. Une des masseuses me tend un string en papier. Je ne vois pas à quoi ça sert de mettre ça, je flotte dedans, mais bon, je le mets quand même. Je suis obligée de faire des petits nœuds sur les côtés pour qu'il tienne. J'ai un peu froid, vivement les huiles chaudes. Les masseuses étalent une épaisse serviette de bain sur le futon. Elles me font signe de m'installer. Je m'allonge. Il fait bon. J'aime l'odeur de cette pièce. Les deux femmes me regardent en rigolant.

— Sur le ventre mademoiselle, ce sera mieux.

— Ah oui pardon.

Je m'étais allongée sur le dos. Je suis à l'ouest. Putain de weed. Je me mets sur le ventre.

— Vous voulez la même chose que Chloé ?

— Euh, oui… très bien !

J'aime l'idée d'être massée comme Chloé. J'ai tellement hâte qu'elle arrive demain. Qu'ils arrivent, elle et Édouard. Qu'on soit tous les quatre jusqu'à lundi. Une odeur d'huiles essentielles. Je sens une première main se poser sur mon épaule gauche, puis une deuxième sur mon rein gauche. Un liquide chaud, de l'huile j'imagine, se déverse le long de mon dos. Deux autres mains arrivent en symétrie des premières. C'est un massage très lent, très doux, avec de subtiles variations à gauche et à droite. J'essaie de me représenter le parcours des quatre mains comme une chorégraphie sur mon corps. Je me sens complètement enveloppée. C'est une sensation incroyable. Le bas du dos. Mes cuisses. Mes fesses. Je pense à Chloé ici même en train de se faire masser de la même manière. Je me représente ces quatre mains qui l'ont déjà massée elle, comme elles me massent maintenant. Je plane. C'était super de fumer avant de venir en fait. Les cuisses, c'est un gros kif. J'ai l'impression que chaque fibre retrouve enfin sa souplesse. Ma lymphe circule, mon sang circule. Mes muscles respirent. Je sens mon sexe qui se contracte. Je suis grave. Il faut dire que ce massage est d'une sensualité inattendue. De l'huile chaude coule entre mes cuisses. J'ai l'impression que je pourrais jouir si elles continuent de me masser comme ça. Respire Ali. Garde le contrôle. Je pense à Niels. Est-ce que son massage lui fait le même effet qu'à moi. Et Chloé est-ce qu'elle a déjà ressenti ça? Oh mon Dieu, tout mon corps tremble. Est-ce que les masseuses s'en rendent compte? Elles doivent bien savoir ce qu'elles font, pourquoi elles me massent en m'effleurant si près de… c'est trop près… Mais non… Non ce n'est pas possible. Tout est dans ma tête… J'ai vraiment trop fumé… tout se mélange… Chloé, Niels, les mains qui dansent et glissent encore… Ces mains sont trop sensuelles pour moi. J'ai envie de rire. Je ris. Elles doivent me prendre pour une folle. Il faudrait que je leur dise d'arrêter. Mais je dirais quoi ? « Pardon mais votre massage me fait rire » ? Je peux pas dire ça… Elles se dirigent vers mes pieds. Les pieds c'est bien. On ne peut pas perdre le contrôle avec un massage des pieds… Mes orteils sont tellement fracassés par la danse. Ça leur fait trop du bien ces points de pression. Tout mon corps fond comme une motte de beurre. J'essaie d'ouvrir les yeux mais je n'y arrive pas. Je me sens complètement endormie tout à coup. Peut-être que je dors… ou que je rêve.

17
EDOUARD

Ma libération de l'ascenseur a duré une bonne heure. Je me suis retrouvé harnaché à des pompiers pour m'extraire de la cabine. C'était une situation plutôt originale. Je me suis senti un peu comme Paul Watson. J'ai eu l'impression de vivre quelque chose de complètement hors du commun. Je me suis senti presque héroïque soudain. C'était angoissant et euphorisant à la fois. Et surtout, j'ai jubilé de faire croire aux pompiers que je trouvais très sympathique d'être suspendu par une corde dans le vide. Ils m'ont trouvé courageux. J'ai aimé ça. On me dit jamais que je suis courageux. Ce n'est clairement pas ce qui me définit. Mon seul courage c'est d'endurer les trucs sans rien dire. Je monte l'escalier en courant. J'ai plus d'une heure de retard à mon rendez-vous. Mathieu m'a harcelé d'une dizaine de SMS super menaçants. J'en peux plus de toutes ces agressions. Est-ce que j'y peux quelque chose d'être resté bloqué dans cet ascenseur. J'arrive au sixième étage. Je suis essoufflé. En nage. Je rêve d'une douche. Mathieu est là. Il fait les cent pas.

— T'es un boulet, mec. Tout le monde t'attend.

— Je sais. Je sais.

— Tu commences à me faire chier. T'es pas carré, Doud. C'est nos meilleurs clients, on peut pas déconner.

— Bon, je viens de passer une heure dans un ascenseur d'un demi-mètre carré. Tu penses sincèrement que ça m'a amusé ?

— Doud, il est où ton cerveau ? Il y a des affichettes rouges à tous les étages partout en énorme qui préviennent de surtout pas utiliser l'ascenseur. Et toi, qu'est-ce que tu fais ? Bah, tu prends l'ascenseur… T'as intérêt à assurer le brief.

— Va falloir que tu me parles sur un autre ton.

— Excuse-moi, mec… Je sais plus où j'en suis avec toute cette histoire. Je pense qu'à ça. Je rumine. J'ai tourné les possibilités dans ma tête toute la journée… Et toi, je comprends pas ce que tu fous à pas appeler Diane…

— C'est bon, je l'ai eue.

— T'as eu Diane ?

— Oui, c'est bon je te dis…

— Et ? Et quoi ?

— Et… Et… Elle va retirer son statut.

Je sais pas pourquoi j'ai dit ça.

— Mais fallait me le dire tout de suite, abruti.

Ce mensonge est sorti tout seul. J'ai pas pu retenir mes mots. Comme pour me soulager de cette question oppressante. J'ai menti par gentillesse en fait. Pour le soulager lui aussi. Je le vois à sa gueule que ça lui fait du bien. Il sautille sur place en frottant ses mains l'une contre l'autre. Ça me fait du bien à moi aussi, d'avoir menti. Ça nous fait du bien à tous les deux. Je le sens dans tout mon corps. Je me sens soudain plus léger. Mathieu me soulève du sol. Et m'embrasse sur le visage. Je me laisse porter comme un pantin. Il répète en boucle : « T'es le meilleur. Je t'aime. »

— Tu me raconteras après ce qu'elle a dit cette folle… Allez, on va déchirer le brief, les clients t'attendent.

J'entre dans une salle de réunion super glauque. Le seul truc qui me rappelle que je suis pas en enfer, c'est la vue sur le Sacré-Cœur. Je m'assieds autour d'une grande table ronde. Face à moi, trois pingouins et deux pingouines en costume-tailleur, bras et jambes croisés, me dévisagent. Rien qu'à leurs gueules, j'ai des maux de ventre atroces qui me reprennent. Le problème, c'est que là, va falloir que je me retienne. Je viens de les faire poireauter une heure. Je peux décemment pas prendre dix minutes de plus pour aller aux toilettes. Putain, ça fait mal. J'ai le bide qui me tord. Faut que je renvoie à l'usine. Serre les fesses, Doud. Il y a pas de mots assez forts dans le vocabulaire pour décrire le supplice de ces réunions. L'ambiance est tellement déprimante que je rêve déjà du moment où je leur dirai au revoir et à bientôt. Leurs gueules, leurs mauvaises mines de bureaucrates frustrés, leurs odeurs de parfum cheap, leurs badges autour du cou. Ça pue la naphtaline. Ils me foutent mal à l'aise. Ça passe mieux d'habitude mais aujourd'hui, les voir, c'est la goutte d'eau. Je prends la petite bouteille de Perrier en face de moi et je me sers un grand verre que je bois cul sec. Un rot m'échappe, je m'excuse même pas. J'ai du mal à rassembler mes idées. Je suis nerveux. Je pense à Diane. À mon mensonge à Mathieu. Quel con. J'aurais pas dû lui mentir. En fait, ça me rajoute une pression sur mon plexus solaire qui doit certainement appuyer sur mes intestins et déclencher ce mal de bide épouvantable. Je tente un sourire mielleux à l'assemblée et bégaye que c'est une sale journée. Mathieu s'agite face à moi et insiste pour qu'on commence la réunion. Un des clients prend la parole sur un ton qui peut laisser soupçonner un peu de colère et de déception.

— Nous regrettons vraiment que le costume de l'actrice ne soit pas plus sexy ! Quel dommage. Pourquoi ne pas la mettre un peu plus en valeur, avec une tenue plus féminine, plus légère… Je sais pas, quelque chose d'un peu plus moulant… plus pin-up…

Putain, mais je ne veux pas être là. Ces mecs me gonflent. Je peux pas me les blaire. Je force un petit sourire en coin légèrement moqueur.

— Je vous rappelle juste au passage que c'est une pub pour une bagnole et pas pour de la lingerie.

Je vois Mathieu se raidir sur sa chaise. Il me fait signe de me taire, prend la parole et tente de rattraper le coup.

— Je comprends à quel endroit on a envie de fantasmer sur la nana, c'est vrai. À mon sens, il me semble juste que l'image de la voiture soit à l'image de la femme. C'est-à-dire sexy, dynamique…

Ces discussions sont tellement dégradantes. Quel ennui. Un concentré de merde. De rien. Un ramassis de conneries. Putain, j'ai pas le temps pour ça. J'entends ma mère me dire « Tu te rends compte du nombre de chômeurs ? Toi qui n'as rien foutu à l'école, rappelle-toi bien tous les jours de la chance que tu as de travailler dans cette boîte. » Mais à quoi ça sert, bordel. C'est juste de la torture intellectuelle. Je pense qu'à une seule chose : rappeler Diane. Je gratte ma barbe de trois jours d'un air de dire : « Vous me faites chier. » Mon portable sonne sur la table. J'ai zappé de couper la sonnerie. Mathieu me lance un regard noir. Je le sens bouillonner de l'intérieur. Je jette un coup d'œil rapide sur l'écran. Diane. Je ne peux pas croire qu'elle me rappelle. Putain, il faudrait que je réponde. J'hésite mais j'ai pas le choix, je coupe la sonnerie. Un autre client me tend son iPad, avec une photo de Julia Roberts dans *Pretty Woman*. Ses cuissardes, son mini-short et un tee-shirt ultramoulant. Je le regarde sans comprendre.

— Ce genre de tenue serait marrante. Revenir à quelque chose d'un peu quatre-vingt pour rappeler le design quatre-vingt de la voiture.

J'explose d'un rire franc. Je peux pas croire qu'on en soit encore là. Je commence à m'énerver franchement.

— Bon, écoutez, ça commence à me gonfler, là. Tant que c'est moi qui suis à la réalisation, je refuse de mettre une femme dans cette tenue ringarde pour vendre votre bagnole. C'est hors de questions. En plus d'être grossier, c'est hors sujet.

Le client s'énerve, il me raconte tout un tas de conneries. Que les courbes de la voiture doivent rappeler les courbes de la femme. Blablabla. Je cherche en vain une étincelle d'intelligence dans son regard de poisson mort.

— Bon s'il vous plaît, un peu de finesse, c'est grotesque.

Le client se tourne vers moi, méprisant, et m'explique que le but c'est l'humour, la créativité, le second degré, de capter les cerveaux. Je tourne ma tête vers la fenêtre, il fait beau dehors, le ciel est bleu, il y a quelques pigeons qui roucoulent sur le bord de la fenêtre, tandis que le client s'emporte avec son discours vide de sens sur la féminité de la voiture et sa douce agilité comparable à celle d'une femme. Je range tranquillement mes affaires, replace mon bonnet sur ma tête, me lève et sors de la salle sans même me retourner. Je referme la porte derrière moi. Je reste un instant immobile. Je prends une grande inspiration. Putain, ce que c'est bon d'être libre. Plus jamais ça. Au moment où je m'apprête à descendre les escaliers, Mathieu sort de la salle de réunion. Il me chope par le bras.

— Qu'est-ce que tu fous ? Tu pètes un câble ou quoi ?

— Mat, j'y arrive pas. Pardon. Je peux pas. Je peux pas.

— Doud, qu'est-ce qui te prend ? Jamais tu fais ça ? Jamais t'as parlé comme ça. À personne. Tu sais bien qu'il faut faire des compromis parfois. T'as raison sur toute la ligne. C'est clair, qu'il n'y a pas besoin de foutre une nana à poil pour vendre leur bordel. Mais bon, c'est deux millions mec ! Tournage en Polynésie. Dans un hôtel de fou, les pieds dans une eau turquoise à vingt-cinq degrés... On s'en cogne... on ferme notre gueule et on prend la douche de tune.

— Oui, mais là, je peux plus. Je suis au bout. C'est pas intéressant.

Mathieu se mord les lèvres et me regarde un long moment en soupirant l'air pensif.

— Bon, je vais foutre Fabien sur la pub. Enfin, si j'arrive à rattraper le coup.

Je réalise que je viens de perdre mon taf, mais je m'en fous. Ça me fait ni chaud ni froid. Il me semble que j'attends ce jour depuis longtemps. Mathieu me regarde tendrement.

— T'inquiète pas. Merci. Merci d'avoir appelé Diane. Ça veut dire beaucoup. Tu sauves beaucoup de choses. Merci.

18
ALI

Mon corps est complètement engourdi. J'ai rêvé. C'était bizarre. J'étais dans une forêt. Niels me peignait le corps. Il me peignait des poils. Des touffes de poils. Partout. Comme un pelage. Je devenais une espèce d'animal immense. Et puis soudain je voyais mon père qui arrivait vers nous, et à mesure qu'il avançait, il devenait tout petit. Tellement petit que je ne le voyais plus du tout. C'était chelou ce rêve. Je le raconterai à Édouard. Il adore interpréter les rêves. La pièce est vide. Les masseuses m'ont laissée dormir. J'aimerais pouvoir rester allongée là encore un peu… Non mais, il faut que je me lève. Quelle heure est-il? Dix-sept heures…? Mais j'ai dormi combien de temps? Niels doit m'attendre dehors. M'habiller. M'habiller vite et sortir.

C'était vraiment dingue ce massage. J'aurais jamais pensé pouvoir ressentir autant de choses. C'est marrant comme les drogues changent les perceptions. Les sensations se multiplient. C'est un bon moyen d'entrer dans une sphère sensorielle et érotique.

D'ailleurs, avec Édouard, ça nous ferait peut-être pas de mal de fumer ensemble de temps en temps tous les deux. On est un peu trop sages, je trouve. Le trouble que crée la drogue, c'est un autre désir. C'est en lien avec l'interdit peut-être ? Et avec l'étrangeté aussi. Je sais qu'Édouard n'aime pas trop perdre le contrôle mais j'aimerais bien qu'on essaye d'explorer d'autres sensations un jour pour voir…

L'accueil du salon de massage est vide. Ça m'arrange. Les couloirs. Personne. Le hall. Personne. L'accueil. Toujours personne. Pas de Niels, nulle part. Où est-ce qu'il peut bien être ? Peut-être qu'il m'attend dans la voiture. Dehors, le parvis est désert lui aussi. Le soleil m'éblouit, je ne vois pas la voiture de Niels. Non pas de voiture. Faire le tour peut-être ? Pas de 4×4 ici non plus, je ne comprends pas. Est-ce que Niels serait parti ? Ce n'est pas possible… L'arrière du château donne sur un jardin avec une petite fontaine. Je regarde à travers la baie vitrée vers le bar. Deux vieilles dames jouent aux cartes mais toujours pas de Niels en vue. Il m'a peut-être laissé un message… Est-ce que je capte ? Oui… mais pas le moindre message. Je l'appelle. Ça sonne. Répondeur.

— Niels, c'est Ali, je sors du massage et je te trouve pas… T'es où ? Rappelle-moi… Bisous.

— Mademoiselle ? Vous cherchez quelque chose ?

C'est la voix de la grande dame de poussière qui nous a accueillis tout à l'heure. Je me retourne vers elle.

— Je cherche Niels… Vous savez où il est ?

— Vous avez demandé au salon de massage ?

— Non… il n'y avait personne… et sa voiture n'est plus là apparemment…

La grande dame est étonnée elle aussi.

— Voulez-vous boire quelque chose sur la terrasse en l'attendant ?

Je la remercie d'un signe de tête et me dirige vers le patio. Je regrette de m'être endormie. Je me demande pourquoi Niels n'est pas là. Si ça se trouve il en a eu marre de m'attendre. Non mais c'est absurde. Il va bientôt revenir c'est sûr. Le serveur s'approche de moi.

— Bonjour ! Vous êtes de l'hôtel ?

— Non mais je me suis fait masser et j'attends quelqu'un.

— Vous voulez la carte ?

C'est quoi ce ton ? Ça m'étonne toujours les serveurs qui se permettent de me parler de cette manière.

— Non merci, ça va aller…

— Vous savez déjà ce que vous voulez boire alors ?

Il me regarde comme si j'étais une pauvre misérable, pas du tout à sa place ici. C'est ma couleur de peau qui le dérange ou quoi ? Prendre un air blasé, c'est ma seule arme dans ces cas-là.

— Euh… non, enfin, oui… je… je vais juste prendre un Perrier-menthe s'il vous plaît…

— Très bien, je vous apporte ça…

Pourquoi j'ai commandé un truc, merde. J'ai pas une tune et je suis sûre que ça va coûter une blinde… Il me reste combien ? Trois euros vingt ? C'est pas du tout assez pour ce genre d'endroit… Tant pis c'est pas grave, Niels payera pour moi quand il reviendra… Après tout c'est aussi de sa faute si je me suis sentie obligée de commander un truc. Je suis en train de bouffer toutes les cacahouètes ça va pas du tout. Je comprends pas ce que je fous là en fait. Je vais envoyer un texto à Niels. Un texto simple, rapide, clair : « Niels, t'es où, je t'attends, pourquoi t'es pas là, rappelle-moi stp. » Mon téléphone vibre, c'est sûrement lui… Ah non, c'est ma sœur… Étrange qu'elle m'appelle maintenant. Je réponds ou je réponds pas ? Six mois qu'elle ne me parle plus. Je me sens incapable de répondre. Émotionnellement c'est trop fort pour moi là maintenant tout de suite. Pourvu qu'elle me laisse un message. Je vais me rouler une cigarette. C'est fou comment chaque émotion me donne envie de fumer aujourd'hui. Je suis heureuse, je fume. J'ai peur, je fume. Je suis en colère, je fume. Il faudrait que je fasse de la méditation comme Niels. Une notification s'affiche sur mon téléphone : « Éyé message vocal ». Je frissonne. Respire Ali. Respire. « Aujourd'hui à 17 h 07 : "Alison, c'est Éyé. J'ai vraiment hésité à t'appeler mais maman m'a encouragé le faire. Pardon de pas t'avoir répondu pendant tout ce temps mais c'est hyper compliqué pour moi depuis que t'es partie de la maison.

Ici, c'est un peu l'enfer et j'ai eu besoin de t'en vouloir je pense... c'est con, je sais. Je voulais te prévenir que papa est encore en crise... Il a reçu un appel pour tes cours de conduite... Il est obligé de payer, il est furieux. Bref, j'espère qu'il va se calmer. Enfin, comme d'hab quoi... Je voulais aussi te dire que j'ai vu la vidéo où tu chantes sur Insta... c'est très beau. Je l'ai montrée à maman. Franchement, on est impressionnées. On dirait que tu t'es métamorphosée et que tu vas bien. Je suis fière de toi... Continue... Tu me manques... tout le temps... Je t'embrasse fort ma sœur." »

Je suis touchée. Ça me rend tellement heureuse qu'Éyé et ma mère aient vu la vidéo. Surtout que ma sœur elle a un goût musical archipointu. Si elle aime ma musique, c'est vraiment pas rien. J'imagine l'état de mon père. Insupportables, ses colères. Vivement qu'Éyé puisse se casser de là elle aussi. J'ai tellement envie de la revoir. De la prendre dans mes bras. De lui présenter Édouard. Elle va l'adorer, je le sais. Je vais lui envoyer une photo de moi dans ce jardin. Avec un texto. « On se voit quand tu veux ma sœur et embrasse maman. » Six mois de silence c'était très long. Je me demande combien de temps elle m'aurait ignorée encore s'il n'y avait pas eu cette vidéo. Peut-être qu'il faut juste oser exister pour que tout s'arrange. Je suis curieuse de savoir combien j'ai eu de likes. Le vrai critère c'est le nombre de likes. 7493 likes en quelques heures !? J'en reviens pas. C'est énorme.

Des gens de mon école, ma prof de danse électro, Mathieu, Marie, Cécile, Éyé… Même Chloé a liké. Des milliers d'inconnus aussi… J'ai gagné au moins mille followers. Je me sens tellement fière. Je peux pas le croire, il y a aussi des centaines de commentaires. Je les survole. « Magnifique voix », « Merci pour l'énergie. Quelle force », « tellement belle, tellement classe, tellement rock », « c'est qui cette meuf, émoji cœur », « où on peut trouver l'ep ? », « super powerfull », « Elle m'a embarqué. Plaisir, émotion. Merci Niels pour la découverte. Impossible à décrire… Encore. émoji flamme ». Il y a des centaines de messages comme ça. Où est mon casque ? Il faut que je réécoute. Niels a filmé pile le bon moment. Celui où je chante des paroles qui veulent rien dire. C'était bien la peine d'écrire ce texte. J'aime bien le contre-jour. Ma voix est dingue. C'est fou ce que ça change d'oser se lâcher. C'est grâce à Niels. Il avait tellement raison. Le paradis est là. Partout. Il s'offre et il faut juste oser le vivre. Oser exister à fond. Il faut que je trouve un autre titre maintenant que mon texte a pris une direction différente. J'étais complètement à la masse avec cette idée de « Fantasm Paradise ». Il me faut un titre qui dise exactement l'inverse en fait… Et en français… « Oser le paradis » ? Non… « Réel paradis » ? Mmmm… ou alors « Paradis » ! Oui voilà… juste « Paradis ». Ce sera ça mon titre. Le serveur m'apporte mon Perrier-menthe et un autre ramequin de cacahouètes. Il a toujours cet air dédaigneux et grotesque. On dirait un petit coq pédant qui dandine du cul. J'ai envie de rire. Je trouve ça tellement idiot d'être dans ces rapports-là. Vivement que Niels revienne. Je reprends une poignée de cacahouètes. J'ai hyper faim en fait. Orgie de cacahouètes, pourquoi pas ? Je kiffe. Je ne sais pas ce que j'ai aujourd'hui, c'est comme si j'étais quelqu'un d'autre. J'ai envie de répondre à tous ceux qui m'ont laissé des messages sur Insta. Écrire des réponses personnalisées à chacun. Ça ce serait la grande classe.

19
EDOUARD

Je ne sais pas depuis combien de temps je suis là, la tête levée en direction de sa fenêtre du quatrième étage. Je suis dans un état second. Entre la colère et la peur. Trop de questions. Trop d'incompréhension. Je pousse la porte cochère. Le hall a été repeint. Je préférais avant. J'appuie sur le bouton de l'ascenseur. Les portes s'ouvrent mais je reste tétanisé, incapable de bouger. Les portes se referment devant moi. Je préfère prendre les escaliers. Je viens de passer une heure bloquée, c'est mieux les escaliers. Les souvenirs rejaillissent. Ces escaliers que j'ai montés, descendus, tant de fois. Dans tous les états possibles. Combien de fois, je suis arrivé chez nous en grimpant les marches quatre à quatre débordant de joie, trop pressé de la retrouver. De l'embrasser. J'arrive sur son palier, je colle mon oreille contre sa porte. Elle est là. J'entends ses pas résonner sur le carrelage de sa cuisine. Je l'imagine avec sa tasse de café à la main, dans une tenue légère. J'imagine son rouge sur ses lèvres. Ses ongles parfaitement manucurés et peints d'un rouge vif. Je frappe trois coups. Ses pas s'arrêtent. Et puis, le silence. Je frappe à nouveau. Rien. Pas un bruit. Seulement celui des battements de mon cœur.

— Diane ? C'est Doud !

Je reste quelques instants sans bouger, sans pouvoir décoller mon oreille. Je n'entends plus rien. Je l'imagine dans sa cuisine, immobile. Ça ne fait aucun doute, elle ne veut pas me voir. Elle n'a aucune envie de me voir. Me parler peut-être, mais me revoir, c'est trop pour elle. Je ferais mieux de me barrer. De toute façon, cette idée de me confronter à elle me rend trop nerveux. Au moment même où je fais demi-tour, j'entends la porte s'ouvrir derrière moi. Je me retourne, j'ose à peine lever les yeux sur elle. Diane est là, avec un vieux tee-shirt débraillé, en jogging, le dos voûté. Quasi méconnaissable. Le visage défait. Ses longs cheveux noirs en bataille. Je la reconnais à peine. Elle a perdu de sa fraîcheur. Que s'est-il passé pour que ce visage si beau ait changé à ce point. Elle a tellement vieilli. Elle fait dix ans de plus que son âge. Je sens mon cœur se broyer.

— Je peux entrer ?

Diane me regarde sans sourciller et s'éloigne, laissant la porte ouverte. Je la retrouve dans son salon où elle se laisse tomber dans son canapé. Je balaye l'appartement d'un regard furtif. Cet appartement qui a été le nôtre. Quel bordel. Il y a un mélange d'odeurs de renfermé, de cigarettes, de moisi. Des tasses de café traînent au sol. La pièce est enfumée. Le cendrier déborde de mégots. Une casserole de pâtes séchées est à l'abandon sur la table basse. Sa moquette épaisse est clairement crado et pleine de bouloches de poussière. Je la connais Diane, jamais elle se laissait aller comme ça. Même dans sa dépression, son appartement restait clean. Elle était soigneuse Diane. Elle doit aller extrêmement mal. Je m'assieds sur le pouf face à elle. Je m'allume une cigarette. Diane recouvre son corps d'un plaid bleu en mohair qui fait ressortir sa pâleur. Ses yeux ont presque disparu derrière d'énormes poches de fatigue. Tous les traits de son visage sont creusés. Ses lèvres tremblent. J'ai l'impression qu'à tout moment elle pourrait s'effondrer. La fenêtre est ouverte, j'ai la sensation terrible qu'elle pourrait sauter. Je préfère me lever et aller la fermer. Je retourne m'asseoir face à elle. Elle frotte ses pieds nus l'un contre l'autre. Elle me fait penser à une enfant. Je cale mes deux mains sous mon menton comme pour tenir ma tête qui pèse soudain trop lourd.

— T'es très beau.

— Ah bon…

— Comment tu vas, toi ?

— Bah, je sais pas trop…

— Ali va bien ?

— Euh oui… ?

— Leïla me l'a montrée dans ton clip… Elle danse bien.

— Merci.

— Tes parents ?

— Bah ça va. Ma mère est super heureuse d'être à la retraite…

— Elle va pouvoir peindre comme elle l'entend.

— Ouais, c'est ça…

— J'ai regardé son site. Elle progresse.

— Bon, Diane, c'est quoi ces questions ?

Diane se passe une main dans les cheveux pour les rassembler vers l'arrière et baisse ses yeux vers le sol. À ce geste presque au ralenti, je la retrouve un peu. Elle a quand même quelque chose qui n'appartient qu'à elle. Une candeur. Cette façon de bouger, si délicate. Unique. Elle prononce quelques mots que j'ai du mal à comprendre.

— Je ne t'entends pas Diane.

— Je sais pas si t'es capable d'entendre.

— Mais enfin, bien sûr que si. C'est bien pour ça que je suis là.

Elle redresse sa tête et plante ses yeux dans les miens. J'ai du mal à soutenir son regard.

— J'ai voulu t'en parler avant. Mais j'ai jamais réussi.

— Mais me parler de quoi ?

— T'étais tellement en vrac après la mort de ta sœur que je crois que j'ai préféré… En fait, je ne sais pas… Aujourd'hui, je respire, mais je ne vis plus… et j'ai besoin de vivre.

Diane s'arrête soudain. Dans ses yeux, je lis une profonde détresse. Elle cache son visage dans ses mains.

— J'y arrive pas…

— Continue, s'il te plaît. Je comprends rien là.

Diane retire ses mains, et me regarde avec une rage que je ne lui connaissais pas.

— J'ai couché avec Niels pendant qu'on était ensemble.

— Quoi ?

— J'ai eu une histoire avec lui alors qu'on était ensemble.

Je reste interdit. Sidéré. Qu'est-ce qu'elle me raconte encore. D'où sort ce nouveau délire. Cette nouvelle invention. Comment a-t-elle pu vivre une liaison avec mon meilleur ami. Et puis pourquoi l'accuser de viol alors ? Encore des histoires. Encore des mensonges. Elle est folle. Et puis, où a-t-elle trouvé le temps de vivre une histoire parallèle alors que nous étions toujours fourrés ensemble. Je m'en serais aperçu. Je suis certain de ça.

Diane s'empare d'un tas de lettres posées en vrac sur sa table basse, et me les tend. Je les observe d'abord sans trop comprendre, puis assez vite, je reconnais cette écriture si particulière qui ne peut appartenir qu'à Niels. Je parcours deux-trois lignes d'une lettre sur laquelle je lis noir sur blanc :

« Je n'y arrive pas sans toi. Réponds-moi, ma Diane je t'en supplie. Recommencer encore… Ma langue… Ta bouche… Mes mains… Ton sexe…

Tes seins… Mon sexe… Tes fesses… Ton corps brûlant… Nos sensations… »

Une douleur atroce m'irradie. Je ne peux plus bouger. Des cris dans ma tête. Je voudrais fuir. Je laisse les lettres tomber au sol. Toi, Niels, en qui j'avais une confiance absolue. Mon ami, mon pote, mon frère, celui que je défends depuis des années. Je ne peux pas le croire. Pas toi. Toi qui tiens toujours de grands discours sur l'amitié. Sur la confiance. Mon monde s'écroule. Je suis tellement naïf. Bête et naïf.

— Quelques mois après notre rencontre. J'étais très inquiète pour toi. Tu souffrais beaucoup de ne pas gagner ta vie. Tu supportais pas que je paye tout. Tu te sentais inutile et tu répétais en boucle que c'était à cause de ta sœur si tu en étais là. Tu avais tellement honte de te retrouver dans cette situation que tu m'avais suppliée de n'en parler à personne. Surtout pas à Chloé qui t'avait déjà tellement aidé. Tu te sentais en marge. Pas comme les autres. Ça me rendait folle parce que moi je voyais ton talent qui demandait qu'à s'exprimer. Tu foirais tous tes entretiens. Je voulais t'aider mais je savais pas comment faire pour que tu reprennes confiance. Je te voyais de plus en plus mal. Un soir en rentrant, j'ai croisé Niels par hasard dans la rue. On a pris un verre et j'ai craqué, je lui ai avoué que tu étais au chômage. Je lui ai dit mes inquiétudes pour toi. Niels a appelé Mathieu dans la seconde et il lui a ordonné de t'engager. Mathieu t'a appelé le lendemain. Je me souviens de toi quand tu as reçu ce coup de fil. J'étais là en face de toi, et j'ai vu ton visage reprendre vie. Tu étais tellement heureux et tellement fier de me l'apprendre. Tu sais pas ma joie de te revoir sourire, vibrer à nouveau. T'étais radieux. Mathieu t'a instantanément redonné confiance en toi. Et puis, tu as commencé ce nouveau job. On a repris une vie normale. Enfin. On respirait à nouveau. On était heureux, tu étais heureux. J'étais tellement reconnaissante envers Niels. C'était notre secret. Un beau secret. Niels a commencé à m'appeler assez souvent. Juste pour prendre de tes nouvelles, pour savoir comment tu allais. Ça me paraissait normal. Il semblait si bienveillant vis-à-vis de toi. Il semblait t'aimer tellement. Un après-midi, il m'a proposé de prendre un café. J'ai évidemment accepté. Il n'avait des attentions que pour toi. Il ne parlait que de toi. De rien d'autre que toi. Il n'arrêtait pas de me dire que Mathieu était tellement content de t'avoir engagé. Que tu cartonnais. Que t'étais le réalisateur en devenir. Et puis les mois ont passé. Une année. On avait pris l'habitude avec Niels de se voir parfois. Rarement mais parfois. Ça ne venait jamais de moi. C'était toujours lui qui m'appelait. Mais ça me semblait normal. Toi, tu travaillais énormément. Je commençais même à lui confier avec humour que parfois je regrettais qu'il ait passé ce coup de fil à Mathieu parce que t'étais débordé et que je te voyais plus comme avant. Niels renchérissait qu'il pouvait te faire virer si je le voulais. Tout ça en riant. Il prenait de plus en plus de place dans ma vie sans que je m'en rende compte, parce que, je pense, je me sentais redevable vis-à-vis de lui. C'était grâce à lui si tu avais retrouvé ton élan. Alors, j'ai laissé. J'ai laissé faire. Il grignotait de plus en plus de temps avec moi. Et puis, il y a eu cette soirée, où je me suis retrouvée forcée à faire ce que je ne voulais pas faire. Mon cerveau s'est comme arrêté ce soir-là. Je me sentais sous emprise de quelque chose que je ne maîtrisais pas. Coupable. Redevable. Bloquée. Alors c'est arrivé. Les nuits suivantes, je me réveillais prise par l'angoisse. Je me ressassais cette soirée dans tous les sens. Je me sentais coupable de ce qu'il avait fait lui. Ça me rendait folle. J'ai voulu t'en parler. Mais je n'y arrivais pas. J'avais tellement peur de te détruire. De tout détruire. Une semaine après la soirée, tu partais pour deux jours tourner une de tes pubs et Niels était de passage à Paris. Je lui ai proposé qu'on se retrouve dans un bar. J'en avais besoin. Pour reparler de ce qui était arrivé. Je voulais comprendre. Et puis, tu le connais Niels, il m'a envoûtée avec ses paroles. Il m'a convaincue que nous le voulions tous les deux. Qu'il ne dirait jamais rien sur ce qui s'était passé. Il m'a rappelé tout ce qu'il avait fait pour moi. Pour toi. Pour nous. J'étais assez fragile à cette période. Tu n'étais jamais là. Tu ne pensais qu'à ton travail. T'étais absorbé tout le temps. Je sais pas comment c'est arrivé, je sais plus. Il était très tard, on avait beaucoup bu. Et ça a dérapé à nouveau. Sauf que ce soir-là, je crois que je le voulais comme lui.

— Diane, putain, mais qu'est-ce que c'est que cette putain d'histoire. Si tu y es retournée, d'où tu parles de viol ?

— C'est bien là toute la complexité, Édouard. Avec les années, j'ai compris que j'ai préféré croire ce qu'il m'avait dit, croire que j'en avais eu envie moi aussi, pour m'épargner la souffrance d'un viol. Tout ce que ça engendre. Et puis, tellement de choses se sont mélangées. J'avais peur. Il laissait toujours planer avec habileté ma culpabilité. Ma responsabilité. Il me disait toujours que je l'avais allumé. Il me répétait constamment : « C'est toi qui as commencé. Ça faisait longtemps qu'on en avait envie. Et c'est toi ce soir-là qui m'as fait un signe pour que je te rejoigne dans la chambre. » J'avais beau me raisonner, j'avais beau me refaire le film, j'étais perdue. Je doutais de moi. J'ai fini par le croire.

— Comment c'est possible ?

— C'est possible. Alors laisse-moi continuer. Ce soir-là, après le bar, Niels a pris un hôtel, nous avons couché ensemble et je me disais que cette fois, c'était moi qui l'avais décidé. Et puis, j'étais tellement en colère contre toi. Je t'en voulais à mort de ne pas voir que quelque chose n'allait pas. Que quelque chose en moi était pété. Puis, avec

Niels on a commencé à s'envoyer des textos. Beaucoup de textos. D'un côté, il me semblait que je le détestais, en même temps je ne pouvais pas m'empêcher de me dire que j'avais peut-être des sentiments pour lui. Je ne sais pas par quelle manipulation invisible j'en suis arrivée là. Pourtant je m'interdisais ce genre de pensées. Pour toi. Pour nous. Pour Chloé. Mais j'avais besoin de lui. Comme s'il était devenu indispensable. On s'est revus quelques fois. Quand tu n'étais pas là. Il me faisait du bien. C'était difficile à l'hôpital, je faisais beaucoup de gardes de nuit, j'étais épuisée. J'avais l'impression que lui me comprenait. M'écoutait. Comme personne. Il trouvait les mots pour me réconforter. Me faire sourire. Rire. Occuper ce temps où tu n'étais pas avec moi.

— Comment ça je n'étais pas là ? On était tout le temps ensemble.

— Édouard. Tu ne te rends pas compte, mais tu es quelqu'un qui parle beaucoup de toi, et tu prends beaucoup de place.

— Moi ?

— Bah oui, ta carrière, tes potes, tes sapes, tes pubs, tes angoisses, tes petits goûts à toi… toi, toi, toi.

Diane se lève soudain.

— Tu veux un café ?

J'acquiesce machinalement. Diane s'éloigne dans sa cuisine. Je cherche rapidement dans ma mémoire. Dans mes souvenirs, on était beaucoup ensemble.

Je travaillais mais je pensais tout le temps à elle. Est-ce que je suis vraiment ce type qu'elle décrit ? Égoïste et obsédé de lui-même. Je repense à ma soirée d'hier avec Ali. Je l'ai emmenée manger dans mon restaurant libanais. C'est vrai, c'était mon choix. C'est vrai, je ne lui ai pas posé la question de savoir si ça lui allait de dîner libanais alors que pourtant je sais pertinemment qu'elle ne raffole pas de la bouffe libanaise. Je repense à nos conversations. Je me souviens de lui avoir parlé de mes angoisses de taf. Est-ce que je lui ai seulement demandé comment elle allait ? Je ne sais plus. Peut-être pas. Ou si, je me souviens qu'elle a voulu embrayer sur son père et que je lui ai proposé de remettre à plus tard cette conversation. Je n'avais pas envie de parler de ça. Et puis, après, nous nous sommes arrêtés chez Bertillon dans l'île Saint-Louis. Je me souviens qu'elle m'a proposé de m'offrir une glace et qu'au moment de l'addition, alors que ça lui faisait vraiment plaisir de payer, je l'en ai empêchée. J'ai rangé, avec un certain mépris, son billet de dix dans la poche de son jean. Et j'ai payé. J'ai vu une forme de déception dans ses yeux. Je sais que sur des petites choses, elle a besoin aussi parfois de me donner. De me montrer qu'elle assure. Moi, j'ai cru bien faire. Je sais qu'elle n'a pas une tune. Que dix euros, pour elle, ça représente beaucoup. Peut-être que j'aurais dû accepter. Et puis, on est rentrés, elle m'a supplié en sautant sur le lit de regarder la série qu'elle mourait d'envie de partager avec moi. *Fleabag*. C'était hors de question pour moi. Je lui ai arraché la télécommande des mains en riant et en l'assommant à coups d'édredon, et j'ai mis une merde à la télé devant laquelle je me suis endormi très vite. Et elle, elle est partie bosser toute la nuit en ayant passé une soirée au service de mes désirs. Peut-être que Diane a raison. Peut-être que je pense trop à ma gueule. Peut-être que ma sœur ne m'en voulait pas pour rien. J'ai comme le mal de mer. Je voudrais me foutre au-dessus des chiottes et me faire vomir. Vomir toute cette crasse que j'ai en moi. De me croire le centre du monde. Vomir cet héritage répugnant. J'ai pourtant cru que je m'étais construit contre. Contre mon père. Cette aimable ordure. Ce goujat sympathique. Ce macho raffiné. Ce type qui est dans son plaisir à lui. Rien qu'à lui. Peut-être que je suis comme lui. Toute ma construction est pourrie. Je suis un pourri. Je pense à Mme Haupe. Combien je lui ai donné de tune en cinq ans. À cent euros la séance. À base de cinq séances par mois. Six mille euros par an, fois cinq ans… Putain, mais putain, de l'argent foutu par les fenêtres. Je regarde Diane qui revient avec mon café, j'ai envie de chialer. Elle s'assoit, semble hésiter à parler encore. On se regarde, elle reprend.

— Très vite, je me suis sentie horriblement mal. Je m'en voulais à mort. J'avais mal dans tout le corps. Tout mon corps criait… Alors, j'ai décidé de tout arrêter, de rayer ça de ma tête. Ça devait cesser. Tout de suite. Maintenant. Je voulais oublier Niels. Absolument oublier toute cette histoire. Je voulais continuer à rêver de construction avec toi. Alors, j'ai dit à Niels que c'était urgent qu'on arrête cette relation. Il m'a dit qu'il comprenait mais il a continué de m'envoyer des messages, dans lesquels il me disait qu'il était malheureux, qu'il ne pensait qu'à moi, tout le temps… J'ai dû le bloquer. Alors, il a commencé à m'écrire. Tous les jours, je recevais une lettre de lui dans la boîte aux lettres. Tous les jours, je craignais que tu tombes dessus. J'ai tenté à plusieurs reprises et par tous les stratagèmes de le ramener à la raison, mais il ne voulait rien entendre. Il était déterminé. Il restait parfois des heures en bas de l'immeuble juste pour me voir. Il lui arrivait souvent, aussi, de me suivre. Je ne me sentais plus en sécurité. Il devenait tellement oppressant que j'ai même hésité à t'en parler, mais j'avais peur de te perdre. Ça devenait de plus en plus compliqué pour moi de partir chez eux à la campagne. Il profitait de notre amitié pour me mettre dans des situations impossibles. Il me prenait dans ses bras devant vous. Il m'embrassait devant vous. Et je ne pouvais rien dire. Vous ne pouviez vous douter de rien. Puisqu'il était comme ça, naturellement, tout le temps, avec tout le monde. Avec sa réputation d'être tellement libre. Tellement tactile. Tellement affectueux. J'étais paumée. Je ne me supportais plus. Je n'arrivais plus à te regarder. J'ai commencé à m'isoler. Quelque chose de monstrueux était en train d'envahir mon corps. Je voulais mourir. Parce que j'avais trahi la personne que j'aimais le plus au monde. Toi. Je t'aimais tellement Édouard.

— C'est dur pour moi à entendre Diane, tu sais ça ?

— Ta gueule Édouard. Ferme ta gueule !

— Tu te rends compte de ce que tu m'annonces.

— Je ne veux pas que tu l'apprennes par les autres. Parce que ça va se savoir. Crois-moi. Ça ne va pas s'arrêter là. Ça ne fait que commencer. Alors, tu vas me laisser aller jusqu'au bout.

Je prends sur moi. Je tords mes doigts dans tous les sens, jusqu'à me faire mal. Je lui fais signe de continuer.

— Un soir, je lui ai donné rendez-vous dans un bar. Tu étais en tournage et j'avais décidé de le voir pour mettre un terme une bonne fois pour toutes à ce harcèlement insupportable. Je l'ai imploré d'arrêter de me suivre, de me traquer, sans quoi je lui promettais de t'en parler et d'en parler à Chloé. J'en pouvais plus. Je l'ai même menacé de déposer une main courante. Je savais plus quoi lui dire pour l'arrêter. Il a fondu en larmes. J'étais étonnée de sa réaction. Je le trouvais excessif et en même temps, il semblait tellement sincère, tellement désespéré. Il m'a fait de la peine. Il m'a supplié de pas lui faire ça. Il me répétait que nous vivions une histoire d'amour. Qu'il avait autant besoin de moi que, moi, j'avais besoin de lui. J'étais désemparée de le savoir à ce point accroché à si peu de souvenirs seul avec moi. Après des heures de discussion, j'ai enfin réussi à le convaincre. Et il a fini par admettre qu'effectivement il valait mieux qu'on ne se voie plus pendant quelque temps. Nous étions convenus d'un pacte : il ne proposerait plus de week-end entre amis, pour éviter de se voir pendant quelques mois. Le temps que l'histoire s'apaise. Je suis rentrée à la maison soulagée… Tellement soulagée. Je me suis même dit que j'avais faim, alors que je ne mangeais plus depuis des semaines. J'ai cuisiné, j'étais bien, je nous imaginais partir en week-end bientôt, n'importe où, juste toi et moi. Je me disais même que j'allais pouvoir reprendre mon travail. Je me sentais libérée, j'ai mangé avec plaisir. Et puis, je me suis couchée. Pour la première fois depuis longtemps, il ne m'envoyait pas de messages. Le silence. Je me suis endormie. Dans la nuit, ça a frappé à la porte. J'ai pensé que c'était toi qui rentrais de ton tournage plus tôt que prévu. Comme ça pouvait t'arriver parfois. Alors, j'ai ouvert. Niels était là. Dans un état épouvantable. En larmes. Il avait bu. Je l'ai laissé entrer. Il s'est mis à genoux et m'a suppliée de l'embrasser encore. J'ai insisté pour qu'il parte. Il a insisté pour dormir avec moi. Il ne lâchait plus mes jambes. Il me faisait peur. J'étais si seule et désarçonnée face à son état que j'ai accepté qu'il dorme à la maison, dans le canapé. Je me suis couchée de mon côté, et puis soudain, il est entré dans la chambre, il est monté sur moi et m'a tenu les bras très fort. Je lui ai demandé de me lâcher mais il ne m'écoutait pas. Il me serrait de plus en plus fort. Je lui ai hurlé d'arrêter et de partir. Il me faisait mal. Il a arraché ma culotte et a pressé sa main si fort contre ma bouche qu'aucun son ne pouvait en sortir…

Diane s'arrête soudain. Je ne la quitte pas des yeux comme dans l'espoir d'un revirement. Mais je vois à sa tête qu'il n'y en aura pas.

— Diane…

— J'ai longtemps cru que j'étais responsable. J'avais un sentiment d'impuissance. Ce deuxième viol m'a permis de comprendre le premier. Il m'a retourné la tête pour que je ne dise rien. J'avais peur que tu perdes tout. À cause de moi. Alors, je t'ai inventé toute une histoire à mon travail pour justifier mon état. Ma dépression. J'en ai été malade.

Je ne sais pas quoi faire, ni quoi dire. Pas les armes. Pas les mots. Je voudrais avoir les bons mots. Mais rien ne sort. Mes mains tremblent. Il me semble que ce que me dit Diane, ce sont les pièces manquantes du puzzle. J'ai le cerveau à dix mille. Des images qui se battent dans ma tête. Je me lève, je fais quelques pas, et tourne sur moi-même. Mes yeux s'arrêtent sur la grande bibliothèque qui domine son salon. Mon regard se pose sur quelques titres de bouquins : *Après le viol*, *Les Blessures du silence*, *Pourquoi personne ne m'a aidée*, *Survivre à l'enfer*, *Il m'a volé ma vie*, *La Cité de la honte*, *Sans consentement*. Je me sens transpercé d'une douleur aiguë au niveau du cœur. Diane est sur le canapé, assise comme une poupée cassée. Elle me regarde les yeux affolés.

— J'ai besoin que tu me croies…

Je suis démuni. Toutes ces années, je n'ai rien compris. Et maintenant, je vois l'envers du décor. Je me souviens m'être dit il y a encore peu de temps que si j'avais réussi quelque chose dans ma vie, c'était mes amitiés. Je me sens minable. Ma sœur avait tellement raison. Je ne pense qu'à moi. Je n'ai toujours pensé qu'à moi, qu'à ma réussite. Et pour y accéder, j'ai fermé les yeux sur tout ce qui n'allait pas dans mon sens. Le mal-être de Diane, le mal-être de ma sœur chérie. Qui n'étaient pas comme moi, elles. Qui ne brillaient pas comme moi, elles. Parce que c'était moi le roi. Celui que ma mère appelait « mon petit roi », alors que je n'étais qu'un petit con.

— Si tu savais ce que ça fait d'avoir tous tes proches qui te tournent le dos parce que tu t'es fait violer. La violence que c'est. Soit je me foutais en l'air. Soit je me barrais le plus loin possible. J'ai voulu mourir Édouard. Longtemps j'ai voulu mourir. Et si je suis encore là, c'est pour toi. Par amour pour toi. Pour ne pas te faire vivre un autre suicide. Vous savez tous que Niels est malade. On en avait parlé mille fois toi et moi. Tu savais qu'il était souvent borderline. Vous le saviez tous et vous avez choisi de le croire lui. Tu sais ce que ça fait comme effet… ?

Elle attend une réponse. Je baisse le regard. Je ressens si fort ce qu'elle ressent. Je cherche quoi dire, les mots me semblent dérisoires.

— Comment tu as fait pour tenir si longtemps ?

Elle ne répond pas. La réponse est dans son silence.

Je suis là. Au milieu du salon. Je prends mon sac à dos posé dans un coin. Je le tiens fort dans mes mains. Je tente de me raccrocher à quelque chose de concret. Partir. Prendre mon train.

— Il faut que je parte.

— Dis-moi quelque chose. S'il te plaît.

— Je ne sais pas quoi dire…

— Tu veux que je t'aide ? Moi, je vais te dire ce que je pense… J'ai trouvé des milliards d'excuses à cette raclure parce que c'est ton ami, c'est votre ami, celui de toute cette belle bande d'ordures. Toute cette joyeuse bande qui ne jure que par l'amour, l'amitié. Cette bande qui sent la libido et la frustration. Tes potes foireux. Dans leurs mariages qui puent l'ennui. Et toi, ça aurait trop chamboulé ta petite vie de réalisateur merdique. Tu avais tellement peur de perdre Mathieu et par ricochet ton boulot. Ça t'impliquait trop. Tu as préféré fermer les yeux, pour ne surtout pas perdre tes copinages de merde, ton petit confort de merde. Et ce matin-là, bah oui, tu as préféré ne pas me croire et te barrer en prétextant que tu étais en retard pour ta pub de merde. T'es qu'une merde.

Je reste là face à elle. Les bras ballants. Je suis sonné. Elle a raison. Tout ce qu'elle dit, je le sais. C'est vrai, ce matin-là, j'ai préféré ne pas la croire. J'ai préféré esquiver pour que ma vie ne change pas encore une fois. Diane a raison.

Elle se lève et se fige face à moi. J'ose à peine la regarder. J'arrive seulement à effleurer son dos d'une main maladroite, comme pour lui dire, je suis là.

Je m'effondre au sol. Diane vient de me mettre une baffe monumentale. Elle hurle. Je n'entends plus ce qu'elle me dit. Elle a frappé si fort que mes oreilles sifflent. Je la regarde s'agiter au-dessus de moi. J'ai la tête qui tourne. Elle me donne des coups de pied dans le ventre. Je n'arrive plus à bouger. Elle crie, elle dit des choses que je ne comprends pas bien. Je crois entendre que j'ai gâché sa vie. J'ai mal. J'ai peur. Mon corps est comme anesthésié sous les coups. Peut-être qu'elle va me tuer. Je dois me sortir de là. J'attrape un coussin pour me protéger, et parviens à me relever. Du sang coule de mon nez. Diane s'arrête brusquement, remet sa mèche de cheveux, et je la reconnais soudain. Comme si elle avait rêvé pendant toutes ces années de me foutre son poing dans la gueule. Comme si tout son corps s'était fané à force d'avoir attendu ce moment précis. Je la regarde. Elle semble plus calme. Apaisée. Son visage a retrouvé ses couleurs. Tout semble reprendre vie en elle. Sa main attrape la mienne et m'entraîne dans la salle de bains. Je me laisse faire.

Je n'ai plus de force de toute façon. Elle passe une serviette sous l'eau et essuie chacune de mes plaies. Je pense à Chloé. Je me dis que cette histoire va la tuer. Comme nous tous. Que nos vies ne seront plus jamais les mêmes. Nous n'aurons plus jamais cette insouciance. Nous ne serons plus jamais ces enfants-là. Ce drame va salir nos plus belles années.

— Diane… pourquoi tu n'as pas porté plainte quand c'est arrivé ?

— Pour porter plainte, il aurait d'abord fallu que tu me croies. Et puis il faut du temps pour avoir conscience qu'on est une victime… et après, c'est souvent trop tard… ça devient compliqué à prouver en justice…

On se regarde un long moment. Ses yeux bleus dans les miens. Nous deux dans cette salle de bains. Les visages défaits.

— Je me suis reconnue dans ce hashtag. Ce post m'a fait du bien. J'ai reçu tellement de messages de femmes comme moi. De messages de soutien. Maintenant, je ne suis plus seule… Mais je vais l'enlever.

— Non, mais pourquoi ? Laisse-le, si ça te fait du bien…

— Niels est passé tout à l'heure.

— Quoi ?

— Quand tu as frappé à la porte, j'ai pensé que c'était lui qui revenait. Il m'a menacée… J'ai appelé les flics, quand ils sont arrivés, il était reparti. Il me fait peur… j'ai décidé de poser une main courante… par contre je préfère enlever mon post.

— Putain, mais quel enfoiré… Faut pas que tu restes seule…

— Oui, je ne vais pas rester là.

Nous traversons silencieusement le long couloir qui donne sur le salon. Je reprends mon sac à dos… Il y a une dernière chose que je veux comprendre. Une énigme qui m'a longtemps torturé. Je me tourne vers elle.

— L'avortement, c'est à cause de lui ?

Diane baisse les yeux. J'ai compris. Je la prends dans mes bras. On reste comme ça un moment tous les deux. Je voudrais dire quelque chose. Un seul mot me vient.

— Pardon.

Elle se détache de moi.

— Pars s'il te plaît.

Au moment où je passe sa porte, je me mets à courir, dévale ses escaliers, me cogne contre les murs. Je sors mon portable et compose machinalement le numéro d'Ali. C'est son répondeur.

— Mon amour, je vais t'acheter une commode. Te faire de la place. Pour que tu puisses ranger tes affaires. Tu as raison, tu dois exister chez nous. Je te comprends. Tu as raison de t'énerver. Tu en as marre de ne pas avoir de place chez nous. Tu as raison mon amour.

Un signal me prévient que sa boîte vocale est pleine. J'ai dit tout et n'importe quoi. Sauf le principal. Je voulais lui demander de rentrer. Je n'ai pas réussi. J'ai eu peur qu'elle panique. Qu'elle ne comprenne pas. J'aurais juste aimé entendre sa voix. Je presse mon portable dans mes mains comme une prière, en espérant recevoir un appel d'Ali. Je sors de l'immeuble. L'air est glacé, le ciel s'est couvert. Il va pleuvoir. Je regarde l'heure sur mon portable. Le dernier train pour Sens est dans trente minutes. Il faut que je coure.

20
ALI

J'ai fini mon Perrier-menthe et le soleil s'est barré. Niels déconne. Qu'est-ce qu'il fait ? C'est n'importe quoi de me laisser là comme ça. Pourquoi il ne m'a pas prévenue ? Pourquoi il n'a pas répondu à mes textos ? En plus, maintenant j'ai plus du tout de batterie… Je déteste qu'on me fasse ce genre de chose. J'ai vingt-deux ans, OK mais c'est pas pour ça qu'on a le droit de se comporter n'importe comment avec moi. J'en ai marre de devoir me battre sur tous les fronts pour me faire respecter. Dans la rue, à l'école, au travail… Ma famille… et même les amis d'Édouard… parfois Mathieu, Dorothée, Leïla… j'ai l'impression que tous me regardent comme si j'étais une gamine et que de toute façon notre histoire avec Édouard n'allait pas durer longtemps… du coup pas vraiment besoin de me respecter… Bah non, pourquoi faire ? Je suis trop idéaliste, c'est sûrement ça. Peut-être qu'ils sont déjà trop vieux ? Et peut-être aussi qu'ils sont trop blancs. Ma mère dit souvent que les Blancs ne peuvent pas ressentir le monde comme nous. Qu'ils ont grandi dans un monde trop différent. Complètement fait pour eux. Du coup ils se prennent pour le centre de l'univers. Y a qu'à voir mon père et toute ma famille paternelle d'ailleurs ! Peut-être que le respect dont je rêve est impossible avec eux. Non, mais, ça n'a rien à voir. Je sais que ça n'a rien à voir. Il y a des connards de tous les côtés. Rares sont les gens bien voilà tout. D'ailleurs, Édouard, c'est le premier homme avec lequel je me sens vraiment en sécurité. Plus qu'avec n'importe qui. Sa douceur me redonne un peu confiance en l'humain, je crois. Pourquoi je pense à tout ça ? Mon cerveau est en roue libre parce que je ne supporte pas d'attendre. J'ai l'impression d'être une toute petite chose insignifiante et méprisable… D'après le connard de serveur, la gare la plus proche se trouve à plus de dix kilomètres. Il m'a dit ça avec son petit sourire en coin que je déteste. L'air de dire « T'es coincée là ma pauvre fille ». Il a raison, je me sens coincée. C'est ça le problème avec la cambrousse. Sans bagnole on est complètement bloqué. Si j'avais des tunes, je commanderais un taxi pour aller à la gare et rentrer à Paris… Le problème c'est que je n'ai même pas de quoi régler mon Perrier-menthe. Je pourrais faire du stop mais j'ai entendu tellement d'histoires sordides. Du coup, c'est comme si les traumas des autres m'avaient traumatisée. Comme une contagion absurde. Je projette vite des trucs glauques.

Surtout la nuit. Genre un type qui me suit un peu trop longtemps, d'un peu trop près. Je m'imagine en train de lui péter les dents sur le bord du trottoir. C'est con mais ça me rassure de me dire que je peux être tarée moi aussi. Tarée et dangereuse. Clé de bras, frappe la gorge, frappe les couilles, *bam*, *bam*, les yeux, les oreilles, *bam*. Je vais aller faire du stop. Au pire si je dois me battre, je me battrai. Je retourne à l'accueil. La grande dame de poussière est au téléphone. J'attends qu'elle finisse. Putain, ce que je déteste être dans cette situation : attendre, encore attendre. Mon seuil de tolérance de l'attente a explosé. Allez, après les cacahouètes, je m'enfile tous les bonbecs qui sont sur le comptoir. Ça m'occupe. Elle raccroche enfin.

— Tout va bien, mademoiselle ?

— La route pour la gare, elle est de quel côté s'il vous plaît ?

— La gare ? … Ouh là là… à pied c'est beaucoup trop loin… En plus, on est sur une voie rapide, c'est dangereux, vous savez que…

— Ça va aller, je vais m'en sortir, j'ai pas deux ans…

Je lui ai dit ça genre de quoi je me mêle. Je sens que je l'ai blessée. Elle ne voit plus du tout en moi la fille sympathique, elle voit juste la racaille, ça y est. Quand on a ma gueule, on est obligée d'être hyper polie tout le temps sinon on entre direct dans la catégorie infréquentable…

— La gare est sur la droite en longeant la nationale…

Elle a pris le ton le plus antipathique qu'elle pouvait. Je me sens comme une merde c'est horrible.

— Vous voulez régler votre massage ?

— Hein ? Euh oui enfin non je… Mais je croyais que… Niels n'a pas payé les massages ?…

— Attendez je vérifie… Dans le doute, il faut toujours vérifier n'est-ce pas ?…

Sous-texte : elle n'a pas confiance en moi. Elle prend son téléphone.

— Allô Judith ? Les massages de 14 h 30 ont-ils été réglés ? … Tu peux demander à Priscilla, s'il te plaît ? … Ah, d'accord, c'est bien ce qu'il me semblait… Merci.

Elle raccroche et s'adresse à moi d'un ton faussement désolé.

— Je suis navrée mais Niels n'a pas payé votre massage mademoiselle.

— Ah bon, je… je ne savais pas. Je pensais que…

Putain, comment c'est possible ? Niels se serait barré sans payer, genre rien à foutre de rien.

— Vous souhaitez régler par carte ?

— Euh, je sais pas trop… vous prenez les chèques ?

— Avec une pièce d'identité, pas de problème.

Je vais péter un câble. Je fais comment moi. J'ouvre mon sac au ralenti pour chercher mon chéquier.

Je n'ose pas demander le prix. Si je fais ce chèque je risque d'être interdit bancaire. Ou sinon il faudra que je demande encore de l'argent à Édouard. Je me sens déprimée… c'est horrible d'être moi là maintenant.

— C'est étrange que Niels ne vous ait pas prévenue…

Je ne comprends pas bien. Qu'est-ce qu'elle veut me dire là ?

— Apparemment il est parti vers 14 h 30 tout de suite après votre arrivée… C'est étrange, non ?

Évidemment mais qu'est-ce que j'y peux moi ? C'est pas de ma faute, merde. Ça veut dire que Niels est parti il y a plus de trois heures. Je me demande ce qui s'est passé pour qu'il soit obligé de partir pendant si longtemps et sans rien dire… Peut-être qu'il y a eu un problème avec ses enfants…

La poussiéreuse tourne la tête vers l'extérieur.

— Quand on parle du loup…

Une voiture approche du parvis. C'est Niels. Il fait des appels de phares et se gare devant l'entrée en agitant la main. Je vais le défoncer. J'ai une bombe de colère dans la gorge et elle va lui péter à la gueule. Je me tourne vers la grande dame en forçant un sourire.

— Merci beaucoup. Je reviens tout de suite pour vous régler.

— Pas de souci, je vous attends.

Elle est toujours froide comme un glaçon. Pauvre conne. Je comprends rien à ces larbins qui soudain veulent t'écraser quand ils comprennent que t'es un plouc comme eux. Je me dirige vers la sortie. Descends l'escalier du parvis. Les graviers craquent sous mes pas. Je sens que ma colère retombe un peu… en fait, je suis contente de pouvoir oublier le stop. Et puis je suis rassurée de voir Niels. J'ouvre la portière.

— T'étais où ? Tu m'as fait peur, je me suis grave inquiétée…

Niels me regarde, bizarre.

— C'était bien ?

— Quoi ?

— Le massage, ça t'a plu ?

Pourquoi il me demande ça avec cet air chelou ?

— Oui c'était vraiment… surprenant… j'ai dormi…

— Allez monte, on y va… !

Putain, il est gonflé, c'est quoi ce ton. Pas d'excuses, rien, et en plus il me donne des ordres.

— Attends, Niels, il faut régler le massage et ma carte ne passe pas…

Niels sort un billet de cinq cents euros de sa poche et le balance dans ma direction sur le siège passager. Je le prends avec une petite pointe dans la poitrine. Je suis mal à l'aise putain. Vivement que je gagne ma vie et que j'arrête de vivre des situations aussi gênantes. Je déteste dépendre des gens financièrement. Ça fausse tous les rapports, je trouve ça atroce. Niels a dépensé une fortune pour moi aujourd'hui. Mais en même temps j'y suis pour rien, c'est lui qui a voulu venir ici. Je sais ce que je vais faire, je lui rembourserai tout ce qu'il a dépensé pour moi. Je veux rien devoir à personne. Je retourne en courant vers l'accueil. Je tends le billet de cinq cents à la grande dame. Elle me rend cent euros. Ça veut dire que mon massage a coûté quatre cents euros ? C'est pas possible ! Peut-être que c'est parce qu'elles étaient deux à me masser ? Non mais quatre cents euros sérieux !

La grande dame me regarde l'air interrogative.

— Vous avez oublié quelque chose ?

— Euh… non. Enfin si pardon. Je vous devais aussi un Perrier-menthe…

Je suis conne ou quoi ? Pourquoi ce besoin d'être absolument honnête avec des gens qui ne le sont pas ?

— Oh mais non, c'est rien, ne vous en faites pas, c'est offert par la maison, mademoiselle.

Elle sourit à nouveau. Le froid de tout à l'heure semble avoir disparu. J'ai du mal à comprendre pourquoi…

— Ah OK… merci alors. Au revoir.

— Je vous en prie, mademoiselle. Bonne soirée, mademoiselle.

Plus de « mademoiselle » c'est possible ? Je repars en direction de la sortie mais Niels monte les marches dans ma direction. Il arrive à mon niveau et me passe devant sans un mot.

— Niels ça va ?

Il se dirige vers le bar. Je le suis. Je ne comprends rien. Pourquoi il ne me répond pas. Il me fait la gueule ou quoi ? Est-ce que j'ai fait quelque chose de mal ?

Niels s'accoude au bar. Il se prend la tête dans les mains. Je m'approche. Il regarde fixement son téléphone. Il n'a pas l'air bien du tout.

— Niels, il y a un problème ?

— J'ai juste besoin d'un verre.

Il y a quelque chose qu'il ne veut pas me dire. Pourquoi est-il parti pendant si longtemps ?

— Qu'est-ce qui se passe, il t'est arrivé quelque chose ? T'étais où ?

Il fait comme s'il ne m'avait pas entendue. Tout ce que je déteste. Il relève la tête d'un coup et fait signe au serveur. Le connard s'approche, pas du tout comme avec moi tout à l'heure : pas de sourire en coin face à Niels ; juste une tête normale. Ça me déprime cette ségrégation du mépris.

— Monsieur, bonsoir. Vous désirez ?

— Deux vintage tonics avec des olives…

Le connard s'éloigne. Je pose le billet de cent euros devant Niels sur le comptoir.

— C'est ce qu'il reste… ça coûtait cher dis donc ce massage. Mais je te rembourserai, hein… Je vais gagner des sous bientôt alors c'est normal quoi…

Niels me regarde tout d'un coup. Il est très pâle. Je ne comprends pas ce qu'il a. Pourquoi il me regarde comme ça ? On dirait qu'il hésite à me dire quelque chose… Il prend le billet et se met à le plier dans tous les sens…

— Tu as dormi vraiment ? Comment tu as fait pour dormir ?…

Il me parle du massage. Je ne sais pas trop quoi répondre.

— J'ai dormi un tout petit peu…

Pourquoi je mens ?

— À la fin surtout… Mais c'était super… Vraiment merci beaucoup…

Niels termine de plier le billet de cent euros. Il l'a transformé en avion. Il l'envoie négligemment en direction de l'accueil. Le billet traverse une partie du bar et s'écrase sous la table des deux vieilles dames qui jouent toujours aux cartes. Niels ne regarde même pas où le billet a atterri. Il a de nouveau les yeux rivés sur son téléphone.

— Niels, dis-moi ce qui se passe ?

— J'ai soif.

— Pourquoi tu as lancé les cent euros comme ça, je comprends pas… ?

— C'est ton pourboire…

— Mon pourboire ?

— Pour tes masseuses… il y a une boîte à l'accueil, tu peux mettre le billet dedans.

Je suis choquée par son attitude. C'est quoi cette façon de me parler ? Pour qui il se prend ? Je ne sais tellement pas quoi dire que je me dirige en pilote automatique vers la table des deux vieilles. Je tente de récupérer le billet de cent euros à quatre pattes entre leurs pieds. Je suis vraiment mal à l'aise. Les deux vieilles parlent à voix basse.

— La Mort…

— Ah non pas la Mort…

— Figure-toi que c'est une très belle carte au tarot. Le message de la Mort est plutôt positif… Il symbolise le passage vers une nouvelle vie. C'est le symbole du renouveau, de la renaissance.

Je parviens à attraper le billet et me dirige vers l'accueil. La femme de poussière me regarde m'approcher avec un sourire plus grand encore que tous ceux qu'elle nous a faits aujourd'hui. Elle me fait flipper avec ses grandes dents. Surtout maintenant que j'ai vu son autre visage. J'ai toujours trouvé ça un peu louche les gens qui sourient trop.

— Vous souhaitez rester dormir ici ce soir ?

— Euh… non, non… C'est juste un pourboire pour les masseuses…

Je glisse le billet en forme d'avion dans la boîte. La grande dame me regarde avec un air satisfait.

— Merci pour elles.

Je suis de nouveau en colère tout à coup. Je ne comprends pas ce que je fous là. Je ne comprends pas pourquoi Niels se comporte comme ça. Je retourne vers le bar. Je vais lui parler. Je vais lui demander pourquoi il est parti. Pourquoi il n'a pas répondu à mes messages. Pourquoi il se comporte aussi bizarrement. Plus rien à foutre de le blesser. C'est moi qui suis blessée là en fait.

Niels boit son verre d'une traite. Il se tourne vers moi en me tendant le mien.

— Tu en veux ?

Je n'ai aucune envie de boire de l'alcool là maintenant. C'est bon ça suffit l'alcoolisme. Je fais non de la tête. Niels s'enquille le deuxième verre. Je voudrais parler mais je n'y arrive pas. J'ose pas. Je cherche mes mots. J'ai peur de me mettre trop en colère et d'aggraver la situation. Quand je me mets en colère, j'explose et j'ai pas envie de passer pour une hystérique devant lui. Il mâchouille une olive et recrache le noyau dans son verre. J'essaie de garder mon calme du mieux que je peux. Parler simplement. Parler.

— Niels, j'aimerais comprendre ce qui se passe…

— Tu as du feu ?

Je lui tends mon Zippo. Il allume une clope et glisse le Zippo dans sa poche. Il se lève et traverse le bar vers l'accueil sans se préoccuper de la fumée qu'il laisse derrière lui. Les vieilles dames se tournent vers nous, outrées. Il semble vraiment ailleurs. Je le suis vers la sortie.

— Niels… Pourquoi t'es bizarre comme ça putain ? Je comprends rien et j'en ai marre en fait !

Bim ! Je suis contente d'avoir réussi à dire ça relativement calmement. Il répond pas. OK, eh ben moi je continue…

— Niels, j'ai besoin de comprendre ! Tu m'as laissée seule pendant au moins…

— J'avais plus de clopes et je ne peux pas vivre sans clopes. Les gens qui arrêtent de fumer sont trop cons. Quand on aime fumer, on peut pas ne pas fumer. C'est ça la vie. Tu kiffes ou tu kiffes pas. Mais dire que tu kiffes puis dire qu'en fait tu kiffes pas, ça s'appelle du mensonge, de la mauvaise foi !

Je me demande s'il n'a pas pris de la coke. C'est quoi ces conneries qu'il raconte. Ça n'a pas de sens. Je le trouve pathétique. Il dit de la merde. Je ne sais même plus quoi dire du coup. On passe devant la grande dame de poussière et son sourire de larbin. Elle nous suit de son regard faussement ravi de notre visite. On remonte en voiture. Niels démarre comme un bolide.

21
EDOUARD

Le métro est surpeuplé. Je suis assis sur une banquette, la tête contre la vitre. Mes jambes sont agitées d'un mouvement d'impatience. Je fais craquer mes doigts. Je suis tellement en colère contre Niels. Rien n'est plus odieux que de se sentir trahi. À ce point sali. Je rappellerai Diane pour lui dire que je la soutiendrai. Psychologiquement, financièrement, tout ce qu'elle veut. Ma Diane, je te comprends tellement. Putain, j'ai tellement honte. Tu aurais dû hurler. Me réveiller. Me dire tout. Qu'est-ce que j'ai foutu, bordel. Je voudrais retourner six ans en arrière. Pourquoi il t'a manipulée, pourquoi il t'a fait du mal comme ça, à toi, à nous. Station République. Les portes s'ouvrent. C'est le capharnaüm. Un groupe de branleurs super bruyants montent dans la rame en dansant, sans même laisser les voyageurs descendre. La fille du groupe porte une combinaison à paillettes. Elle a une enceinte sous le bras. Les trois molosses qui l'accompagnent bousculent tout le monde. L'enceinte crache une espèce de rap électro. Putain, l'agression, dix stations avec ce son dans la gueule, je vais péter un plomb. Pourquoi vous respectez pas l'espace collectif bande de connards. Et personne qui bronche. Paris. Ce son répétitif me défonce les tympans et vient parasiter ma pensée. Je ronge mes ongles. Niels. Je sais pas ce qui va sortir de moi quand je vais voir ta gueule. Je veux te l'exploser. Ou mieux, la voir en grand. Partout. Que ça fasse la une. Ta médiocrité en énorme. C'est ça la célébrité enfoiré. Le revers de la médaille. Je veux te voir sur le bûcher de la Toile. La musique résonne dans toute la voiture, ça me casse la tête. Je pose mes mains contre mes oreilles. Je veux du silence. Un des molosses, chemise ouverte, pantalon en cuir, lunettes de soleil, se colle à la fille à la combinaison, en frottant son sexe contre son cul. Ça le fait rire. Ça ne la fait pas rire. La fille le repousse et lui gueule de pas la toucher.

— Vas-y bouge, espèce de fond de benne !

Je passe une main sur mon visage moite. Mon corps se met à trembler. Je vais le défoncer. Je vais lui exploser sa gueule s'il ne s'arrête pas tout de suite. Le type continue de se coller à elle. Ça le fait rire. Elle ne rit pas.

— Bouge, j'te dis ! Sinon, je te fais gober mes ovaires pour que tu t'étouffes avec !

Il explose d'un rire grossier. Il lui pince les seins, le cul, les seins, le cul. Ça le fait rire. Elle ne rit toujours pas. Elle crie. Elle le pousse. La musique.

Les cris de la nana. Niels. Les visages impassibles des passagers. Les cris. La nana. Je vais le défoncer. Le sang claque dans mes tempes. J'ai tellement de rage. Je ne pense pas avoir déjà connu cet état. J'ai envie de destruction. Penser à autre chose. Chloé. Je sors mon portable. Écrire à Chloé vite. «Je prends le train de 18 h 30 viens me chercher à la gare à 19 h 15 biz». Pas de ponctuation. Pas le temps. Comment je vais réagir, quand je vais voir la gueule de Niels. La nana pousse un cri qui me fait sursauter. Stop, ça suffit. Je me lève d'un bond et m'avance vers eux. J'ai l'impression d'être dans un autre corps que le mien. Un corps que je ne connais pas. Ma démarche. Mon thorax bombé. Mes épaules en arrière. Mon menton levé. Je me sens tout-puissant. Je colle d'un coup sec ma tête contre celle du molosse, et je lui demande s'il comprend ce que sa copine lui dit ou s'il veut que je lui explique. Putain, ma voix n'est pas sortie du tout comme je voulais. Il me semble que seuls mes aigus sont sortis avec un léger vibrato féminin. Où sont passés mes graves ? Je me sens si petit soudain et lui me semble si grand. Il me regarde amusé avec un air de défiance. La fille explose de rire et se colle à moi provocatrice.

— Eh, tes parents ils ont jeté le bébé et ils ont élevé le plasma ou quoi ! Tu sors d'où toi avec ta vieille gueule ? Hein, qu'est-ce que tu me veux ? Ça te pose un problème ? C'est mon petit cul qui te plaît ?

Je secoue la tête. Je la comprends pas. Il me semble que je bugge. Je la fixe hébété. D'un revers de main, elle me pousse violemment. Je vacille. Je me retiens de tomber en me rattrapant à la barre, mais mon portable vole et s'explose au sol. Je reste immobile. Sidéré. Je comprends rien à ce qui vient de se passer. J'ai pensé que. J'ai cru que. La nana et les trois types se remettent à danser face à moi. Ils me matent avec un sourire provocateur. Je me baisse et ramasse un à un les morceaux de mon téléphone éparpillés au sol. Je sens les regards des voyageurs sur moi. L'écran de mon portable est éclaté. Noir. Je tente de le rallumer. Rien. Et si Ali veut m'appeler. C'est pas possible. Et puis, il y a ma vie là-dedans. J'ai trop de souvenirs. Trop de photos. Trop de vidéos. Trop de textos. Trop de mémos. Trop. Trop. J'ai envie de chialer. Qu'est-ce qui vient de m'arriver ? Toute la voiture me mate, l'air passionnée par ma vie de merde. Gare de Lyon. Les portes s'ouvrent. Je quitte le métro en courant sans me retourner.

22
ALI

Niels roule au milieu de la route. Je pense qu'il est bourré en fait.

— Niels, tu roules trop vite là…

— Ce qui compte c'est l'énergie. Tu as de l'énergie ou tu n'as pas d'énergie. Tu repères ce qui t'en donne. Tu repères ce qui t'en prend et point barre. Tout passe par l'énergie et sa façon de circuler. Le reste, c'est que du putain de bullshit.

Qu'est-ce qu'il parle d'énergie ? Quel rapport ? Je l'ai jamais vu comme ça. Il me fait peur. Je préfère ne pas le contrarier. Vu sa façon de conduire, je préfère aller dans son sens.

— Toi, tu as de l'énergie en tout cas… et tu en donnes beaucoup, beaucoup…

Niels me lance un regard que j'ai du mal à interpréter. Il semble un peu bouleversé.

— Merci de me dire ça chaton ! Ça me fait du bien que tu me le dises ! Moi aussi tu m'en donnes tu sais… Vraiment, ça me fait beaucoup de bien que tu sois avec moi aujourd'hui.

Il a encore accéléré. Il veut nous tuer ou quoi ? J'aime pas du tout cette situation. J'ai du mal à respirer tellement j'ai peur.

— Niels, pourquoi tu roules aussi vite là… ?

Il s'en fout complètement de ce que je lui dis. Il allume la radio. Amy Winehouse. « Love Is a Losing Game ». À la vitesse à laquelle on va, les paroles se transforment dans ma tête. J'entends « *life is a losing game* ». Je nous imagine en train de nous crasher à chaque croisement. Tout me semble capable de devenir notre destination finale. Le fossé, le panneau, la vache, le tracteur, le chêne… Je vois ma tête passer à travers le pare-brise, mes jambes s'écrabouiller sous le capot, le pot d'échappement défoncer ma boîte crânienne, du sang gicler sur le petit bouddha du rétroviseur. Je voudrais parler mais je suis tétanisée. Les mots tournent dans ma tête sans que je puisse les attraper. Dire Niels. Dire Arrête-toi. Ralentis. Rien ne sort. Les mots sont bloqués dans ma tête. Comme quand j'étais en CE2, après mon œil. Tout pareil. Mon mutisme n'était pas volontaire. C'était exactement comme maintenant. C'était de la terreur. Je ne pouvais plus parler parce que j'étais terrorisée par ce qu'avait fait mon père. J'entends Niels renifler. Je lui jette un regard discret et rapide. Il pleure ? Il essuie nerveusement de grosses larmes avec un bout de son tee-shirt. Je ne comprends pas ce qu'il a. Il faut absolument que je dise quelque chose. La route défile trop vite autour de nous. Dire quelque chose putain.

— Niels, tu as des problèmes, il s'est passé quelque chose de grave ?

Les mots sont sortis comme un trait de mitraillette, au même rythme que mon cœur. Niels éteint l'autoradio.

— C'est juste cette chanson… Je suis trop sensible pour cette chanson…

J'ai compris le message. Il refuse de me parler. Inutile de poser des questions auxquelles il refuse de répondre. On arrive bientôt, heureusement. J'essaie de calmer mon cœur. Il est comme un oiseau fou qui se cognerait partout dans ma poitrine. Ça y est, on arrive enfin, bientôt la maison. Merci mon Dieu, on est vivants. Je crois que je me suis chopé une crampe généralisée tellement je suis tendue. Je me sens incapable de bouger. Mes muscles sont complètement tétanisés. Je n'arrive presque plus à respirer. Niels freine brutalement. Il ne trouve pas le bip. Le cherche. S'énerve. Tape sur le volant. On dirait un tout petit enfant qui ferait une crise de nerfs. Il le trouve enfin. Le portail s'ouvre. Niels cale, redémarre, coupe le moteur, descend en titubant. Il a l'air fou. Ivre et fou. Je respire à nouveau mais je tremble. Je vais aller recharger mon téléphone pour appeler Édouard. Je vais lui dire que je préférerais qu'il vienne ce soir. Lui dire que Niels est en crise down. Down et colérique. Exactement comme mon père quand il part en vrille. Je ne me vois pas du tout passer la soirée seule avec Niels vu son état.

23
EDOUARD

Le train est dans trois minutes. Je cours aussi vite que je peux dans les couloirs qui mènent au grand hall de la gare de Lyon. Chaque personne que je croise se retourne sur moi. Je suis transpirant, dégoulinant. Je dois passer pour un détraqué. Il y a des moments dans la vie où on voudrait ne plus être là. Disparaître. Parce que le monde est trop barge. Je pense à ma sœur, à son geste fou et là maintenant tout de suite, je la comprends. Je la comprends et je lui pardonne. J'arrive face au grand panneau d'affichage des départs. Saloperie. Trop tard. Mon train vient de se barrer. Il faut que j'appelle Ali absolument pour la prévenir que mon portable est cassé. Il faut que je réfléchisse à un autre moyen pour partir. Je regarde autour de moi. Trop de gens. Trop de bruit. Un jeune type est assis sur un banc. Son visage est doux et rassurant. Je m'approche, et me penche timidement vers lui.

— Excusez-moi…

Le mec sursaute, se lève d'un bond, et sans même me regarder, me fait un geste du genre : « J'ai rien à donner. » Il s'éloigne de moi. Non, mais sérieusement. Je fais flipper à ce point. Du sang coule sur ma joue. Diane ne m'a pas loupé. J'essuie le sang avec la manche de ma veste. Ça me brûle. Deux jeunes adolescentes cachées dans leurs cheveux me matent. L'une d'elles sort un Kleenex d'un paquet et me le tend. Elle me regarde avec insistance du genre : « Vas-y, prends-le. »

— Merci. C'est gentil. Je me suis fait agresser. Du coup, j'ai besoin d'appeler ma femme, est-ce que vous auriez un portable à me prêter ?

Les deux gamines restent muettes, se regardent entre elles, puis me dévisagent avec un air suspicieux. Celle qui m'a filé le Kleenex semble hésiter. J'ai la sensation d'être vraiment une chose sale soudain.

— Non, laissez tomber… Merci pour le Kleenex.

Je m'éloigne d'elles d'un pas rapide. Je préfère me barrer plutôt qu'entendre de la bouche de ces deux pisseuses le non de l'humiliation. Je m'arrête à côté d'un vendeur de maïs. Sur sa gueule, on peut voir que le mec a été durement abîmé par la vie. Je me dis qu'il peut me comprendre en voyant la mienne de gueule. À un euro l'épi, si je lui en donne dix, il pourra peut-être me prêter son portable. Je sors un billet de dix euros et le lui tends.

— Bonjour, si je vous prends deux épis de maïs, vous me prêteriez votre portable ? Je dois juste passer un coup de téléphone… Très rapide.

Le vendeur de maïs sans même sourciller sort son téléphone de sa poche et me le tend. J'ai le téléphone dans les mains. Je m'apprête à composer le numéro d'Ali, mais je reste paralysé face à l'écran. Aucun chiffre ne me revient. J'ai beau tout faire pour me souvenir de son numéro. Rien. Est-ce que j'ai au moins une seule fois composé son numéro de mémoire. Est-ce que j'ai une seule fois pris le temps de l'apprendre. Non. Je ne le connais pas. En fait, je ne l'ai jamais connu. Le seul numéro que je connaisse par cœur, c'est celui de Chloé. J'ai connu Chloé en même temps que j'ai eu mon premier portable. C'est peut-être pour ça. Je compose son numéro. Pourvu qu'elle réponde. Je vais tout de suite entendre dans sa voix si elle sait quelque chose. J'appréhende. Comme un mauvais pressentiment. Chloé décroche et chuchote. Je ne comprends pas bien ce qu'elle murmure.

— Je sors du make-up, j'arrive dans deux secondes.

— J'entends rien mon Chlo, parle plus fort.

— C'est qui ?

— C'est Édouard !

— C'est quoi ce numéro ? J'ai cru que c'était autre chose… ça va mon Doud ?

— Ça va et toi ?

— Ouais carrément, mais je peux pas parler. Je suis occupée là, on se rappelle plus tard.

Je suis soulagé. À l'intonation de sa voix, elle ne sait rien encore. Comme par protection pour elle, je préfère être là quand elle va apprendre la nouvelle.

— Dis-moi, en fait j'ai loupé le train de 18 h 30. Du coup, viens pas me chercher à la gare… Je vais trouver un autre moyen de venir. Mais j'arrive ce soir quoi qu'il arrive.

— Doudou, j'ai reçu ton message. Mais je suis pas là moi. J'arrive demain matin.

— Comment ça, t'es pas là ?

— Je suis retenue à Lille. J'avais une interview avec Kery James, et Lomepal…

Les sons se brouillent. Je n'entends plus ce qu'elle me dit. Chloé n'est pas avec Ali. Ali est seule avec Niels. Mais non. Ali ne peut pas être seule. Les enfants doivent être là. Mais oui, les enfants sont là. À moins qu'il ait envoyé ses enfants chez ses parents. Et si Ali était en danger. Mais non, pas de parano. Ma petite Ali chérie. S'il lui arrivait quoi que ce soit. Je comprends son père maintenant. Ali est trop jeune pour être avec un irresponsable comme moi.

— Est-ce que tu peux me donner le numéro d'Ali ?

— Doud, je dois y retourner. Je te rappelle, je te rappelle…

— Mais non… j'ai plus de portable… file-moi le…

J'ai même pas le temps de terminer ma phrase que Chloé a déjà raccroché. Je rends le portable au vendeur en oubliant de prendre mon maïs. Je cours déjà dans la gare de Lyon. Putain, comment me rendre dans ce bled paumé ? Je veux pas laisser Ali une heure de plus avec cette vermine. Il faut que je me raisonne. Niels n'est peut-être pas ce type dont Diane parle. Niels n'a peut-être pas fait tout ce dont Diane l'accuse. Peut-être que Diane a réellement vécu cette relation mais peut-être qu'il ne l'a pas vraiment violée comme elle l'affirme.

Le rideau de fer de la boutique de location de voitures se ferme sous mes yeux. De l'autre côté de la vitrine, une femme de l'âge de ma mère tourne une manivelle. Je tape quelques petits coups sur la vitre et je lui fais de grands signes pour qu'elle s'arrête, mais je lui fais peur. Elle me regarde l'air effrayée, détourne les yeux et accélère son rythme. Le rideau se ferme inexorablement devant moi. Mon reflet m'apparaît. Moi aussi, je me fais peur.

24
ALI

Niels est affalé devant la TV. Il mate distraitement une chaîne d'info en continu en anglais. Il n'arrête pas de tripoter son portable comme s'il attendait un message. En fait, il a l'air complètement obsédé par son téléphone. Il le prend, le repose, le tourne, lui jette des petits coups d'œil furieux, le reprend… Il m'ignore complètement depuis qu'on est arrivés. Du coup je ne sais pas trop où me mettre. Ni ce que je dois faire. Je me sens complètement prisonnière de son humeur. Pourquoi je suis aussi perméable aux émotions des autres ? Pendant que mon portable se charge, la bibliothèque me tient compagnie. Elle me fait l'effet d'une foule de mains tendues. Il me suffirait de prendre un bon roman pour sortir de ce sale mood. Je regarde les titres mais rien ne s'imprime dans ma tête. Les lettres ne s'assemblent pas correctement. Elles sont comme moi, larguées dans une espèce d'épuisement intergalactique. Le problème c'est que mon œil me fait mal. Il voit trop flou ce soir. Il a besoin de repos lui aussi. Le téléphone de Niels sonne. Il se lève et fonce répondre sur la terrasse.

— J'en ai ras le cul d'être la tête de Turc de cette nana !

Il ferme la baie vitrée. Je n'entends plus ce qu'il dit. Étrangement, j'ai même plus vraiment envie de savoir ce qui se passe. Ma curiosité est à plat. Je pourrais peut-être aller me coucher directement. Oui, voilà, il faut que je dise à Niels que je suis fatiguée et que j'ai besoin de dormir. Il m'indiquera la chambre d'amis, celle avec les poutres au bout du couloir. Et j'irai dormir jusqu'à demain. C'est exactement ce qu'il faut que je fasse maintenant. Dormir. Dormir longtemps.

— Celui-là, tu l'as lu ?

Niels est juste derrière moi, je ne l'avais pas entendu revenir. Je suis contente qu'il me parle à nouveau. On dirait qu'il s'est adouci.

— Bourdieu, ça te dit quelque chose ?

— Non…

— S'il y en a un que tu dois lire sur cette étagère c'est celui-là.

Niels attrape le livre et me le tend. *La Domination masculine*. Rien que le titre ça me donne pas du tout envie.

— Tu lis ça en combien de temps ?

— Je sais pas…

— Trente minutes ? Quarante ?

— Hein? Euh… non! J'en ai au moins pour quelques heures…

— Mais non, trente minutes c'est largement suffisant… regarde, je vais te montrer comment faire.

Je ne sais pas qui l'a appelé mais ça l'a métamorphosé. Il se colle derrière moi, ouvre le livre sous mes yeux, et fait courir son doigt à toute allure sur une page prise au hasard.

— Si tu veux être au niveau, dans notre milieu prétentieux et très snob du showbiz, il faut que tu t'entraînes à lire au moins à ce rythme-là. Au bout d'un moment tu pourras même accélérer tu vas voir.

Je me demande s'il se moque de moi. Personne ne peut lire aussi vite.

— Vas-y essaie, tu vas voir.

Je décide d'essayer pour lui faire plaisir avant d'aller me coucher. Mon doigt glisse aussi vite que possible sous les mots mais mon esprit n'en imprime qu'un sur deux…

— Je comprends rien…

— Continue, ne te pose pas de question, ton cerveau va s'habituer tu vas voir…

Tu vas voir, tu vas voir, je déteste cette expression. Je continue un moment mais j'ai l'impression que ma tête va exploser, j'ai envie d'arrêter mais Niels se met à faire la même chose. Son doigt court au-dessus du mien. Il va plus vite que moi. Il va bientôt me rattraper. J'arrête, c'est n'importe quoi de lire comme ça. Niels finit la page à toute vitesse et éclate de rire.

— J'adore ce rythme. C'est le seul moyen de bien lire, crois-moi.

Il raconte n'importe quoi. Je pense tout l'inverse.

— Qu'est-ce que tu as retenu ?

— Rien du tout…

— Impossible ! Allez, fais un effort… Je suis sûr que tu ne le sais pas encore mais que ton cerveau a tout compris.

Niels est peut-être un peu autiste en fait. C'est peut-être ça son truc chelou. J'essaie de me souvenir de quelque chose. Une idée me revient.

— Le patriarcat a été le seul moyen pour les hommes de maîtriser leur patrimoine génétique ?

Niels me regarde heureux. Il a l'air ravi, vraiment.

— Ah ben tu vois quand tu veux… Tu as carrément compris l'essentiel du bouquin en ayant juste lu une page ! En une soirée tu pourrais connaître la pensée principale d'au moins une dizaine d'ouvrages. Il faut aller vite dans la vie. Celui qui prend son temps, il se réveille à quarante piges sans connaître un millième de ce qu'il faut connaître pour naviguer dans notre monde. Tu lis combien de livres par semaine ?

Je n'ose pas lui dire que depuis mon bac je ne lis pas. Je mate que des séries.

— Un ou deux…

Je mens trop mal, je suis sûre qu'il s'en rend compte.

— Un ou deux ? C'est une catastrophe Ali. Il faut que tu lises au moins une dizaine de livres par semaine si tu veux être à la hauteur de ce qu'on va exiger de toi en tant qu'artiste. La vie ne fait pas de cadeaux aux incultes, crois-moi.

Je dois faire une drôle de tête. J'ai l'impression d'être complètement à la masse tellement je me sens loin de son idéal. Autour de moi personne ne lit autant. Édouard doit lire un livre ou deux par mois maximum... C'est certainement pour ça que Niels est brillant. Il lit énormément. Et c'est ça son truc, la vitesse. Je n'y aurais jamais pensé. Il se dirige vers la cuisine.

— Je vais nous faire des cookies maison. Tu aimes les cookies ?

Je ne sais pas ce qui s'est passé mais c'est comme si l'énorme nuage qui était dans sa tête tout à l'heure avait complètement disparu. Il est redevenu lui-même, léger et lumineux.

25
EDOUARD

Perez. Galot. Moyal. Dassilva. Tang. Grappin. J'enfonce mon doigt sur le bouton de l'interphone. Mathieu et Magali Grappin. Avec un peu de chance, Mathieu pourra me prêter sa caisse. Je sais qu'il n'aime pas prêter sa BM mais je dois le convaincre de le faire. Il répond d'une voix stressée. J'entends du bruit derrière lui. Il n'est pas seul. Il semble étonné de m'entendre, mais il m'ouvre. Je traverse la cour de son immeuble. Les jardins verdoyants, qui d'habitude me donnent un peu de paix intérieure, m'agressent. Tout m'agresse, même le silence de la cour m'agresse. Je tape à la grande baie vitrée de la véranda. Il y a du monde dans le salon. En fait, tous les amis sont là. Derrière la fenêtre, je vois une agitation inhabituelle. Mathieu fait les cent pas, nerveux. Magali est assise en tailleur sur le parquet. Jade, leur gamine de douze ans, est allongée la tête posée sur les genoux de sa mère. Leïla fume une clope assise sur le plan de travail de la grande cuisine américaine. On dirait qu'elle hurle sur Mathieu. En plein milieu de la pièce, Emma, vautrée dans le canapé, se mordille les lèvres. Marie est assise à califourchon sur une chaise. À côté d'elle, assis dans le fauteuil scandinave, Yanouv a la main posée sur sa cuisse. Il regarde Mathieu puis Leïla. Puis Mathieu puis Leïla, puis moi. Il se lève et traverse le salon pour m'ouvrir. Il me regarde inquiet.

— Qu'est-ce qui t'est arrivé Doud ? T'es salement amoché... Tu saignes grave mon pote !

Je ne lui réponds pas tout de suite. Pas la force de raconter, pas la force de parler. Je veux juste la voiture et me barrer.

— Je suis tombé. C'est rien, t'inquiète.

— On a essayé de te joindre, t'étais sur messagerie... Bon je te le dis, il y a du nouveau, c'est la guerre ! Il y a des mecs qui s'amusent sur Internet à faire leur enquête et ça commence à chauffer sérieux pour Niels... Viens !

J'ouvre la bouche pour parler, mais aucun mot ne sort. Mon esprit est ailleurs. Je ne sais plus quoi dire. Yanouv m'entraîne dans le salon. Il ouvre le frigo, sort une Heineken qu'il décapsule avec son briquet et me la tend. Je bois quelques gorgées, je fais un signe à Mathieu, mais il ne me voit pas. Tout le monde continue de brailler sans même faire attention à ma présence. Magali parle avec véhémence.

— Putain, cette fièvre à envoyer les porcs à l'abattoir... Bravo le message, restez chez vous les meufs, il y a des prédateurs partout ! En réalité, ça sert les ennemis de la liberté sexuelle et les extrémistes religieux, point barre.

Leïla se redresse d'un bond.

— C'est complètement con de dire ça ! C'est débile et pervers même, parce que c'est exactement le contraire : si on veut que ça bouge, on a besoin d'une révolution.

Soudain, tous remarquent mon arrivée et la conversation s'arrête net. Le brouhaha fait place à un silence désagréable. Tous les yeux se braquent sur moi. Et les questions fusent. « Qu'est-ce que tu fous là ? » « Bah t'étais pas à la campagne ? » « C'est quoi cette gueule ? »

— Je suis tombé dans les escaliers du métro…

Magali, les mains dans la chevelure de Jade, me regarde en se mordant les lèvres.

— On est en train de démêler l'histoire Diane-Niels et c'est pas facile à…

Emma la coupe.

— Plus clairement, je vais défendre Diane. Je prends en charge l'affaire. On va attaquer Niels en justice.

J'ai envie de prendre Emma dans mes bras. Je suis heureux qu'elle aide Diane. Marie tape sa main contre sa cuisse.

— Putain, mais stop. Je vous dis qu'un procès c'est pas la bonne idée du tout. Ça va juste la mettre encore plus mal.

Leïla s'emporte.

— Mais de quoi tu parles ? La justice c'est super important. Sinon, on revient à la barbarie. On va pas reculer merde !

Marie fronce les sourcils.

— Il s'agit pas de reculer, il s'agit d'être réaliste. Tu sais comment ça se passe ? Seulement un pour cent des violeurs sont condamnés, parce que la plupart du temps, c'est improuvable.

— Dix pour cent sont condamnés !

— Oui, c'est pareil ! Et quand la justice conclut à un non-lieu, c'est insupportable, crois-moi ! Moi, je trouvais ça très bien qu'elle ait mis son hashtag, ça lui a permis de sortir enfin le truc, de l'affirmer autour d'elle. Mais pas besoin d'aller s'humilier avec un procès qui servira à rien.

Emma passe une main sur son crâne rasé et hausse les épaules.

— Tu te trompes, Marie. Un procès ça permettra justement de protéger tout le monde. Une fois la justice dans l'équation, chacun doit se tenir à sa place. La justice, c'est une enquête, et c'est pas rien, crois-moi. Et puis, on ne sait pas, si ça se trouve, Niels a d'autres affaires. On verra…

Mathieu redresse la tête. Il est tout rouge, on dirait un taureau prêt à charger.

— Qu'est-ce qu'on se prend encore la tête là ? Diane a retiré son statut. Elle l'a enlevé, c'est bon… Qu'est-ce que vous fouillez la merde ?

J'ai plus le temps de les écouter. Il me faut la caisse. Je me penche vers Mathieu. Mais au moment où je m'apprête à parler, il se tourne vers Emma, menaçant.

— C'est en train de prendre des proportions délirantes là sérieux… Si Diane va en justice c'est encore plus la merde… Tu nous casses sérieusement les couilles Emma.

Yanouv, dans un tic nerveux, replace ses petites lunettes à la John Lennon sur son nez et se tourne vers Mathieu.

— Hey, mais on va continuer combien de temps comme ça à nier le problème. On ne peut pas prendre cette histoire indéfiniment à la légère. Ça fait six ans qu'on ferme notre gueule parce qu'on sait pas, mais peut-être que ce serait bien de commencer à prendre la nana un peu au sérieux, non ? Je sais pas moi, mais depuis sa rupture avec Doud, elle a pas eu un seul mec, c'est chelou, non ?

Je me penche vers Mathieu qui se lève d'un bond en chopant sa bière au passage.

— Elle ment ! C'est fou ça. Mais quelle pouffiasse celle-là ! Ça me rend dingue. Diane est clairement une allumeuse consentante à toutes les saloperies, mais bon si ça vous arrange de perdre la mémoire… Vous savez quoi, si elle prend un avocat, Niels la poursuivra pour diffamation, qu'elle paye pour toute la merde qu'elle lui aura fait subir ! À lui, Chloé, les gosses, et nous tous… Et, crois-moi, elle va prendre cher, c'est moi qui vous le dis. Emma, tu fais une énorme connerie ! Putain, stop la folie, là. Mais stop !

Il pose d'un coup sec sa bière sur la table. De la mousse jaillit du goulot.

— Vous vous rendez compte déjà de la gravité de son post. Même si elle l'a retiré, il continue d'exister sur la Toile. C'est très grave de faire ça. Tu imagines, si les fouille-merde font le rapprochement avec Niels. Déjà qu'ils en sont pas loin… Tu imagines, la carrière de Chloé… Elle va passer pour quoi ? Pour moi, on retourne au temps de la chasse aux sorcières. Avant, une meuf te plaisait pas, parce qu'elle ouvrait un peu trop sa gueule, on disait sorcière ! Et aujourd'hui, qu'est-ce qu'on fait, c'est le tour des mecs ! Allez ! Après les sorcières, les violeurs !

Leïla explose littéralement.

— Espèce de con, c'est évident que la métamorphose de Diane est due à une agression. Tu crois sincèrement qu'elle aurait inventé tout ça. Et pour dire vraiment ce que je pense, moi aussi je déteste certains comportements de Niels.

Mathieu plante ses yeux dans les siens.

— Mais quels comportements ? Tu vas nous dire qu'il t'a violée toi aussi ?

Leïla lui jette un regard menaçant.

— Il m'agresse, oui. Moi aussi, je pourrais foutre un #MeToo. Les gestes déplacés, c'est aussi du harcèlement. C'est normal que Niels sorte sa bite à tout bout de champ ? Qu'il exhibe son sexe devant tout le monde sans prendre soin de ceux que ça emmerde. C'est normal, ça ?

Magali éclate de rire.

— Eh, on se détend là les amis… Ma chouchou, mais c'est de l'humour. C'est de la provo. Enfin, pardon, mais c'est drôle et ça te fait marrer aussi… Ça va, si on peut plus plaisanter, quelle tristesse, pauvre monde !!!… Il a toujours été comme ça, on le sait. Au moins, avec Niels, on se marre.

Marie qui se balance sur sa chaise, ironise.

— Ah ouais, c'est vraiment hilarant !

— Pardon, mais au moins, avec lui, on se fait pas chier. Il joue avec les limites et c'est ça qu'on aime chez lui, non ? Et puis, t'as vu d'où il vient, tu connais un peu son histoire, sa famille de dépressifs… Pardon, mais c'est à se tirer une balle quand tu vas chez eux… Bon ben, ça a été peut-être sa façon à lui de supporter.

Yanouv s'agace.

— Ma famille aussi est particulièrement glauque et c'est pas pour autant que je fais ça. Quand on était ados, c'était drôle mais aujourd'hui on est plus des mômes… et moi, c'est vrai, j'avoue, parfois ça m'emmerde… Son impudeur me met pas toujours très à l'aise…

Jade, avec sa tête d'adolescente prépubère et ses AirPods enfoncés dans les oreilles, se redresse.

— Quand on est ado, on a le droit de faire n'importe quoi alors ? Moi, j'ai douze ans, ça veut dire quoi ? Que j'ai le droit de montrer ma chatte ?

Silence gêné. Magali lui assène une petite tape sur la tête. Yanouv, mal à l'aise, se renfonce dans son fauteuil.

J'ai chaud. Cette hystérie m'épuise. Ce dialogue n'est pas un dialogue, chacun est enfermé dans sa pensée. Dans sa propre idée de la vérité. J'ai envie de calme. J'ai le cerveau en surchauffe. Je pense à Ali. Je me sens pas très bien. Il faut que je trouve un stratagème pour partir le plus vite possible. Je me tourne vers Magali.

— Tu pourrais me prêter ton portable ?

Magali pose une main chaude sur mon genou. Elle semble ne pas m'avoir entendu.

— Bon, moi, je vous rappelle quand même que j'ai eu une histoire avec Niels quand on avait dix-huit piges et j'insiste sur le fait que jamais je n'ai senti le moindre comportement malsain chez lui.

C'est étrange, c'est comme si Magali avait ressenti mon vertige. Ça me rassure de l'entendre dire ça de Niels.

— Il a clairement toujours été super mignon, prévenant. Charmant. Plein d'attentions envers moi.

Mathieu renverse le cendrier et se tourne vers Jade.

— Et merde… Ma puce, tu peux aller chercher la balayette, s'il te plaît ?

Jade se lève et s'exécute. Marie chope un coussin au vol qu'elle balance sur Mathieu.

— T'es pas capable de nettoyer ta connerie ? T'as cru que ta fille, c'était ta bonniche ?

Mathieu lâche un petit rire nerveux.

— Ça y est, maintenant, ça va être le procès de tous les hommes. On est déjà détrônés de partout. Bientôt, on ne saura plus où se foutre.

Jade revient la balayette dans les mains et la tend à son père.

— Allez ma puce. C'est ta condition de fille d'être soumise. Montre à tout le monde comment papa il t'a bien appris à être une bonne femme d'intérieur.

Magali lance un sourire complice à Mathieu et prend la balayette des mains de Jade pour nettoyer. Tout le monde sourit sauf Jade, Leïla, et moi. Tout le monde s'est habitué à l'humour grinçant de Mathieu. Moi, ça ne me fait pas rire ce soir. Ça ne me fait plus rire. Ce qui me faisait rire hier ne me fait plus rire aujourd'hui. En fait, je ne trouve pas très drôle cet humour-là. Je n'aime plus ça. À force de rire, on lui donne l'occasion de continuer, comme avec Niels. À force de rire, je l'ai validé dans sa façon de faire. Je lui ai donné l'occasion de continuer.

Jade avoue timidement qu'une fois Niels lui a maté les fesses, en lui disant que ça devenait intéressant et qu'il avait hâte qu'elle soit majeure. Elle dit que ça l'avait mise super mal à l'aise. Magali, à quatre pattes en train de ramasser les mégots du cendrier, redresse la tête vers sa fille.

— Mais ma chérie, c'est ce que je me tue à t'expliquer. C'était une blague. Tu fais pas la différence quand c'est de l'humour ? Bon, et puis, je te rappelle quand même que Niels est ton parrain, et t'es bien contente quand il te fait des cadeaux. Hein, la semaine dernière quand il t'a donné ses AirPods, ça t'a pas empêchée de les prendre.

Jade, saoulée, se redresse, arrache les écouteurs de ses oreilles et les balance à sa mère.

— Tu sais quoi, j'en veux pas, tu pourras lui rendre. Je peux juste te dire que ma génération à moi sera moins tolérante avec les blagues déplacées et qu'on enfermera tous les sales types chelou. La testostérone, y en a qui gèrent mal. Je vais inventer une machine de castration chimique automatique. Un faux pas et bim, terminé !

Jade traverse le salon et claque la porte de sa chambre. Magali sourit avec condescendance et hurle à sa fille à travers la pièce :

— Oui, oui c'est ça enfermons tous les hommes maintenant. Et surtout les hommes drôles !!!

Je n'ai plus de force. Je suis épuisé. Faut que j'arrive à me barrer de ce traquenard. Je veux juste rejoindre Ali. Me confronter à Niels. Et partir loin. Je chope Mathieu par le bras.

— Tu peux me prêter ta caisse s'il te plaît ?

À mon grand étonnement, Mathieu sort de sa poche les clés de la BM et me les tend.

— C'est grâce à toi si elle a retiré son statut... Bravo mec ! Tu sais pas comme je suis heureux. Prochaine étape : faut la dissuader d'aller en justice...

— Elle est où la caisse ?

— Juste sur le trottoir de droite. C'est bien que tu y ailles. C'est bien que tu voies Niels. Il a besoin de nous. Je te le dis, je l'ai eu au téléphone tout à l'heure. Il était sous le choc. Je lui ai dit que c'était grâce à toi que Diane avait retiré son statut. Ça l'a énormément touché.

Je ne sais pas quoi dire. Pas quoi répondre. Je sais que désormais plus rien ne sera comme avant. J'ai juste envie de prendre mes amis dans mes bras. Envie de tous les serrer très fort, parce que je ne sais pas si cette amitié que nous avons mis des années à construire pourra continuer d'exister. Je ne crois pas. Je ne pense pas. Je voudrais leur dire combien j'ai été heureux avec eux. Grâce à eux. Que j'ai aimé grandir avec eux. Que c'est cette amitié qui m'a aussi redonné la force. J'ai aimé rêver qu'ils étaient mes éternels. Mais j'ai la sensation que tout ça est en train de s'effondrer. Je me tourne vers eux, ils me regardent aussi. Nous restons comme ça sans rien nous dire un moment. Comme un flottement. Je ferme les yeux puis les rouvre. Ils se sont remis à parler. Entre eux. Sans moi. Je mets les clés dans ma poche. Je pars.

26
ALI

— Je suis heureux… Parfois, ça te fait ça toi aussi ?

— Quoi ?

— D'avoir conscience de ton bonheur ?

— Oui, peut-être…

— De réaliser notre chance d'être vivants, libres, en bonne santé… Hein ?

— Oui…

Niels est de nouveau up, mais moi, je n'ai plus le moindre souffle d'énergie. Et puis je ne comprends rien au message d'Édouard. Pourquoi il veut m'acheter une commode tout à coup ? C'est mignon de vouloir me faire de la place mais son message est bizarre. Son taf lui fait perdre son cerveau parfois. J'essaie de le joindre mais il ne répond pas. Comme si son téléphone était coupé.

— Passe-moi la cannelle dans le placard, là-haut.

L'état de cette cuisine est tout simplement impossible. Tout à l'heure, je trouvais ça drôle mais maintenant ça me dégoûte. En plus, Niels rajoute du bordel au bordel. Il cuisine comme un gosse. En quelques minutes, il a déjà mis de la farine partout. Il faudra absolument qu'on nettoie demain avant le retour de Chloé.

— Tu peux régler le four à 180 maintenant.

Je me baisse avec beaucoup de difficulté. J'ai le corps complètement courbaturé. C'était bien la peine de me faire masser. Le trajet en voiture m'a bloqué le dos. Je sens que c'est du sérieux. Il faudra que j'aille voir un ostéo avant mon concours.

— Attention, attention !

Niels jongle avec les œufs. Pourquoi il fait ça ? Je le trouve fatigant et pas drôle. Il m'en lance un. Je le rattrape mais il m'explose dans les mains.

— Bah alors, c'est quoi ces réflexes… tu as vu *Zootopia* ? Le paresseux ? C'était exactement toi là !

Il rit mais moi je n'ai plus du tout envie de rire. Ses changements d'humeur me fatiguent. Je me sens un peu étrange. Vidée. Limite glauque. Comme si cette journée avait été beaucoup trop longue pour moi. Il y a une goutte de sang dans le jaune d'œuf qui dégouline de mes mains. Je repense au regard de ma sœur le jour de mon œil. Je ne sais pas pourquoi je pense à ça là maintenant. Je revois la bouteille d'eau de Javel au-dessus de ma tête. Mon père en train de m'obliger à vomir. Et puis les coups dans ma tête. Et puis la douleur rouge. Et les yeux d'Éyé pleins de terreur.

— Ça va Ali ?

Niels me regarde, inquiet.

— Il s’est passé un truc ?

— Non, non…

— Tu as l’air toute triste tout à coup… Tu es sûre que ça va ?

Quand c’est moi qui lui posais cette question tout à l’heure, il n’en avait rien à foutre de me répondre.

— C’est juste que j’ai besoin de dormir. J’ai pas du tout dormi la nuit dernière alors… Je vais pas tarder à aller me coucher, si ça te dérange pas.

Il met les cookies au four. Il les regarde un long moment à travers la vitre. J’espère ne pas l’avoir contrarié. Il me met mal à l’aise avec son silence putain.

— Je vais quand même goûter les cookies avant si tu veux… pour faire honneur quoi…

Il se retourne vers moi et me regarde longuement. Je ne sais pas comment interpréter ce regard. Niels a des regards indéchiffrables parfois. Impossible de déterminer s’il est en colère, blessé ou simplement déçu. Il se lève et ouvre le frigo.

— Tu as entendu parler des sociétés polyphasiques ?

De quoi il me parle encore ?

— Non… c’est quoi ?

Il pose plusieurs citrons sur la table et s’empare d’un couteau.

— À travers l’histoire, il y a toujours eu des sociétés dites polyphasiques. Contrairement à la nôtre qui est strictement monophasique.

Je ne comprends pas de quoi il parle et je suis trop HS pour faire le moindre effort de compréhension. Je me contente d'acquiescer en attendant qu'il termine son speech. Dans quinze minutes, je mange un cookie et je fonce me pieuter. Putain, vivement. J'arrive à peine à garder les yeux ouverts. Il coupe les citrons en deux et les presse dans un grand verre.

— En fait, à partir du Moyen Âge, notre monde judéo-chrétien a commencé à ne plus vouloir laisser l'individu explorer les différentes possibilités de conscience. On est devenus monophasique parce que la religion voulait qu'on croie en sa théorie du Dieu unique sans possibilités de la remettre en cause. Tu crois en Dieu ?

— Non… enfin pas vraiment.

— Ta mère a grandi en France ou à Yaoundé ?

— En France. Enfin, elle est arrivée quand elle avait trois ans…

Ça me touche qu'il se souvienne que ma mère est originaire du Cameroun. La plupart des gens se contentent de la mettre dans la case Afrique. Même Édouard ne retient jamais qu'elle vient de Yaoundé.

— L'Europe a vraiment mal tourné… après le christianisme, les Lumières sont venues en remettre une couche. Nous sommes entrés dans une exigence de raison pure… et du même coup, nous nous sommes amputés des outils nécessaires à notre santé mentale. C'est pour ça qu'il y a autant de dépressions et de problèmes psychiatriques dans les sociétés occidentales.

Il gratte l'écorce du citron avec une petite râpe. Je m'assieds pour l'écouter. Je repense au psychiatre qui m'a suivie pendant mon enfance. Au bout de quelque temps, il m'avait prescrit des médocs mais mon père ne voulait pas que je les prenne. Ma mère avait décidé de me les donner en cachette et j'ai retrouvé la parole peu de temps après. Niels verse du tonic dans deux petits verres.

— A contrario, les sociétés polyphasiques permettent aux individus un rapport direct avec le sacré et le surnaturel. En fait, la plupart des peuples de notre monde sont restés polyphasiques… en Afrique notamment, en Amérique du Sud aussi beaucoup… Cela se passe généralement au cours de rituels très encadrés, qui permettent aux individus de voyager de l'autre côté du monde et se constituer comme société, de devenir solidaires. Tu as encore de la famille au Cameroun ?

— Oui, mes cousines.

— Tu as déjà assisté à des rituels là-bas ?

— Pas vraiment… mon père est plutôt réticent aux traditions de ma famille maternelle, alors…

— C'est dommage… On parle de polyphasie parce que ces peuples se donnent la possibilité d'explorer différentes phases de leur rapport au monde à travers des états modifiés de conscience. Ils entrent dans des formes de transe plus ou moins intenses qui les révèlent à eux-mêmes.

Certains se découvrent capables de choses extraordinaires après ces expériences. Tu en as entendu parler quand même ?

— Un peu…

— Aujourd'hui, en te voyant toute la journée, je me suis dit que ça pourrait te libérer d'une ombre qui est là… L'ombre sauvage dont tu parles dans ta chanson. Le nœud noir dont tu voudrais te libérer. En fait, je pense que ça te ferait beaucoup de bien d'essayer toi aussi.

— D'essayer quoi ? J'ai pas tout compris…

— Tu connais le méthylène-dioxy-méthylamphétamine ?

— Non…

— En microdose, c'est subtil mais très efficace. Ça ouvre de nouveaux champs de compréhension des choses… il y a aussi un côté vraiment libérateur de notre passé, tout ça… Si tu as envie, je te ferai tester un jour.

Évidemment que ça m'intéresserait de me libérer de mon passé. Mais c'est quoi ce truc dont il parle ? De la drogue sûrement… Édouard est tellement anti-drogues avec moi que je risque pas d'essayer. À chaque fois qu'on a eu l'occasion de prendre des trucs, il était contre. Comme s'il me trouvait trop jeune, ou trop fragile, ou je ne sais pas. Certainement aussi à cause de ce qui est arrivé à sa sœur. Édouard dit souvent qu'il pense que la drogue est en partie responsable de son suicide. Niels mélange le jus de citron avec du tonic.

— Pour que ça marche, l'idéal c'est d'en prendre très peu. Et puis, il y a un petit côté mystique chamanique qui demande d'être vraiment dans une situation très privilégiée.

Niels me tend un verre.

— C'est sans alcool.

— Merci.

Il ajoute de la vodka dans son verre à lui.

— Pourquoi t'as pas dormi la nuit dernière ?

— Je suis sortie en boîte avec des potes…

Petit mensonge de confort… ça passe tout seul en général.

— Pas facile les nuits blanches. Tu aurais dû faire une sieste. Je sais pas comment tu fais pour tenir… Tu dois être épuisée…

Il checke sa montre.

— C'est bientôt prêt ! Dans cinq minutes petits gâteaux et gros dodo !

Il me regarde tendrement. Un regard très doux vraiment.

— Je t'ai préparé la chambre du fond.

— Merci, c'est gentil.

Il s'assied en tailleur sur sa chaise et roule un joint. J'observe la façon délicate qu'il a de plier sa feuille. Derrière ses cheveux, son front reste tendu. Je suis de nouveau curieuse de ce qui a pu le contrarier tout à l'heure. Mais je sais que si je lui pose mal la question, il ne répondra pas. Il faut que je m'y prenne bien.

— Niels… ? Je voudrais te poser une question, mais est-ce que tu peux me promettre d'y répondre ?

— Bien sûr que je te promets mon canard.

— Pourquoi tu étais dans cet état tout à l'heure ?

Niels me fixe avec ses deux billes bleues et fronce les sourcils d'un air étonné.

— Édouard ne t'a pas raconté ?

— Non, quoi ?

— C'est tellement sans intérêt…

— Mais quoi ?

— Une vieille histoire qui nous avait tous pas mal saoulés à l'époque. Et là, l'histoire était en train de ressurgir… Et j'avais vraiment pas envie de gérer ça aujourd'hui. Mais tout va bien, tout a été réglé…

— Quelle histoire ?

— Une vieille meuf relou, fucked up, qui a inventé des conneries sur moi… des trucs vraiment ridicules. Bon enfin… Le harcèlement classique, quoi. Tu sais, en étant avec Chloé, j'attise pas mal de jalousie.

— C'était qui la meuf? Une fan ?

— C'est mignon de t'inquiéter. Mais c'est sans intérêt, vraiment. Et c'est réglé, vraiment.

— Tant mieux.

Je suis contente que Niels ait enfin accepté de me parler un peu. Si Édouard ne m'a rien dit, c'est que l'histoire ne doit pas être d'une grande importance. En tout cas Niels doit être hyper sensible pour s'être mis dans cet état tout à l'heure. Je n'y avais jamais pensé sous cet angle, mais c'est vrai que ça doit être dur parfois d'être le mari d'une star. La vie de Niels semble dédiée à Chloé en fin de compte. Il ne travaille pas. Il peint mais il n'expose pas. Il s'occupe de leurs enfants et de l'intendance de la maison. Il est la personne la plus proche de Chloé forcément. Ça ne m'étonne pas que certains fans s'intéressent à lui de façon tordue. Niels met de la musique. Encore un jazz. Très mélodieux, j'aime beaucoup. Il allume le joint. Fume quelques bouiffes. Me le tend. Je fume aussi. Je me sens apaisée tout d'un coup. Je sens que je vais tellement bien dormir.

27
EDOUARD

Je roule à vive allure. Plus je m'approche et moins j'arrive à garder mon calme. Je crois que j'ai peur. Il me semble que j'ai jamais eu peur comme ça de toute ma vie. Je me demande comment les choses vont se passer. Comment je dois agir avec Niels. Comment il va réagir. Est-ce qu'il faut que je parle à Ali d'abord ? Est-ce qu'il faut que je parle à Niels dès ce soir ? Je sais pas, putain. Est-ce qu'il n'est pas préférable de ne rien dire à Ali et de ne parler à Niels, en privé, que demain matin ? C'est peut-être ça la solution. Il faut que je comprenne. Sa relation avec Diane. Ses lettres. Comment il a osé envoyer ces mots-là. Il le savait que j'étais fou d'elle. Il faut que je sache. Je lui demanderai s'il a forcé Diane. Non, je lui demanderai s'il a violé Diane. Je serai attentif aux moindres signaux. Aux moindres détails. Faut pas que je le lâche, jusqu'à ce qu'il avoue. C'est étrange, il me semble que je la connais déjà, la vérité. Au fond de moi, je le sens, je le sais. Qu'est-ce qu'il en serait de nous, de moi et Diane, si cette trahison, ce viol peut-être, n'avait pas eu lieu. Peut-être qu'on serait toujours ensemble ? Peut-être qu'on serait heureux ? Je réalise que je serais certainement papa. J'ai une espèce de vertige. J'ouvre la fenêtre. Les phares des autres voitures m'éblouissent. Ma vision se dédouble. Je ralentis. Tu me débectes. Je te hais. Putain d'enfoiré. Comment as-tu pu me faire ça. À moi. Ton ami. Maintenant, je comprends mieux pourquoi elle n'a pas voulu de ce bébé. Moi, qui me suis torturé le cerveau pendant des mois à tenter de comprendre. Nous rêvions d'un enfant, elle était enceinte. Mais cet enfant était en fait, peut-être, le tien. Voilà pourquoi elle a pris la décision d'avorter. La sortie pour Sens est annoncée à soixante kilomètres. Ça me paraît si long. M'accrocher au volant. Ne pas le laisser glisser sous mes mains trop moites. J'allume la radio. The Blaze. Le son tape dans ma poitrine. Il cogne chacune de mes cellules. Besoin d'air. Je baisse toutes les vitres. Le vent s'engouffre. Je sens mes cheveux voler dans tous les sens. Des frissons me parcourent. J'enfonce mon pied sur l'accélérateur. Je dépasse les cent cinquante kilomètres-heure. Et Chloé. Il faut que je parle à Chloé aussi. Comment on a pu la laisser dans le noir à ce point. Je me sens tellement lâche. Pourquoi je n'ai pas voulu entendre à l'époque ? Pourquoi j'ai pas voulu croire Diane ? Elle me l'a dit et j'ai pas voulu entendre. Pourquoi j'ai rejeté en bloc cette histoire de viol ? J'avais trop confiance en Niels ? Non, c'est autre chose. Je ne pouvais pas imaginer qu'il puisse à ce point faire le mal. Faire le mal putain. Je pense à Mme Hope. Elle m'aurait certainement dit : « Comment vous l'écrivez, Édouard, faire le *mâle* ? » Cette analogie est flippante. Peut-être aussi que c'était trop insupportable pour moi d'imaginer que Diane avait pu vivre ça. Peut-être que j'ai eu peur aussi ? Peur de me faire lyncher tout comme elle ? Par tout un système. J'avais peur, oui. En même temps tout était très différent il y a six ans. C'était une autre époque. Les réseaux sociaux renforcent la parole, maintenant, en fait. C'est clair. Le fait que ce soit écrit, on le lit. C'est concret, on le voit, on l'entend. Combien de temps encore, j'aurais pu continuer de tolérer l'attitude de ce connard ? Comment j'ai pu être aussi aveugle à des comportements qui me foutent la gerbe ? Le son de la musique fait rejaillir en moi des sensations. Des souvenirs. Je me souviens de conversations que j'ai eues parfois avec Niels. Il m'a pas mal parlé de ses frustrations. De ses fantasmes. Fantasmes parfois tordus. Trop barrés pour moi. Toutes ces fois où j'ai pu ressentir quelque chose de bizarre. Un certain malaise. Quelque chose de difficilement explicable là comme ça. Un désordre. Une confusion. Un truc qui me laissait un goût amer. Je me suis d'ailleurs souvent fait la réflexion que je n'aimais pas sa façon d'être avec Diane. Sa façon de lui parler. Sa façon de la regarder. Mais j'ai refusé de l'imprimer. J'ai rejeté l'idée même de pouvoir imaginer ça de lui. Je crois qu'au fond de moi ça m'arrangeait de fermer les yeux. J'ai ressenti quelque chose de similaire avec Ali. Oui, j'ai ressenti ça aussi. L'été dernier à Bavella. Cet après-midi-là, où il a donné un cours d'escalade à Ali. Je me souviens de mon ressenti quand je les ai vus. Il passait ses mains dans le dos d'Ali avec une espèce de sensualité qui m'a semblé inappropriée. J'ai du mal à respirer. J'aime pas la savoir seule avec lui là maintenant. Il reste cinquante kilomètres. J'aperçois les lumières de la station à essence. Je me souviens de la première fois que j'ai amené Ali avec moi à la campagne. On s'était arrêtés dans cette station. Ali était tellement émue. Elle était bouleversée de rencontrer Chloé. Je la comprends. Certainement qu'à son âge j'aurais été tout autant impressionné. Une espèce de fan transi. Avec la même fébrilité. Ali était tellement stressée à l'idée de rencontrer Chloé qu'elle s'était enfilé deux bières cul sec. Moi, ça me faisait marrer de la voir paniquer comme ça. Je savais que ça allait très bien se passer et qu'à l'instant même où elle allait la voir, Ali la désacraliserait instantanément. Chloé est nature. Elle ne joue tellement pas de sa popularité, elle s'en fout. C'est pas ça qui la fait vibrer. D'ailleurs, elle ne souhaitait pas ça pour sa vie. Elle, ce qu'elle voulait c'était une vie simple. C'est Niels qui l'a poussée. C'est Niels qui voulait qu'elle fasse carrière. Je regarde le compteur. Je roule à cent soixante-dix kilomètres-heure. Je veux me barrer loin de tout ça. Loin de toute cette merde. Je vais prendre juste un billet aller, pour moi et Ali, et retourner dans les pays que j'ai déjà faits, mais cette fois-ci, les yeux ouverts. Je veux tout voir. Que rien ne m'échappe. Ça durera le temps que ça durera. Quelques semaines, ou quelques mois, peu m'importe. Le temps de savoir pourquoi. De comprendre ce qui a déconné chez moi. J'ai envie de découvrir le monde avec Ali. De changer mon rapport au temps avec elle. Il me semble que j'ai perdu le sens de mon existence depuis trop longtemps. Depuis la mort de ma sœur, depuis ma rupture avec Diane. Que mon passé m'a échappé. Je veux me sentir en prise avec ma vie. Je rêve d'être demain. Je sais qu'Ali me suivra. Elle me dit toujours qu'elle rêve de voyages. Je sors de l'autoroute. Je ne suis plus qu'à une vingtaine de kilomètres. Je traverse les petites routes de campagne. Mon cœur s'accélère. Il va falloir que je trouve le courage de dire. Calmement. Froidement et sans attache tout ce que je pense. Ma Ali, je te dirai tout quand on sera dans l'avion. Il sera important pour moi que tu saches qui j'ai été et qui je suis maintenant. Je me souviens de cette première fois où je t'ai vue. Je t'avais choisie pour le clip que je réalisais. T'étais éblouissante. Aujourd'hui, je veux te dire que tu m'as plu dès la première seconde. Tu m'as fait fondre littéralement. Cette cicatrice que tu n'assumais pas, qui est pourtant comme une signature à ta beauté. Ces mains et ces gestes. Ce regard qui donne direct accès à ton âme. Tes réflexions singulières sur le monde. Je sais que tu as vu quelqu'un de bon en moi.

28
ALI

Niels tend sa main. Je pose la mienne dessus. On se regarde intensément. Le temps entre en suspension un moment et soudain c'est parti.

— 5

— 7

— 12

— 26

Niels abat un 25. Merde.

— C'est pas grave on continue. Allez, allez.

C'est fou comme il a la main fine. Une main de fille presque.

— On se concentre mon lapin. On n'a plus qu'une vie, faut pas déconner.

C'est quoi cette tête qu'il fait. On dirait qu'il joue à l'exorciste. Je pince mes lèvres pour ne pas rire.

— Concentre-toi je te dis !

— OK, OK c'est bon.

On respire ensemble. On se connecte. Les yeux dans les yeux. La main sur la main. Voilà, on est connectés. Ma prochaine carte est un 29. Il faut pas que je tarde à la poser. Je la pose. Niels pose un 35.

— 38

— 44

— 45

— 52

Ça y est, on a retrouvé le flow.

— 57

— 58

— 62

Ma prochaine carte est un 89. J'ai donc le temps. Niels me regarde en essayant de lire ce que j'ai en main. Il hésite. J'ai envie de rire encore.

— 91

Merde. Je pose mon 89 dépitée. Niels fait une grimace.

— Mais t'as trop attendu là enfin !

— Bah non c'était normal... entre 62 et 89, il fallait bien attendre un peu quand même.

— Attendre un peu oui, mais pas des siècles !

Niels est vraiment marrant, il joue à The Mind comme si sa vie en dépendait.

— Il te reste combien de cartes ?

— Deux, et toi ?

— Deux aussi.

Niels plante ses yeux bleus psychédéliques dans les miens. Ses pupilles sont méga-dilatées. Je me vois carrément dedans. Il tend sa main à nouveau. Je l'imite. Il pose sa deuxième main sur la mienne qui se retrouve prise en sandwich. Ses mains sont vraiment chaudes. Avec le feu de cheminée juste à côté, j'ai l'impression d'avoir une bouffée de chaleur comme ma grand-mère. Je sens que j'ai les mains moites.

— Concentre-toi…

J'ai les cartes 97 et 99. Effectivement, il va falloir être au taquet. Niels retire ses mains. Il pose immédiatement un 93. On se regarde comme dans un western. Qui dégainera la prochaine carte ? Niels ne bouge pas. J'hésite. Je pose mon 97. Niels pose le 98. Je jette mon 99. Incroyable, on a gagné.

— Youhouuuu !

— On est une équipe de choc toi et moi, je le savais !

Niels attrape un cookie et l'engloutit.

— Oh puchain chkeu ché bon !

Il me tend l'assiette.

— Juste chaud comme il faut. Enjoy !

J'en prends un aussi. Température idéale en effet. Le chocolat est encore tiède et fondant. Après la weed, c'est l'extase. J'ai jamais mangé des cookies aussi indécents. Dégoulinants de beurre et de chocolat, moelleux et à peine cuits au cœur, avec des cacahouètes grillées… Ces cookies sont un scandale absolu, ils devraient carrément être interdits. Niels lève le doigt en l'air et fait les yeux ronds. Qu'est-ce qu'il a encore. C'est quoi cette tête ? J'explose de rire. Ma bouche a propulsé des miettes de cookie en mode arrosoir partout sur le tapis. Impossible de m'arrêter de rire. Je n'ai plus aucune capacité de contrôle. Crise de rigolite aiguë. J'ai l'impression d'avoir un seul et tout petit neurone, branché sur une seule idée : la vie est trop, trop drôle. Comme les miettes sur le tapis. L'existence est saupoudrée d'une constellation de morceaux de cookie, absurdes et irrésistiblement comiques. Niels est dans sa bulle de kif lui aussi, il ne semble pas du tout perturbé par ma crise de rire qui broie mon bide et mes zygomatiques. Il continue ses têtes de pitre. Aucune empathie pour mes abdos. Un vrai clown sadique. Je pourrais m'étouffer de rire jusqu'à en crever qu'il continuerait à faire le con. Il marche les pieds écartés en mode Chaplin vers le placard.

— On va goûter ta merveille !

Il sort la bouteille de rhum que j'avais apportée pour Noël.

— Vous l'avez pas bu encore depuis le temps ?

— J'attendais l'occasion ! Il faut toujours attendre l'occasion idéale. Avant l'heure, c'est pas l'heure et après l'heure c'est…

Niels fronce les sourcils et fait une moue interrogative.

— C'est l'heure pâle ? …

Nouvelle explosion de rire qui sort de moi. Je ne comprends pas le jeu de mots… mais vu que Niels semble ravi de ma réaction, je me dis que c'est pas grave. Ayons l'air débiles, on s'en cogne. Niels me sert une lichette de rhum directement dans le bouchon.

— Avec les cookies ça doit être exceptionnel…

Je ne sais pas pourquoi, je ne me sens plus du tout fatiguée. Je n'arrive même plus à savoir depuis combien de temps je n'ai pas dormi. Plus de trente heures… Quarante peut-être même. Je trouve ça drôle aussi. Tout en moi ne demande qu'à rire encore et encore. Je bois le rhum.

— Tuerie intersidérale !

Niels se sert un bouchon et l'avale aussi sec.

— Ah ouais, powwww! Tu t'es pas foutu de nous avec ce vieux rhum ! D'où il sort ?

— Le petit caviste en bas de chez Édouard…

— Amazing !

J'explose de rire encore. La façon que Niels à de dire « amazing » me semble être la chose la plus improbable au monde.

Je répète après lui.

— Amazing

Il corrige mon accent en prenant un air de professeur d'anglais très distingué.

— A-mazing…

— A-mazing…

— Am-azing…

— Am-azing…

Ça y est, on a plus de cerveau, ni lui ni moi. On est devenus golios tous les deux. Des larmes de rire. Niels reprend un cookie. Moi aussi. La weed nous a mis en bouli' de sucre. On s'enfile tous les gâteaux en un temps record. Et on boit en alternance des petites gorgées de rhum directement au goulot.

J'ai bien fait d'apporter cette bouteille à Noël. Je l'avais achetée une petite blinde pour marquer le coup et faire impression. C'est réussi…

— Tu le sens cet accord ? On a l'impression que ces gâteaux et ce rhum étaient existentiellement faits pour se rencontrer. Exactement comme nous ! Tu sens la vanille et la touche d'ananas ?

— Quel ananas ?

Niels me regarde outré par le fait que je ne sente pas l'ananas.

— Tu sens pas l'ananas ?

— Non…

— C'est toi l'ananas !

J'explose de rire encore une fois. Il agite nonchalamment ses boucles blondes.

— Et moi je suis la grosse gousse de vanille…

Niels a un vrai talent pour sortir des conneries. Il se lève et met un disque. La BO de *Pulp Fiction*. Il prend une pose de danseur ringard et ridicule. J'adore. Il fait un tour sur lui-même et se met à danser. Il enlève sa chemise et me la balance dans la gueule. J'ai envie de le prendre en vidéo. Il se met à quatre pattes et ondule comme un fauve. Avec ses cheveux, on dirait un lion ou un tigre. Il est vraiment sexy le con. Cette pensée me dérange et en même temps c'est la réalité. Niels est le mec le plus sexy que je connaisse. Autant Édouard est beau, autant Niels est sexy.

— Tu nous roules un joint ?

— Why not…

C'est marrant comment l'anglais s'invite à chaque fois que je suis défoncée. L'anglais a une sonorité parfaitement adaptée à ce genre d'état. Distordu et élastique comme la défonce. Je prends les feuilles, l'herbe et le tabac. Je fais le collage consciencieusement. Je lèche la partie collante de la feuille tout en regardant Niels qui continue son petit show. Je me demande s'il a fait de la danse. Il ondule vraiment parfaitement bien. Je sais pas trop pourquoi, je me sens comme James Bond tout d'un coup. Étonnamment sûre de moi. Hyper en place. Ça me fait du bien de me laisser vivre putain. De me lâcher un peu. J'allume le joint et le tends Niels. Il le fume en dansant avec cette intensité qui est la sienne à chaque fois qu'il est heureux. Ses yeux brûlent d'une joie tellement intense que c'est contagieux. Il se penche vers moi et me murmure un truc que j'ai du mal à comprendre.

— T'as dit quoi ?

— Ce soir, ce serait l'idéal…

— De quoi ?

— Le méthylène-dioxy-méthylamphétamine… c'est ce soir que tu devrais essayer…

Je ne sais pas trop quoi dire. C'est vrai que si Édouard était là, ce serait impossible vu qu'il serait contre. Mais moi, est-ce que je me sens d'essayer ou pas ?

— T'en dis quoi ?

— Ça me fait un peu peur en fait… à part l'herbe, j'ai jamais rien pris…

— Microdosé, c'est ultra soft, que du kif… tu te laisses porter… moi je suis là et personne n'en saura rien.

Il continue de danser au-dessus de moi. Il a son sourire fascinant et irrésistible. Ce truc adolescent et sans limite auquel je n'ai jamais eu accès à cause de mon putain de père. Il sort de sa poche deux minuscules balluchons en papier. Il en prend un et le met dans sa bouche. J'hésite à prendre celui qu'il me tend. Mon esprit s'affole un peu. Je le prends ou pas ? Si je le prends, je pars pour l'inconnu… Et si je le prends pas, Niels va me mettre dans la case mauviette, relou, pas fun… Mon cœur s'accélère. Je crois que je préfère passer pour une mauviette.

— Non merci, vraiment je préfère pas…

— C'est toi qui décides, beauté !

Niels range le deuxième balluchon dans sa poche tout en continuant de danser. Il a l'air bien. Il a l'air de kiffer. J'ai chaud. Je suis trop près de la cheminée, en fait. Il faut que je fasse gaffe à mes cheveux. Il manquerait plus que je prenne feu. Niels met le joint à l'envers dans sa bouche et se penche vers moi. Il danse comme John Travolta en approchant puis en éloignant ses lèvres des miennes. Les soufflettes, je sais que c'est vraiment trop fort à mon goût d'habitude mais je me laisse entraîner par sa danse. Je m'approche comme aimantée par sa chorégraphie. Mes lèvres s'emparent du filtre. Je reçois dans ma gorge un énorme nuage de fumée. Étrangement, je ne tousse pas. Niels fait des soufflettes parfaitement calibrées pour ne pas s'étouffer. Enfin quoique j'étouffe un peu quand même. J'ai vraiment trop, trop chaud putain. C'est pas seulement la cheminée. Je fais un malaise ou quoi ? J'enlève mon tee-shirt. Il est trempé de sueur. Heureusement que je n'ai pas pris le balluchon de drogue. L'alcool et le pétard c'est déjà bien assez pour moi. La soufflette m'est montée à la tête direct. J'ai l'impression d'avoir un corps en chamallow. Niels me prend la main et m'aide à me relever. Il est tout contre moi, comme si on dansait un slow. On est pas dans notre état normal. Lui, torse nu, et moi, en soutien-gorge. On est comme dans un film ou dans une autre dimension. Je crois sentir son sexe à travers la toile de lin de son pantalon. Non, ce n'est pas possible. Est-ce que ce moment est vraiment en train de se passer ou est-ce que c'est moi qui tripe ? Non mais il faut qu'on s'arrête. On est clairement en train de partir en live. Niels s'écarte de moi brusquement. Il pose son doigt sur ma bouche et chuchote :

— Rendez-vous sous la lune…

Je le regarde sans comprendre. Il fait une pirouette sur lui-même, chope la bouteille de rhum au passage et s'échappe vers le jardin. Qu'est-ce qu'il fout ? On dirait qu'il court vers la forêt. Qu'est-ce que je fais ? J'y vais ou pas. Ma tête s'emmêle. Le réel, Ali. Je sais plus trop où est le réel tout d'un coup. Je crois que je cours moi aussi. Oui, voilà que je cours comme malgré moi. La pelouse du jardin défile à toute allure sous mes pieds. Je suis ivre et je cours derrière Niels dans la nuit qui vient.

29
EDOUARD

Je sonne. Je ne comprends pas. Personne ne répond. La porte est beaucoup trop haute pour que je l'escalade. Chloé est très attachée à ce qu'aucun paparazzi ne puisse photographier sa vie privée. Et encore moins sa maison. Putain, ils n'ont pas lésiné sur la hauteur du nouveau portail. Impossible d'entrevoir l'intérieur du jardin. Je sonne encore. Je crie le prénom d'Ali à plusieurs reprises. Je traverse la rue pour tenter de voir s'il y a de la lumière dans la maison. Les murs sont trop hauts. Je ne vois même pas le toit. Je grimpe sur le petit muret de la maison voisine. Sur la pointe des pieds, je parviens à entrevoir la chambre de Niels et Chloé. Il y a de la lumière.

— ALI !! ALI !!!

J'espère la voir apparaître. Rien.

— ALI !!!!

Je crie de toutes mes forces. Pourquoi personne ne répond ? À moins qu'ils ne soient à l'arrière de la maison, sur la terrasse, dans ce cas, il se pourrait qu'ils ne m'entendent pas. J'examine la hauteur du mur. À vue d'œil comme ça, je dirais qu'il fait au moins trois ou quatre mètres de haut, peut-être même plus. C'est dangereux, mais c'est faisable. Ça doit être possible de l'escalader grâce aux larges pierres posées les unes sur les autres. Je dois pouvoir coincer mes pieds entre elles. Il va falloir être vigilant. C'est la nuit et je vois vraiment que dalle. Seuls mes phares éclairent la rue. Je remonte dans la caisse et la gare au plus près du mur. Ça me permettra de gagner un peu de hauteur. Je pose un premier pied sur le pare-chocs puis un deuxième sur le capot, me voilà debout sur le toit de la voiture. J'ai gagné un bon mètre. Je m'agrippe à la première pierre. Putain, c'est haut quand même. Je crie le prénom d'Ali tellement fort que cette fois il résonne dans la nuit. Rien. Pas de réponse. Le silence de la campagne. Rien. Qu'est-ce qu'ils foutent ? Fait chier. Pas le choix. Je vais devoir escalader ce mur. Je lève la tête et étudie attentivement les interstices. Je place précautionneusement mes deux mains sur une première pierre et je me hisse. Sans trop de difficulté. Je me concentre sur chacun de mes mouvements. Ça va, en fait, ça va. Je continue mon ascension. Je suis à un mètre au-dessus de la voiture. Il me reste la moitié du chemin à faire. C'est quoi ce bruit ? On dirait une bagnole. Je me fige. Tout mon corps se crispe contre la roche. Je me fonds littéralement dans la pierre. Le bruit du moteur se rapproche. Il est juste là, à quelques mètres. Soudain, les phares de la voiture éclairent la rue tout entière. Puis mon visage. Je ne bouge plus. Je prie pour ne pas être vu dans cette situation. Je risquerais de me retrouver chez les flics. En garde à vue pour violation de domicile. La voiture passe. J'entends le ronron du moteur s'éloigner puis disparaître au loin. Je sens des gouttelettes de sueur perler dans mon dos. J'ai chaud. Mes yeux me piquent. Mes mains me font mal. Mes pieds aussi d'ailleurs. Courage. Je vais me le faire, ce mur. Je suis capable d'être courageux. Les épreuves, les murs de la vie, on n'est pas obligé de se les prendre dans la gueule. On peut les escalader. Je peux tout faire. Je peux tout combattre. Je me promets d'ouvrir ma gueule quand il faudra l'ouvrir. Ne plus jamais laisser faire ceux qui se foutent de tout détruire sur leur passage. J'ai l'impression de me réveiller pour la première fois. Je regarde au-dessus de ma tête, plus que deux mètres. Je reprends mon ascension avec la même concentration. J'utilise mes dernières forces, j'étire tous mes muscles pour me hisser sur la dernière pierre qui domine le gigantesque domaine de Niels et Chloé. Je m'assieds sur le rebord. J'y suis. Je reprends mon souffle. Tout mon corps tremble d'épuisement. Je regarde en bas. C'est vertigineux. Je suis impressionné d'avoir grimpé tout ça. Je me tourne vers la maison. Le couloir, le salon et la cuisine sont éclairés. La lumière de la maison me permet d'avoir une vue sur chaque recoin du jardin. La piscine est vide. Les transats sont vides. Personne dans le potager. Je regarde sous mes pieds. C'est haut. Comment descendre ce mur. Le monter oui, mais le descendre. Je réfléchis : sauter ? Si je saute, il y a toutes les chances que je me casse quelque chose. La chute pourrait même être fatale. Faut que je fasse super gaffe. Je frotte mes deux mains l'une contre l'autre pour me motiver. J'entame la descente. Je coince mon pied dans une fissure de la pierre, mais il dérape. Tout mon corps est projeté dans le vide. Au passage, mon bras ripe contre la roche coupante. Je pousse un hurlement. Une douleur atroce me bloque la respiration. Je suis étalé au sol. Je ne sais pas encore si je peux bouger. Je tente de redresser ma tête. Ça me semble impossible. Je suis comme paralysé. Ma tête se met à tourner vite. De plus en plus vite. Je voudrais appeler au secours mais aucun son ne sort. Je ne respire plus. Un brouillard dans ma tête. Je sens que je vais perdre connaissance.

30
ALI

Une légère brume virevolte autour de moi. L'air de la cascade devrait me rafraîchir mais mon corps s'obstine à rester chaud. Le rhum semble avoir remplacé le sang dans mes veines. J'ai l'impression de sentir le trajet de l'alcool qui circule de mon cœur jusqu'au bout de mes mains et de mes pieds. On dirait qu'il brûle tout sur son passage. Je ne sais pas si je trouve ça agréable ou douloureux. Les deux peut-être ? … Qu'est-ce que c'est ? J'ai entendu un bruit là-bas…

— Il y a quelqu'un ?

Il fait trop sombre, je ne vois rien. Qu'est-ce que ça pouvait être ? Un loup ? … Un sanglier ? C'est flippant cette forêt la nuit. Quelle connerie d'être partie sans mon tee-shirt. Les arbres secouent leur crinière. Le bruit des feuilles se mélange au fracas de l'eau dans la cascade. C'est assourdissant. Je ne me sens pas du tout rassurée. Où est Niels ? J'espère qu'il va refaire surface bientôt. Qu'est-ce qu'il fout ? Quelle idée de se baigner en ayant pris de la drogue…

— Niels ?

L'écume m'empêche de voir où il est. J'espère qu'il s'est pas noyé.

— Niels, t'es où ? … Niels ?

Il apparaît enfin. Son torse brille sous la lune. Il m'éclabousse en riant.

— Garde ça, Té !

Il me montre le ciel du doigt.

— Deux toiles lentes à vue ?

Le boucan infernal qui nous entoure recouvre ce qu'il dit…

— De quoi ?

Il s'approche et le vent se calme. Les arbres s'apaisent. Seule la cascade continue son concert sensuel et liquide.

— Les deux étoiles filantes, tu les as vues ?

— Non… Où ça ?

Je lève la tête. C'est un vertige toutes ces étoiles. J'ai l'impression d'être aspirée dans le cosmos. Comme si mon corps restait là et que mon esprit était projeté dans la Voie lactée. Niels sort de l'eau et se laisse tomber sur le rocher à côté de moi.

— Chloé et moi on passe des heures ici la nuit. C'est la bonne période en ce moment.

J'aimerais trop voir une étoile filante moi aussi. Niels me prend la bouteille de rhum des mains. Il est nu mais couvert de milliers de lumières : une constellation de gouttes d'eau le recouvre du reflet de la galaxie. Ses genoux sont repliés contre son ventre et cachent son sexe. Je suis contente qu'il conserve une certaine pudeur pour une fois. Je réalise que je suis en soutif. Je cache ma poitrine avec mes bras. Je repense à son sexe contre moi tout à l'heure. Ça me semble tellement irréel… Est-ce que j'ai rêvé ? Niels ne semble pas du tout gêné. Il paraît normal. Tant mieux. Ce bruit encore ? Je l'ai entendu plus près cette fois-ci je crois.

— Niels, tu as entendu ?

— Non quoi ?

— Je crois qu'il y a un truc par là-bas… il y a des bêtes ici ?

— Non… tout est grillagé. La seule présence à redouter ce serait celle d'un écureuil… ou d'un psychopathe…

Je blêmis. Niels éclate de rire.

— Je plaisante chaton ! Toute la zone est protégée, cette forêt est plus sûre que beaucoup d'endroits, vraiment, t'inquiète.

Je ne peux pas m'empêcher de penser qu'un grillage ne pourrait rien contre une fan psychopathe déterminée à approcher Niels ou Chloé. Je scrute attentivement le noir opaque de la forêt tandis que Niels admire le ciel.

— Là-bas, c'est Uranus. C'est ma planète préférée. Elle est à plus de 300 années-lumière. Tu imagines la puissance de la lumière pour traverser tout ça ? Uranus, c'est une planète géante de glace. Là-bas, il fait un truc comme - 224 degrés. Ça va t'as pas froid ?

— Non, non, ça va…

— On a de la chance, il fait bon ce soir…

Pourquoi il me regarde comme ça… Je sens que ce moment n'est pas tout à fait normal. Peut-être que notre danse l'a perturbé. Quelle conne de m'être collée à lui en soutif. J'ai honte. Je cherche un truc à dire. Il faut que j'attaque le problème frontalement. Mettre les pieds dans le plat, c'est encore le meilleur moyen pour désamorcer un truc pas clair.

— Je te demande pardon pour tout à l'heure… je sais pas ce qui nous a pris de nous coller comme ça mais c'était…

— C'est moi qui te demande pardon.

Niels s'ébouriffe énergiquement les cheveux puis il les plaque en arrière.

— Tu es tellement mûre parfois…

Il reprend la bouteille de rhum et boit une nouvelle gorgée au goulot.

— J'oublie que tu n'as que vingt-deux ans.

Je ne vois pas du tout le rapport…

— Qu'est-ce que ça change l'âge ?

— Ça change tout.

Il me tend la bouteille de rhum. Je décline. Il remet le bouchon l'air pensif.

— Au bout de quelques années de couple… on se rend compte que le désir c'est précieux et fragile. Et surtout que ça n'a rien à voir avec l'amour…

Je ne comprends pas le fil de sa pensée… Pourquoi il parle de désir ? Il se penche sur moi, passe un bras par-dessus mes cuisses et attrape son pantalon. Dans son geste, il décroise légèrement les jambes et j'aperçois son sexe un court instant. Je détourne le regard. Il sort son paquet de tabac de sa poche et commence à rouler un joint.

— Chloé et moi, ça fait douze ans qu'on est ensemble. Et il nous arrive de nous autoriser quelques écarts. C'est pour ça que notre couple fonctionne aussi bien. Mais bon, tu es trop jeune pour assumer ce genre de liberté, c'est normal.

Je suis stupéfaite de cette révélation. Chloé et Niels s'autorisent des aventures ? Je ne suis pas sûre qu'Édouard soit au courant. Pourquoi Niels me raconte ça ? Ses confidences me mettent un peu mal à l'aise.

— Remarque ça n'a pas forcément grand-chose à voir avec l'âge, tu as raison. C'est plutôt une affaire d'état d'esprit. Plein de gens restent bloqués toute leur vie dans l'idée moyenâgeuse de l'exclusivité.

Moyenâgeuse, carrément. Ce que Niels appelle exclusivité, moi j'appelle ça fidélité. Édouard et moi, on est fidèles l'un à l'autre. Fidèles et fiers de l'être. Cette conversation me gêne, je cherche un autre sujet à aborder mais rien ne me vient. Niels allume le joint.

— La possessivité, c'est vraiment le truc le moins sexy du monde je trouve. Une chosification de l'autre qui au nom de l'amour devrait nous appartenir… Je ne comprends pas ce concept…

— Mais pas du tout, on peut être fidèle sans être possessif…

— Tu crois ça, sérieusement ?

— Bah oui…

Niels me tend le joint mais je ne le prends pas. Je préfère m'arrêter là niveau substances. Aucune envie de me retrouver à nouveau en état potentiel de dérapage. Surtout avec cette conversation. Niels soupire.

— Si la fidélité n'a rien à voir avec la possessivité, elle n'a strictement rien à voir non plus avec l'exclusivité. Tu es d'accord ?

— Euh… je sais pas…

— Être fidèle à ma passion pour la peinture, ça ne m'empêche pas d'être fidèle à mon amour pour la musique par exemple. Non ?

— Oui, sûrement.

— On peut donc avoir des élans multiples et pourquoi pas des fidélités plurielles.

Niels me laisse sans voix. Je n'avais jamais pensé à tout ça. Pour moi, la preuve de l'amour c'est l'exclusivité, mais je suis incapable de m'expliquer clairement pourquoi.

— Et puis, quand on aime vraiment quelqu'un, on veut juste qu'il soit libre. Avoir l'honneur de l'accompagner vers sa propre liberté… Au mieux, s'accompagner réciproquement vers nos libertés respectives… De toute façon, c'est le seul moyen que je connaisse pour que le désir dure toute la vie.

Je repense au fait que mes parents ne font plus l'amour depuis des siècles. Je le sais parce que j'ai entendu ma mère se confier à ma tante un jour. Elle disait que depuis ma naissance mon père ne la désirait plus. Et elle, elle attendait que ça revienne. Mon père est tellement jaloux que je ne pense pas qu'elle se soit jamais autorisé quoi que ce soit ailleurs. Ça veut dire que depuis ma naissance, ma mère n'a quasi plus de vie sexuelle. C'est vrai que dans ce genre de cas, la fidélité en mode exclusif c'est absurde. Niels s'allonge sur le ventre et continue de fumer le joint. Son profil est parfaitement dessiné. Son nez bien droit. Ses lèvres sont fines et lisses. Pourquoi je le regarde comme ça ?

— Ça se passe bien entre Édouard et toi ?

— Oui... On est très bien ensemble, vraiment...

Niels explose de rire. Ses fesses font de petits soubresauts qui font trembler les étoiles juste à côté de moi.

— Quoi ? Tu me crois pas ?

— Si, si, rien à voir !

— Mais qu'est-ce qui te fait rire alors ?

— Je repense à Chloé quand on a visité cette maison. Elle n'a rien regardé à l'intérieur, ni le rez-de-chaussée, ni le premier étage, rien ! Elle a directement traversé le jardin, elle est arrivée jusqu'ici... et quand elle a vu cette cascade, elle a dit : "On la prend." Elle a eu un véritable coup de foudre pour cette cascade. Il y a ici une énergie incroyable, tu trouves pas ?

— Si, si...

Les fesses de Niels ont quelque chose d'androgyne en fait. Viriles et féminines. Je pense qu'elles doivent être moelleuses et fermes en même temps. Comme mes fesses à moi peut-être bien.

— Tu as eu combien d'histoires avant Édouard ?

— Deux histoires… pourquoi ?

— Deux histoires, c'est pas mal !

— Tu te fous de moi ?

— Je veux dire que tu as quand même un peu d'expérience…

Il se rassoit. Je pense que sa cuisse cache son sexe mais je n'en suis pas certaine alors je regarde ailleurs. J'ai l'impression qu'il ne faut pas que je revoie son sexe. Je l'ai déjà vu des dizaines de fois, mais là maintenant, je me sens angoissée à l'idée de le revoir, je sais pas trop pourquoi. Il écrase son joint.

— Quand j'ai rencontré Chloé, je n'avais aucune expérience de l'amour vu qu'elle a été ma première histoire sérieuse… On s'était juré fidélité et tout le baratin habituel… Et on y croyait, sincèrement, mais au fil des années… le réel nous a rattrapés et on a été obligés d'admettre que notre désir s'était complètement évaporé… Alors j'ai commencé à m'intéresser au tantrisme, pour essayer d'apporter un peu de piment dans notre histoire quoi… Tu connais le tantrisme ?

— Je connais juste le mot…

— C'est extraordinaire ! Ultra puissant… même pas besoin de contact… Bref, on a tenté plein de choses ensemble, Chloé et moi…

Niels s'allonge sur le côté face à moi et croise ses jambes. Je pense à son sexe encore. Pourquoi je pense à son sexe comme ça ? Peut-être que je le sens trop proche de moi.

— On a même invité quelques filles dans notre lit… Chloé aime bien les filles parfois… Bref, on s'est vraiment ouverts à toutes sortes d'expériences, et figure-toi que non seulement notre désir s'est rallumé, mais en plus, il s'est démultiplié…

Mon cerveau va exploser. Qu'est-ce qu'il raconte. Chloé sort parfois avec des filles ? Je ne sais pas ce que j'ai mais je me sens comme affreusement jalouse tout à coup. J'aurais aimé que Chloé soit fidèle à Niels, qu'elle reste comme un fantasme inatteignable… Je me sens idiote, naïve et complètement conne. Niels jette des cailloux dans la cascade.

— Pardon de te saouler avec mes histoires, chaton… mais bon, tout ça pour dire que… je pense pas que Chloé serait arrivée là où elle est si j'avais voulu la garder rien que pour moi… Et puis c'est tellement mystérieux le désir… Enfin bon, le plus important dans un couple, c'est d'être raccord. Non ?

— Oui peut-être…

Je me dis qu'Édouard et moi, on a limite un petit côté vieux jeu en fin de compte. On fait toujours tout comme il faut. Pas trop de clopes. Pas trop d'alcool. Jamais de drogue. Bien manger. Ne pas faire de bruit pour ne pas déranger les voisins. On est exactement comme mes parents voulaient que je sois au final. Bien sages. Bien lisses. Bien inhibés de la life, en fait. Et même la danse. Ce que je m'impose tout le temps comme discipline.

Peut-être que je suis étriquée dans ma tête. Peut-être qu'Édouard et moi on est étriqués tous les deux. Des froussards de la vie. Toujours gentils et dans les clous. Je veux pas être gentille. Ça m'a coûté un œil d'être gentille. Je commence à me demander si finalement il ne faudrait pas faire tout l'inverse de ce qu'on fait. Qu'on ose être libres. Qu'on s'autorise à être libres. C'est peut-être ça le chemin pour s'accomplir en tant qu'artiste. Être libre. Niels a étendu ses jambes et son sexe se montre vraiment tout à coup. Niels a toujours le nez vers les étoiles. Et moi, je ne peux pas m'empêcher de regarder son sexe. Il est là à quelques centimètres de moi. Il est au repos. Tranquille. Avec la lune, il me semble presque fluorescent. Il a l'air très doux. Il semble frémir un peu. Peut-être même qu'il s'étire. Comme un gros ver de terre qui serait prêt à s'épanouir.

— Celle-là, tu l'as vue cette fois ?

— Quoi ?

— L'étoile là-bas ? Et celle-ci !

— Oui… un petit peu sur la fin.

— Fais un vœu alors.

Je ne sais pas trop quel vœu faire. Chanter mes chansons ? Réussir mon concours ? Qu'Édouard et moi on se désire toute notre vie ? Vivre quelque chose avec Chloé ? Avec Niels ? Je sais plus ce que je veux. Mon cerveau s'embrouille. J'ai l'impression que s'il se passait quelque chose entre Niels et moi, ce serait un peu comme s'il se passait quelque chose entre Chloé et moi. Mais si Édouard l'apprenait ? Non, ce n'est pas possible. Édouard est trop jaloux. Mais de quel droit est-il jaloux ? Pourquoi mon désir devrait-il lui appartenir ? Est-ce que moi je serais jalouse s'il avait du désir ailleurs ? Est-ce que ça me ferait souffrir s'il avait des aventures ? Certainement oui. Mais peut-être aussi que ça m'exciterait.

— Ça va mon chat ?

— Oui…

— Tu es sûre ?

— Oui, oui…

Niels s'étire en se caressant le torse.

— Moi, je me sens tellement bien, si tu savais…

Son sexe se redresse un peu ou je rêve ? Non, je rêve. J'ai des hallu à cause de la pénombre. J'ai par moments l'impression que son pénis devient énorme. Qu'il ondule et palpite comme s'il m'envoyait des signaux top secret. Mon cœur s'accélère. Je sens mon sexe à moi qui se tend comme un élastique. Je pourrais m'autoriser à vivre ce qui s'offre. Je pourrais sortir du fantasme et me saisir du réel là maintenant… M'autoriser le paradis comme dans ma chanson. Être libre. Être libre. Est-ce que je pourrais tenter un geste vers Niels ? Non, impossible. Je tremble de désir mais je suis incapable de bouger. Je me sens indéfectiblement accrochée au fantasme. Impossible de franchir la barrière du réel. Niels enfile son pantalon. Tant mieux. Je me sens soulagée mais je sens aussi comme un regret dans ma poitrine. Niels sort de sa poche le deuxième mini-balluchon de drogue.

— Tu le veux ou bien tu me le laisses ?

J'hésite à le prendre. Peut-être que si je le prenais… ça me libérerait comme Niels le disait tout à l'heure… ? Peut-être que j'oserais vivre davantage ? Que je serais moins inhibée ? Que je comprendrais davantage ce que je cherche à dire dans ma chanson ? Je glisse ma main vers la main de Niels… Je tremble un peu. Je vais pour m'emparer de la drogue mais Niels referme sa main sur le balluchon.

— Non mais oublie ça mon poussin, tu n'es pas prête.

— Quoi ? Mais pourquoi ?

Niels se lève et s'éloigne. Où va-t-il ? Je le regarde s'enfoncer dans la forêt. La seule chose que j'arrive à me dire c'est que j'ai envie de grandir. Envie de me libérer de mon passé. De mes traumas. De mes croyances. Des schémas à la con que mes parents m'ont inculqués. J'ai envie d'être libre. Libre d'être complètement moi-même… Je lui cours après.

— Niels !

Je le rattrape. Il se retourne vers moi et me regarde l'air attentif.

— Je sens que je suis curieuse. Que ça pourrait m'aider. Je le sens maintenant.

— Tu es sûre ?

— Sûre !

Niels hésite un instant puis ouvre sa main. Il approche le petit balluchon en papier de mes lèvres. J'ouvre ma bouche. Il le pose sur ma langue. Le goût est très acide, je grimace un peu. Niels me tend la bouteille de rhum pour que je puisse l'avaler.

— Bienvenue de l'autre côté du monde !

31
EDOUARD

Une grande lune au-dessus de moi. Tout mon corps me fait mal. Même respirer me fait mal. Combien de temps je suis resté comme ça inanimé. Je tente de bouger mes jambes. J'arrive à les plier, les déplier. Je touche chaque partie de mon corps. Il me semble que tout est là. Que tout fonctionne. Rien n'est cassé. J'ai mal, mais rien n'est cassé. Je me redresse. Beaucoup de sang coule de ma manche. Une grosse entaille s'étend le long de mon bras droit. Je presse ma main sur la plaie mais c'est trop profond, ça ne l'empêche pas de saigner. Il me faudra des points de suture. Je me lève. Je tiens difficilement sur mes jambes mais j'arrive quand même à marcher. J'avance en boitant vers la maison. Je tourne la poignée de la porte d'entrée, c'est ouvert. J'entre.

— ALI !!! NIELS ???

Pas de réponse. La maison est silencieuse. Je traverse le grand couloir, direction la cuisine. J'ouvre le robinet et je passe mon bras sous l'eau.

Du sang coule dans l'évier. Je prends un torchon posé sur le plan de travail et me fais une espèce de bandage en guise de garrot. Quelque chose craque sous mes pieds. Je baisse la tête. Un M&M's est écrasé sous ma pompe. Des bonbons et de la nourriture jonchent le sol. Une chaise est renversée. C'est quoi ce bordel. Comme s'il y avait eu une bagarre. Qu'est-ce qui s'est passé dans cette cuisine ? Sur la table, le portable de Niels. Je le prends. Une porte claque violemment à l'étage. Je sursaute.

— Il y a quelqu'un ? ALIIIII !!!

Je sors de la cuisine et me dirige vers le grand escalier de verre qui mène à l'étage. Je monte les marches avec prudence, attentif au moindre bruit. Personne dans les chambres des enfants. J'ouvre la chambre de Niels et Chloé. Personne ici non plus. Les fenêtres sont grandes ouvertes. Une bourrasque a certainement fait claquer la porte. Des vêtements sont abandonnés sur le sol. Un caleçon et la robe de chambre de Chloé. Le lit est défait. Putain, j'aime pas ça du tout.

— ALIIII !!! ALIIIII !!!

Mais où ils sont bordel ? Je glisse mon doigt sur l'écran de l'iPhone de Niels. Je veux lire ses messages. Peut-être que ça va me permettre de comprendre ce qui se passe. Merde, c'est quoi son code ? Sa date de naissance ? Non, ce n'est pas ça. Un, deux, trois, quatre… Non… Quatre fois zéro ? Génie. Ça marche. Message de Mathieu : « Mec, t'inquiète pas. On est là. On sera toujours là. Si on doit prendre un avocat nous aussi, on prendra le meilleur. Tout le monde est de ton côté. Je t'aime mon couz.» Je parcours vite fait quelques autres messages, mais rien qui pourrait m'aider sur l'absence d'Ali et Niels. Chloé a laissé plusieurs textos : «Babe, réponds-moi. C'est peut-être de ma faute. Mais je n'ai pas aimé la façon dont tu m'as parlé…»

Je comprends que la relation entre Niels et Chloé est tendue en ce moment. Pourtant, il m'a toujours semblé que c'est un couple qui ne connaît pas les engueulades. Ils donnent toujours l'illusion d'un amour paisible et serein. Je pense qu'en quinze ans je ne les ai jamais vus se prendre la tête. Pourtant, les messages révèlent autre chose. Je lis leurs échanges rapidement.

«Je n'ai pas de places quand je suis avec toi. Je me sens invisible. Je ne supporte plus d'être le mari de… peux-tu le comprendre?» Ce à quoi Chloé répond : «Pardon, c'était un dîner de travail et c'était extrêmement difficile pour moi de faire autrement. Pardonne-moi.» Niels répond : «Combien de temps encore. Combien de fois encore. Combien de concerts encore. Combien de dîners encore, je vais devoir supporter. Je me sens si souvent hors du game dans ton métier de merde.» Chloé répond : «Arrête babe, tout le monde t'aime. Tout le monde te le dit toujours. Tu existes.» Niels : «J'aimerais que tu prennes en compte mes besoins parfois. Que tu prennes en compte mon envie aussi d'exister.» Chloé : «Tu as raison mon cœur. Je vais tout faire pour annuler quelques-unes de mes dates de promotion pour être avec toi, en famille, mon amour. » Ce à quoi Niels répond : « Bonne soirée. » J'ignorais qu'ils se prenaient la tête sur ces choses-là. Dans les contacts de Niels, je m'arrête sur le prénom d'Ali. Je l'appelle. J'entends son portable sonner dans la maison. Putain, ils sont où bordel de merde ? Pourquoi elle n'a pas son portable sur elle ?

— ALIII ! Putain ALIII !!!!!

Je descends l'escalier quatre à quatre. Je me laisse guider par le son de la sonnerie. J'entre dans le salon. Personne. Juste une odeur de feu de bois. Des braises encore chaudes crépitent dans la cheminée. Le portable d'Ali est dans un coin de la pièce en train de charger. Je le prends. Je comprends pas ce que son téléphone fout là. Pourquoi elle ne l'a pas sur elle. Je regarde attentivement le salon. Cet endroit où nous avons vécu tant de soirées, de tchatches interminables, de fêtes, de danses, de jeux, de rigolades… Tant de souvenirs. J'aperçois le tee-shirt d'Ali en boule sur le canapé. J'ai un coup au cœur. Qu'est-ce que son tee-shirt fait là ? Balancé sur le canapé. J'ai une pensée morbide qui me traverse l'esprit. Putain, je le hais. Putain, Niels, je vais te défoncer la gueule. Si tu as touché un cheveu d'Ali, je vais te massacrer. Je prends le tissu et le respire. Je reconnais instantanément son parfum. J'ai envie de chialer.

— Ali. Ali. Putain, Ali t'es où ? Ali !

Pas un bruit, rien. Et si Niels était vraiment ce taré dont Diane parle. Si Niels était un grand malade pervers comme le pense Leïla. Et Niels avait effrayé Ali qui se serait enfuie dans la forêt. Je la connais Ali, elle n'est pas du genre à se laisser faire. Je veux m'accrocher à cette pensée. Je regarde par la grande baie vitrée du salon qui donne sur toute la campagne. Il fait nuit noire. On voit que dalle. Il me semble que j'ai d'énormes coquards tellement je peine à ouvrir les yeux. Je rêve de les apercevoir dans l'arrière-jardin. Mais je ne vois rien, à part les arbres qui bougent au rythme du vent. Pourvu qu'Ali ne soit pas en danger. Je m'en veux tellement. Comment j'ai pu lui donner cette confiance aveugle à cette pourriture. Comment j'ai pu le laisser me poser des questions si délicates sur mon intimité avec Diane, avec Ali. Mais quel con. Comment j'ai pu être aussi con. Il sait tout. Il sait tout de moi. Tout d'Ali. Tout ce qui la touche. Tout ce qu'elle aime. Tout ce qui l'excite. Comment j'ai pu accepter de lui donner tous les plus intimes détails. Il me semble entendre une voix au loin. Comme un cri. Ou un rire. Un rire peut-être. Ou un cri de peur. Un cri de peur, c'est ça. Et puis, encore un cri. C'est la voix d'Ali. Je reconnais Ali. Je me fige comme pour mettre en alerte tous mes sens. D'où provient ce cri. Devant ? Derrière ? De la forêt ? Du jardin ? De la cave ? Et puis, un autre cri. Plus aucun doute, c'est Ali. Et elle est en danger. Je regarde par la fenêtre, il me semble que le cri vient de la forêt. Je m'apprête à crier moi aussi pour lui signaler ma présence, mais je retiens mon élan. Il vaut peut-être mieux que j'avance masqué. Les cris persistent. Je tourne sur moi-même comme désemparé. Quoi faire. Je cours dans la cuisine, prends un couteau au vol et je m'élance dans le jardin. Tout mon corps est endolori par mes bleus. Chaque pas est une souffrance. Chaque pas m'arrache un gémissement. Je serre le couteau dans ma main comme pour me rassurer. Me sentir moins seul peut-être. Je m'enfonce dans la forêt en direction des cris. Puis soudain, le silence. Juste le son du vent dans les arbres. Je ralentis ma course. Des feuilles craquent sous mes pas. Je m'arrête. Je n'entends plus que mon souffle qui résonne très fort. Je me planque derrière un arbre et observe les alentours dans l'espoir de voir Ali.

32
ALI

Je cours dans la lumière stroboscopique de la forêt sans trop savoir où on va. Je saute au ralenti par-dessus les fougères et les ronces, comme si mon instinct avait pris les commandes et qu'il savait exactement comment courir dans cette nature sauvage. À quelques mètres devant moi, les fesses de Niels bondissent et captent d'étranges rayons de lune. Elles semblent couvertes de la merveilleuse fourrure de la peau de lama. Je m'imagine tigresse, lionne, panthère en train de traquer sa proie. Je suis high. Mon cœur bat de plus en plus fort, je l'entends résonner dans ma poitrine comme un tambour. *Boum*, *boum*, *boum*, *boum*. J'ai l'impression que je pourrais continuer de courir comme ça pendant des heures. Traverser des continents. Traverser le temps. Je me sens pousser des ailes immenses. Je pourrais voler peut-être ? Je me sens prête à tout vivre soudain. À tout faire. Je peux tout faire. Niels tourne autour d'un arbre. Il se cache. Apparaît à nouveau. Je m'approche mais il m'échappe. C'est comme si mon cerveau n'imprimait qu'une image sur deux ou trois. C'est pas facile d'être vif quand on est au ralenti. Niels rit. Je ris aussi. On se laisse tomber au sol dans un roulé-boulé qui semble durer une fraction d'éternité. Je sens un truc étrange au niveau de mon crâne. J'ai l'impression que ma tête s'est transformée en arrosoir. Comme si je devenais punk mais avec des jets d'eau qui sortiraient de ma crête. Peut-être que la drogue me fait perdre un peu la tête ? Niels me mordille les mollets. Ça me chatouille. Mon rire est complètement déformé dans les graves comme un disque en plein scratch. Je roule sur moi-même et tente de mordre Niels à mon tour mais il m'échappe encore. Je repense à ce matin. Il me semble que lorsque je suis arrivée à la gare, Niels m'a embrassée au bord des lèvres. Je ne suis pas sûre mais il me semble que j'ai senti un léger picotement sur le coin de ma bouche. Ce baiser me revient maintenant. Comme un demi-baiser volé. Comme un demi-baiser de prince charmant. Niels est là, juste derrière l'arbre.

— Ali… Viens !

Je contourne l'arbre lentement. Il est magnifique cet arbre. Majestueux et rayonnant. Il a une énergie vibrante. Je me sens tellement bien… Tellement heureuse… tellement… Niels me retourne contre l'arbre. Pourquoi est-il aussi brutal tout à coup ? L'écorce de l'arbre m'écorche les seins. Je tente de me décoller mais Niels me maintient fermement.

— Tu te sens bien, ma Ali ?

J'ai du mal à respirer. Pourquoi me tient-il comme ça ? Peut-être que tout ceci n'est qu'un jeu. Peut-être que Niels s'amuse. Peut-être que… Il m'écrase trop fort contre l'arbre.

— Mais arrête Niels putain !

Je me suis dégagée d'un coup. Niels est par terre. Il me regarde stupéfait. Moi aussi je suis stupéfaite. J'ai agi par pur réflexe. Le temps est redevenu normal. Plus rien n'est ralenti. La fureur du vent est revenue. Les arbres dansent trop vite à présent. Niels se frotte le cou en grimaçant. J'espère qu'il n'est pas blessé. La honte s'empare de moi. J'ai honte de l'avoir mis par terre. Honte d'avoir dansé avec lui tout à l'heure. Ma pensée est confuse. J'ai du mal à interpréter ce qui s'est passé. Niels se relève. Il me montre ses dents d'une façon hyper étrange. Comme s'il grognait.

— Chaaaaat !

— Quoi ?

— Si tu m'attrapes, je te mange.

— Attends, Niels, je…

Il repart en courant vers la cascade et disparaît. Je ne comprends rien. Est-ce qu'il veut jouer à chat ? Qu'est-ce que je dois faire ? Je voudrais retourner dans la maison. Mais je ne sais plus vers où aller. Je me mets à courir derrière Niels mais je ne le vois plus.

— Niels attends-moi, tu vas où ?

— Ahouuuuu !

Je m'arrête. Est-ce que c'est Niels qui a crié comme ça ou bien un loup ? Je crois que ça venait de la cascade. Revenir en arrière ? Aller vers la cascade moi aussi ? Et si c'était un loup ? Non… Je délire, il n'y a pas de loup dans cette forêt… ça doit être Niels… Je marche en direction de la cascade. J'essaie de ne pas faire de bruit mais c'est impossible. Le vent est retombé. Je n'ose plus bouger. Il y a une minute, je me sentais panthère et maintenant j'ai l'impression d'être une pauvre biche égarée. Tous mes sens semblent déformés. Je voudrais courir mais je ne vois plus rien. Les nuages ont tiré un rideau noir sur les étoiles.

— Niels ?

Une ombre passe derrière des rochers plus loin mais ce n'est pas Niels. Qu'est-ce que c'est que ce type. On dirait mon père. Il boite exactement comme mon père en tout cas. Il serait venu jusqu'ici ? Il était furieux, a dit ma sœur. Mon cœur fait trop de bruit dans ma poitrine. Ne plus bouger. Ne plus bouger et ne plus respirer. J'entends les pleurs de ma sœur. Pourtant elle ne peut pas être dans cette forêt. Ça n'a pas de sens d'entendre Éyé dans cette forêt. Ma tête tombe dans un trou noir. Des images explosent de toutes parts. Je revois la bouteille d'eau de Javel au-dessus de moi et mes cousins qui rigolent. « Blanche ! Blanche ! Blanche ! » L'eau de Javel dans ma bouche. Le goût atroce de la Javel. « Blanche ! Blanche ! Blanche ! » L'arrivée de mon père. Mes cousins qui s'enfuient.

La honte pour eux et la colère pour moi. Les doigts de mon père dans ma bouche pour me faire vomir. Éyé qui pleure, Éyé qui crie. Moi qui vomis enfin sous les coups de mon père. Et puis ma chute. Le coin du meuble et la douleur dans mon œil avec du rouge partout. Rouge mes cousins. Rouge ma sœur. Rouge mon père. Rouge le monde. Et maintenant la forêt rouge qui hurle et s'agite comme une furie. La honte pour eux et la colère pour moi.

33
EDOUARD

Je réalise soudain que je suis couvert de sang, caché derrière un arbre, un couteau brandi vers le ciel. Je me sens soudain ridicule. Qu'est-ce que je fous ? Je me fais rire. Tout ça est absurde. Et si les cris étaient des rires. Il se pourrait que mon angoisse ait déformé mes sens. Le tourbillon de cette journée m'a fait entrer dans une psychose. Je jette le couteau au sol et j'avance dans la forêt. Je dois faire de grands pas pour éviter de me prendre les pieds dans la broussaille. C'est de plus en plus sombre. Il fait de plus en plus noir. Les arbres prennent des allures monstrueuses. Je sursaute. C'est la voix de Niels. J'entends la voix de Niels. Putain, il est là. À quelques mètres de moi. Je l'entends. J'entends même son souffle. Il parle tout seul ? Il me semble qu'il cherche Ali. Dans l'intonation de sa voix, on dirait qu'ils jouent. À quoi jouent-ils ? Qu'est-ce que j'attends ? Pourquoi je ne romps pas ce suspense insupportable en les prévenant de mon arrivée ? Je crois que je ne suis pas prêt. Pas encore. Je veux espionner. Pour comprendre. Je me mets à quatre pattes comme pour disparaître. Me faire le plus minuscule possible. J'entends le bruit de la cascade couler à quelques mètres de moi. Les sons se brouillent. Ça m'empêche d'entendre ce que Niels murmure. De savoir parfaitement à quelle distance il se trouve. J'avance en fondant chacun de mes mouvements avec le bruit de l'eau, du vent, des feuilles. Soudain, une odeur que je connais. Cette odeur si particulière, aux arômes de pin et de houblon. Cette odeur de weed, c'est la sienne. J'entends un craquement sur ma droite. Je tourne ma tête, et là, à deux, trois mètres de moi, je le vois, appuyé contre un arbre. Celui que je hais tant. La tête en arrière. Il recrache la fumée de son pétard en chantonnant. Le bruit du ruisseau m'empêche de reconnaître l'air qu'il fredonne. Des frissons parcourent mon corps. Son ombre est inquiétante. Il fait peur. Il me paraît grand et fort. Je ne dois pas avoir peur. Je n'ai plus le droit, plus le temps d'avoir peur. Parce que, nous y voilà. Le temps de la vérité est arrivé. Qui es-tu, toi ? Toi, avec qui j'ai partagé les plus belles années de ma vie ? Qui es-tu donc ? Un sale type, alors ? Je me redresse et m'avance lentement vers lui. Sans crainte. Pas de peur. Juste j'avance. J'avance. Il tourne la tête vers moi. Je suis là, devant lui. Il est là devant moi. Je ne peux pas croire ce que je vois, Niels est nu. Complètement nu. Mon cœur s'emballe. Mes jambes se mettent à trembler. Nous sommes l'un en face de l'autre. Son visage s'illumine.

— Bah mec, qu'est-ce que tu fous là ?

— Qu'est-ce que tu fous à poil ? Elle est où Ali ?

— Je t'ai pas reconnu tout de suite. Tu m'as fait peur. Putain, qu'est-ce que t'as au bras ?

— Pourquoi t'es à poil Niels ? Vous foutez quoi là dans la forêt ?

— Mais t'es arrivé quand ? Pourquoi t'as pas appelé ?

— Parce que t'es une petite merde à qui j'avais envie de parler en face.

— Mon pote, qu'est-ce qui te prend ? Tu me charries là ? Je me suis baigné, c'est tout… Je sèche, c'est tout.

Niels enfile tranquillement son pantalon. Je sens mon sang monter dans ma tête. Je sens toute mon énergie se déplacer dans mon corps pour venir dans mes poings. Je le hais. Je hais ce type de toutes mes forces. Comme si tout mon corps, lui, le savait depuis longtemps. Je veux détruire ce visage d'ange à coups de poing. Ce visage d'ange qui cache un traître. Un monstre. Un violeur. Je veux le détruire.

— Doud, qu'est-ce qui t'arrive ? Tu me fais flipper. T'as du sang partout.

Il me regarde avec une telle bienveillance. Son corps ne respire que la sérénité, le calme, la douceur. À aucun endroit je sens de l'agressivité.

Il me prend le bras avec tendresse et l'observe attentivement.

— Putain, mais Doud, c'est super profond. C'est inquiétant, là.

Son charme envoûtant. Sa tranquillité et son assurance m'apaisent. Je ne résiste pas. Je me laisse faire. Ses mains sont chaudes et douces. Il regarde chacune de mes plaies avec une attention presque maternelle.

— C'est pas joli mec. Faut appeler un médecin tout de suite.

J'ai envie de pleurer. De le prendre dans mes bras. Qu'il me serre contre lui. Comme on le fait parfois. Qu'il me dise que tout ça n'est jamais arrivé.

— Doud, tu veux pas me dire quelque chose. Ton silence là, c'est très flippant. Tu as l'air triste.

Je baisse la tête. Je voudrais parler mais je n'y arrive pas. Je me sens incapable. Par où commencer. Il me semble que je vais m'amputer pour la deuxième fois de ma vie de ce que j'ai tant aimé.

— Tu pleures ? Hein... Tu me caches quelque chose. Pourquoi tu pleures ?

Niels s'approche de moi et pose avec une fraternité que je connais par cœur ses deux mains sur mes épaules. Un geste qui dit « Je suis là. Tout va bien. »

— Quelqu'un t'a fait de la peine ? Tu dois me parler... Il s'est passé quoi ? C'est moi qui t'ai fait de la peine ? Hein, c'est ça... ? C'est moi ? Dis-moi.

Doud, me laisse pas comme ça, là. Je viens de passer une sale journée. Très violente avec tout ce que tu sais. S'il te plaît, dis quelque chose. Je sais que tu voulais pas la revoir mais putain j'y peux quoi moi. Ça va, on se soutient, Doud. On s'est toujours soutenus. Heureusement qu'on se soutient.

Mon cerveau est comme arrêté. Je ne pense plus. L'image et le son se brouillent. Mes oreilles bourdonnent. Ma colère et ma haine ne peuvent plus se contenir et c'est mon poing qui part. Avec une force que je ne maîtrise pas. Je sens les os de son visage se craqueler sous mes doigts. Je sens la chaleur de sa joue brûler mon poing. Je sens sa peau se fendre sous la puissance de mon coup. Son corps tout entier est projeté et s'écrase brutalement au sol. Niels me dévisage effrayé. Je suis hors de moi. Je le chevauche. Je me mets à califourchon sur lui. Mes mains se resserrent autour de son cou. Je ne me contrôle plus. Je ne suis désormais plus maître de ma pensée. Plus maître de moi. Des coups. Donner des coups. Des coups. Poing gauche puis poing droit. Poing gauche. Sa tête vacille. Sa tête est désormais la mienne. Niels a perdu connaissance. Je suis possédé. Sa tête part de droite à gauche. En arrière. Le sang coule. Explose. Jailli. Des taches de sang éclaboussent nos vêtements. Sa tête danse sous mes coups. Je ne sais plus auquel de nous deux appartient tout ce sang. Lequel est le mien ou le sien. Nos sangs comme deux frères.

Quand soudain, un choc. Je sens une onde de choc prendre ma tête. Puis mon cou. Chaque os. Chaque parcelle de mon corps est touchée. Tout mon corps devient mou. Toute la force qui s'était emparée de moi s'échappe. S'envole. Je me vide. Ma force. Ma puissance. Je me vide. Ma pensée. Mon esprit. Je me vide. Je ne comprends pas. Je tombe. Mon corps s'écroule de tout son poids sur celui de Niels. Je ne comprends pas. Ma vue se trouble. Mon souffle se coupe. L'air ne passe plus. Du tout. Mon Ali. Mon amour. C'est toi que je vois. C'est toi. Au-dessus de moi. Je ne peux plus parler. Mais c'est toi que je vois. Dis-moi. Oui, c'est toi mon ange. Lâche cette pierre. Je t'en supplie… Ali soulève une grosse pierre au-dessus de ma tête. Mon corps, ma voix ne répondent plus. Je voudrais parler, je ne peux plus. Je suis immobile. Paralysé. Ali. Non, ne fais pas ça. Ce n'est que moi. Mon ange. C'est moi. Personne d'autre que moi. Aucun son ne sort de ma bouche. Je vois ton beau visage. Laisse-moi le voir encore. Je t'en supplie. Ali. Laisse-moi prendre cet avion. M'envoler avec toi.

34
ALI

— Mademoiselle ?

Je préfère ne pas ouvrir les yeux tout de suite.

— Mademoiselle !

Peut-être qu'à force de volonté je pourrais me réveiller il y a très longtemps, bien avant tout ça. Peut-être que le temps peut se plier. S'annuler. Disparaître.

— Mademoiselle, s'il vous plaît ! …

À chaque fois que je me réveille, je voudrais garder les yeux fermés. Mais ils finissent toujours par s'ouvrir.

— Vous avez chaud, vous voulez boire un peu ?

Je suffoque. Je suis en nage. L'hôtesse de l'air me tend un verre d'eau.

— Oui, merci.

— Vous avez crié dans votre sommeil… Vous avez fait un cauchemar ?

— Non, non, ça va.

Comment lui dire que le cauchemar c'est de toujours retrouver cette putain de réalité.

Hier Tel-Aviv. Ce soir Berlin. Demain New York. Dans chaque pays, chaque ville, chaque chambre d'hôtel, je tente d'oublier ce dont je ne me souviens pas. Ce trou noir qui me sépare de moi. Si seulement les voyages permettaient de s'oublier soi-même. Je voudrais me fondre dans le paysage, m'y confondre et ne plus penser à rien. Mais à chaque instant le trou noir déborde. Il m'absorbe et plus rien n'existe.

Les nuages changent de couleur. Ils semblent rougir devant l'arrivée du soleil. À moins que ce ne soit devant moi ? Légitime défense, affaire classée. Ces mots tournent en boucle dans mon esprit. Légitime défense, affaire classée. Comme un disque rayé impossible à arrêter. Infernal. Je colle ma tête contre le hublot. Peut-être que je pourrais dormir encore un peu. Les décalages horaires sont d'efficaces brouilleurs de temps. Dormir devient possible à n'importe quel moment. L'avion fait de petits soubresauts. L'hôtesse de l'air me fait signe d'attacher ma ceinture. Je trouve ça absurde. De toute façon, maintenant, je trouve tout absurde. Chloé se réveille. Elle enlève ses écouteurs et me regarde un moment. Elle sent que je suis mal. Elle me prend la main. Je voudrais lui sourire pour la rassurer mais je n'y arrive pas. Elle sort de sa poche un mini-paquet cadeau et le pose devant moi sur la tablette. On dirait un truc acheté au duty-free.

— C'est pour toi…

Je regarde le mini-paquet et repense au mini-balluchon de drogue que m'avait donné Niels. Il faut se méfier des mini-trucs.

— Ouvre.

Je l'ouvre. À l'intérieur, il y a une chaîne avec un pendentif. Une fiole avec un parchemin. Chloé se penche sur mon épaule.

— C'est une prière en araméen pour apporter la foi. C'est pour ta chanson ce soir.

Ça me touche qu'elle se soit battue pour que je fasse sa première partie, mais ça ne change rien, j'ai toujours envie de crever. Elle accroche le collier autour de mon cou puis relève ses yeux sur moi. Elle a quelque chose d'implacable dans le regard. Une détermination hors norme. Comme si elle voulait transfigurer l'impossible. Je ne sais pas comment elle fait pour rester aussi forte. Moi je me sens vide. Absente. Disparue.

Légitime défense, affaire classée. Légitime défense, affaire classée. Je repense à mon père. Après mon œil, il voulait tellement que je sache me défendre qu'il m'emmenait à ses entraînements le mercredi. Il voulait que je me sente responsable de ce qui m'était arrivé avec mes cousins. Pour lui, même ses coups à lui c'était de ma faute. Il disait que si j'avais su me défendre, je n'aurais pas pris ce mauvais coup sur mon œil. « Quand tu sais te défendre, ça t'arrive pas ce genre de choses, tu comprends ? » Savoir se défendre… Savoir se défendre… Il m'a appris à me battre mais je n'ai jamais réussi à parer les coups psychologiques qu'il nous infligeait à longueur de journée à la maison. Savoir se défendre… J'aurais préféré me sentir protégée.

Le voyant lumineux des ceintures de sécurité s'éteint. Chloé se lève et me fait signe de la suivre. Elle avance devant moi dans l'allée. Un type la reconnaît. Il lui sourit et tente un geste vers elle mais elle l'ignore. Avant, elle se serait arrêtée, elle aurait fait le job, signé un autographe, accepté un selfie. Mais ça c'était avant. Chloé entre dans les toilettes devant moi. J'entre directement derrière elle et ferme la porte. On n'est pas du tout discrètes mais on s'en fout. Ça pue les produits chimiques mais on s'en fout. Chloé m'embrasse violemment. Elle se colle à moi. Me déshabille. Se déshabille. Colle ses seins contre les miens. Nous faisons l'amour comme partout et tout le temps. Dans les halls, dans les tours-bus, dans les cours d'immeuble, dans les escaliers, dans les backstage. Nous faisons l'amour jusqu'à avoir mal, comme pour défier la mort. Nous faisons l'amour jusqu'à avoir des bleus, jusqu'à saigner, jusqu'à dépasser toutes les limites de ce que peut supporter un corps. Quand on a mal, et qu'on aime ça malgré tout, qu'on jouit elle et moi, malgré la souffrance, pendant quelques fractions de seconde, on sait qu'on est pas juste vivantes. On sait qu'on existe.

La photocomposition de cet ouvrage
a été réalisée par
GRAPHIC HAINAUT
30, rue Pierre Mathieu
59410 Anzin

Ce livre est composé en caractère Caslon, corps 12,5.

MIXTE
Papier
FSC FSC® C003309

L'éditeur de cet ouvrage s'engage dans une démarche de certification FSC® qui contribue à la préservation des forêts pour les générations futures.

Pour en savoir plus :
www.editis.com/engagement-rse/

Cet ouvrage a été achevé d'imprimer en décembre 2020
sur les presses de Normandie Roto Impression s.a.s.
61250 Lonrai (Orne)
N° d'édition : 61041/01 - N° d'impression : 2004704

Imprimé en France